KB236879

우리 역사 속에 숨은 이야기

기생 일화집

이 도서의 국립중앙도서관 출판시도서목록(CIP)은
e-CIP 홈페이지(http://www.nl.go.kr/cip.php)에서 이용하실 수 있습니다.
(CIP제어번호 : CIP2008002014)

우리 역사 속에 숨은 이야기
기생 일화집

황충기

푸른사상

서문

기생이란 한마디로 표현한다면 '묘한 존재'이다. 신분상으로는 분명 천민(賤民)에 해당하나 경우에 따라 최고 빈(嬪)의 지위까지 올라갈 수 있었으니 말이다.

우리나라에서 기생의 기원이 언제부터인가에 대해 의견이 분분하지만 신라시대 김유신과 천관녀(天官女)와의 일화는 기생의 기원으로 보아도 좋을 것이다. 이후 근래에 이르기까지 유명, 무명의 수다한 기생들에 관한 많은 이야기가 전하고 있다.

"세종은 양녕과 우애가 지극하였다. 양녕은 한번은 평안도에 유람가게 되어 헤어지는 자리에서 세종이 여색을 조심할 것을 여러 차례 당부하니 양녕도 깊이 감사하고 떠났다. 임금이 평안도 관찰사에게 명하기를, 만약 대군이 기녀와 통정하면 그 기녀를 속히 서울로 올려 보내라고 하였다. 관찰사와 각 고을의 수령들은 임금의 명에 따라 예쁜 기녀를 가리어 뽑아서 그를 기다렸다. 대군이 정주(定州) 고을에 도착하니 한 기녀가 소복 차림에 엷은 화장을 하고 호곡하기를 마치 노래 부르듯 하고 있었다. 대군이 보고서 마음이 동

하여 사람을 시켜 불러들여 밤에 정을 통하고 나서 시 한 수를 주
었다.

> 명월도 자수베개를 엿보지 말지니
> 청풍은 무엇 하러 비단 장막 걷는고.
> 明月不須窺繡枕　　淸風何事捲羅帷

이 시는 그 자리가 은밀하고 남몰래 이루어진 것임을 말한 것이
다.”

편자는 기생에 대해 특별한 관심을 가지고 있는 것은 아니지만
많은 화두(話頭)를 제공하고 있는 것은 현실이기에 관심을 가지고
자료를 찾아 번역한 바 있다. 먼저 기생들이 지은 시조와 한시들을
정리하여 『기생 時調와 漢詩』란 책으로 엮었으며, 이번에는 각종
자료들 가운데 기생과 관련 있는 일화(逸話)들을 모아서 『기생 이야
기』이란 제목으로 엮어 보기로 했다. 앞으로는 기생을 위해 지은
한시들을 엮어보려 한다.

　많은 이야기들을 모아 놓은 책이란 것들이 대부분 편자가 사대부 계층의 사람들이고 그들이 견문한 바의 이야기를 엮은 것이기에 남성 중심의 이야기가 대부분을 차지하고 있다. 또 기생들 가운데는 시를 이해하거나 짓는 기생들이 많았기 때문에 이들 일화 가운데 한시가 상당히 많이 삽입되어 있고, 경우에 따라서는 시에 얽힌 이야기만 전하는 경우도 있다. 여기서는 이해를 돕기 위해 한시의 경우 번역과 함께 원시(原詩)도 수록했다.

　대부분의 자료들이 한문으로 기록되어 있어 원문을 같이 수록하는 것이 원칙이라고 하겠으나 책의 분량으로 보아 부득이 번역된 것을 실었다. 번역을 제2의 창작이라고 한다. 원문의 뜻을 얼마나 살렸는지는 독자들이 판단할 문제라 하겠지만, 그래도 번역한 이들의 정성이 들어있는 만큼 이해에 큰 도움이 되길 기대해 본다.

　끝으로 이런 자료를 독자들에게 읽을 기회를 만들어 주신 출판사에 감사드린다.

2008년 6월 5일
편자 적음

서문

첫째 마당 관기官妓

둘째 마당 별장別章

■ 일러두기

1. <계서야담>(溪西野譚)을 비롯한 다수의 자료 가운데 기생과 관련 있는 것만을 뽑아
   엮었다.
2. <청구야담>(靑邱野談)을 비롯한 몇몇을 제외하고는 거의가 원문이 한문으로 되어 있
   다.
3. 번역문의 경우 원문을 같이 수록하는 것이 원칙이겠으나, 책의 분량으로 부득이 생략할
   수밖에 없음을 양해 바란다.
4. 수록은 이름이 알려진 기생인 유명기(有名妓)에서 관기(官妓) 무명기(無名妓) 순으로 하
   였다.
5. 유명기의 경우는 '가 나 다' 순으로 하였고, 관기와 무명기의 경우는 무작위로 특정 문
   헌에 수록된 순서로 하였다.
6. 동명이인(同名異人)의 경우에는 '가, 나'의 구분을 하였고, 같은 사람의 일화가 여럿
   인 경우는 '1, 2, 3'으로 하였다.
7. 현대의 이야기가 아닌 옛 이야기이기에 어려운 낱말 등 몇 가지는 해당 이야기 끝에
   간단한 주석을 달아 이해에 도움이 되도록 하였다.

■ 참고 자료

계서야담, 유화수, 이은숙 역주, 2003

청구야담, 최웅 주해, 1996

대동기문, 김성언 역주, 2001

太平閑話滑稽傳, 朴敬伸 대교 역주, 1998

고금소총·명엽지해, 정용수 역, 1998

錦溪筆談; 金鍾權 校註, 1985

국역 소문쇄록, 정용수 번역, 1997

傭齋叢話, 南晩星 역, 1978

조선해어화사, 李在崑 옮김, 1992

첫째 마당 관기官妓

官妓(관기) 1

목조(穆祖)는 전주사람으로 용기가 대단하였으며 아끼는 관기가 있었는데 어느 날 관찰사가 불러들였다. 밤이 되어 목조가 곧바로 객관 서상(西廂)에 다다라 그 기생을 나오라 하니, 그 기생이 두려워 다리를 떨면서 일어서자 관찰사가 크게 화를 내어 급히 종자(從者)를 불러 말하기를

"도적이 문 앞에 왔으니 빨리 오백(伍伯)을 시켜 잡으라."
하였다.

목조가 장중 안으로 곧장 들어가서 칼로 관찰사를 베어 버리고 그 기생을 데리고 말을 휘몰아 밤사이 일백여 리를 달려 영북(嶺北)에 가서 의주(宜州) 적전(赤田)에 다다르니, 곧 지금의 덕원(德源)이었다. 뒤에 경흥(慶興)에 가서 살았다.

(조선해어화사 <五山說林>)

*오백(伍伯); 형(刑)을 집행하는 우두머리.

官妓(관기) 2

소씨(邵氏) 성을 가진 어떤 연경(燕京) 사람이 흠차내관(欽差內官) 황엄(黃儼)을 따라 왔다가, 관기를 사랑하게 되었다. 이별할 때에 사랑하는 마음에 차마 떠나지를 못했는데, 그 친구가 달래어도 듣지 않았다.

기생이 소의 옷에다 시를 지어 주기를

> 내 마음은 정히 연잎의 이슬 같은데
> 한쪽 귀퉁이 둥긂이 다하면 한쪽 귀퉁이가 이지러지네.
> 원컨대 낭군 턱 아래의 수염을 뽑아 주시면
> 아름다운 담요를 짜면서 지금 지아비를 기다리리.
> 妾心正如荷葉露　一邊圓了一邊斷
> 願摘郎君頷下鬚　織成美罽待今夫

라고 했다.

소는 눈물을 닦고는 소매를 떨치고 가버렸다.

(태평한화 제 121화)

官妓(관기) 3

　광주(廣州)에 옛 관기가 있었으니, 중간에 폐하였다가 다시 나오고, 나왔다가는 다시 폐하고 하여 20여년을 뽑냈다. 목사 최운해(崔雲海)의 부인은 매우 사나운데다가 투기가 심하므로 집안사람이 다 최의 동정만 살폈었다.

　하루는 누런 옷을 입은 소리(小吏)가 최의 책상 앞에 엎드렸었다. 집안사람이 먼데서 잘못보고 기생이라고 하여 빨리 그 처에게 알리었다. 그의 처는 크게 노하여 문틈에 숨어 칼을 만지며 기회를 엿보고 있었다. 최공이 일청(日廳)에 퇴청하여 문에 이르러 문득 마음에 집히는 바가 있어 발길을 돌이키니 그의 아내가 칼을 흔들어 그의 옷자락을 베어내었다. 최공은 크게 노하여 객관으로 돌아가 버렸다. 그의 처는 더욱 노하여

　"내 노적(老賊)의 머리를 베지 못한 것이 한이로다."

하며, 지아비의 애마(愛馬)를 끌고 들어가 베었다.

　며칠이 지나 최는 처의 노여움이 풀렸음을 알고, 천천히 관아에 등청하여 부록(簿錄)과 기물을 정돈한 다음 행계(行計)를 차렸다. 그의

아내가

　"어째서 이렇듯 행계를 차리오?"

하고 물으매, 최공은

　"그전 일이 이미 조정에까지 알려져 아무개와 서로 교체되었소 그대도 갈 차비를 차리시오."

하고는 광나루를 건너 서울로 가버리니 그의 처는 홀로 나루에 선 채 강은 건너지 못하였다.

　그 뒤 이 부처는 다시 만나지 못하였다.

(조선여속고 <青坡劇談>)

無名(무명) 1

기축년(己丑年 : 1469) 무렵에 국상(國喪)이 있어 이원(梨園)을 파(罷)하게 되니, 진주(晉州) 기생 예닐곱 사람이 고향으로 돌아가다가, 안포역(安浦驛)에 이르러 잠을 자게 되었는데, 김해에 허씨(許氏) 성을 가진 사람이 있어 또한 고향으로 돌아가느라고 뒤이어 도착했다.

밤이 깊어진 뒤에, 허생(許生)이 기생들에게 말하기를,

"이곳은 산이 깊고 나무가 빽빽하고 마을이 드물어서, 옛날부터 도적 숲이라고 부르던 곳이다. 몇 해 전에 내가 우후(虞侯)의 벼슬로 합포막(合浦幕)으로 부임해 가다가 우연히 여기서 잤는데, 강도 수십 명이 앞에 나타나 위협하는데 그 날카로운 기세를 당해낼 수 없었다. 내가 도적의 우두머리를 죽이니 적은 마침내 흩어졌다. 그렇지 않았더라면 거의 호랑이 아가리에 빠졌을 것이다. 요즈음은 그 남은 놈들이 번성하여 길 가는 사람이 능히 몸을 온전히 하는 사람이 드물다고 하니, 오늘 죽을 곳을 알 수 없다."

라고 하니, 기생들이 크게 놀랐다.

밤 이경(二更)에 생(生)이 종을 시켜 문짝을 어지럽게 쳐서 도적이

위협하는 모양을 지으니, 기생들이 급히 몰려와서는 혹은 생의 옷을 당기기도 하고, 혹은 생의 허리를 끌어안기도 하면서, 울기를 그치지 않으며 말하기를,

"영공(令公)께서는 사람을 살려 주십시오."

라고 했다. 생(生)이 거짓으로 몸을 빼어 몽둥이를 들고 달려 나갈듯이 하자, 기생들은 다투어 만류하기를 더욱 급히 했다.

생이 말하기를,

"예로부터 대장부는 반드시 아녀자 때문에 잘못을 저지르게 된다. 너희들이 나를 그르치려고 하느냐? 그러나 대장부가 대장부인 까닭은 능히 남의 위급을 구원해 주고 남의 근심을 풀어주기 때문이다. 이 늙은이가 죽지 않았으니 너희들은 근심하지 말라."

하고는, 마침내 모든 기생들을 구석구석으로 자리를 나누어 정해주고는, 뜰에 서서 크게 말하기를,

"내가 바로 몇 년 전에 너의 두목을 죽였던 허장군(許將軍)이다. 지난해에는 동(東)으로 이시애(李施愛)의 난을 원정하여 공이 제일이었고, 겨울에는 또 서쪽을 쳐서 이만주(李萬住)를 먼저 목 베어 공이 역시 제일이므로, 임금께서 첨지중추에 승배(陞拜)시키셨다. 너희 같은 좀도둑들이야 문제꺼리가 되겠느냐. 능히 대적할 수 있으면 용감하게 나오고 그렇지 않으면 어서 물러나 사라져라."

라고 했다.

조금 있더니 종이 와서 아뢰기를,

"도적들이 도망갔습니다."

라고 했다.

생이 말하기를,

"도적들의 꾀를 헤아리기 어렵다. 이미 물러갔다고 해서 방비(防備)의 방도를 늦추어서는 안 된다."

라고 했다.

기생들은 모습을 숨기고 엎드려서 감히 소리도 내지 못하니, 생은 마침내 두루 돌아다니면서 그들을 제멋대로 했다.

날이 밝아 모든 기생들이 비로소 생이 칼전대 차림으로 길에 오르는 모습을 보니, 종놈 하나에 여윈 말을 탄 한 늙은 선비일 뿐이었다.

기생들이 서로 돌아보며 놀라서 말하기를,

"우리들이 진실로 늙은 도적놈의 술책에 빠졌었다."

라고 했다.

(태평한화 제84화)

無名(무명) 2

어떤 선비가 평양 기생을 사랑하여 몇 십일을 머물렀다.
손님 가운데 조롱하는 사람이 시를 지어 말하기를,

십년간 낭군의 수염을 뽑아
천 자의 담요를 짰네.
아침에는 새 지아비와 앉고
저녁이면 새 지아비와 함께 잠드네
십년간 낭군의 이빨을 뽑았는데
낭군의 이빨들이 모두 다르네.
끝내는 쓸 데가 없어
썩은 흙더미에 버리네.
내 바라건대 미인의 마음이
연잎의 이슬이 되지 말기를
차라리 수염으로 담요를 짤지언정,
이빨을 흙더미에 버리지 말았으면.
十年摘郞鬚　編作千尺氈
朝與新夫坐　暮與新夫眠

十年折郞齒　　郞齒萬不同
終然無用處　　棄捐糞土中
我願美人心　　莫作荷葉露
寧用鬚作氈　　莫用齒棄土

이라고 했다.

또 어떤 서생(書生)이 중원(中原) 기생을 사랑했는데, 다시 가보니
소금장수가 차지한 바가 되었다.

그의 친구가 조롱하여 말하기를,

어느 집의 옥 같은 여인이었던가.
오늘은 김씨 남편에게 시집가네.
그대에게 권하노니 이빨을 남기지 마시라
그대에게 권하노니 수염을 남기지 마시라
수염을 남기면 오히려 담요가 될 것이지만
이빨을 남기면 더러운 똥더미에 버려지리라
수염과 이빨조차 못 볼 뿐 아니라
슬프고도 또한 슬프리라.
誰家有玉女　　今日嫁金夫
勤君莫留齒　　勤君莫留鬚
留鬚尚可氈　　留齒棄溷汚
鬚齒且不見　　嗚呼亦嗚呼

라고 하였다.

(태평한화 제 122화)

無名(무명) 3

김씨 성을 가진 조정 관리가 삼가현(三嘉縣)에 이르렀더니, 주인 원님이 술상을 차림에 묵은 술을 내놓았는데, 술의 색깔과 맛이 모두 좋지 못했고 국도 또한 차가왔다.

주인 원님이 권하기를 매우 심하게 하니, 김(金)이 잔을 멈추고는 얼굴을 찡그리며 말하기를,

"월다말이 능히 물어뜯고 또한 차니, 어찌 마시기를 감당하겠습니까?"

라고 했다.

원님이 말하기를,

"무슨 말이요?"

라고 했다.

김이 말하기를,

"술 색깔이 황적색임은 월다말 같은데, 그 맛은 시고도 매워서 겨우 입술에만 닿아도 고통스럽기가 물어뜯는 듯합니다. 하물며 거기다 찬 것까지 더하겠습니까?"

라고 했다.

　원님이 크게 웃고는 술자리를 끝냈다.

　또 정씨(鄭氏) 성을 가진 어떤 조정 관리가 춘천부(春川府)에 이르렀더니 한 기생이 잠자리 시중을 드는데, 얼굴이 못생기고 체구가 왜소했으며 언제나 옅은 자주색 치마를 입고 있었다.

　정이 그 기생을 물리치려 해도, 기생은 건즐을 받들기를 게을리 하지 않으니, 정이 매번 입을 가리고 손을 휘저으면서 말하기를,

　"곤쟁이젓이 또 오는구나."

라고 했는데, 이는 대개 치마 색깔이 곤쟁이와 비슷하고, 또한 항상 악취가 풍겼기 때문이었다.

　근래에 어떤 문사(文士)가 사신으로 황주(黃州)에 이르렀다가 지은 시에 이르기를,

> 태수는 은근히 월다말 술을 권하고
> 아름다운 사람은 곤쟁이 치마를 좋아하네.
> 반쯤 취해 기생집에 벌렁 누우니
> 오늘의 풍류는 십분(十分)에 이르렀네.
> 太守慇懃騮馬酒　　佳人珍重紫蝦裙
> 半酣大臥靑樓上　　今日風流到十分

라고 했는데, 대개 그 고을 원님을 나무라는 뜻이었다.

(태평한화 제85화)

---

* 월다말; 말의 한 종류로 털빛이 붉고 갈기가 검은 말. 유마(騮馬).

無名(무명) 4

어떤 원님이 애꾸눈이었고 아전이 또한 애꾸눈이었는데, 이웃 고을에 이르렀더니, 또한 애꾸눈인 기생이 잠자리 시중을 들었다.

원님이 술에 취해 두 애꾸눈에게 말하기를,

"어찌 노래를 이어 불러 즐거움을 돕지 않겠는가?"

라고 했다.

아전이 먼저 불러 말하기를,

원님 눈이 하나요 내 눈도 하나요
아가씨 눈도 하나니라 세 사람을 합하면
한 몫 반이로세.

라고 했다.

원님이 노래해 말하기를,

방상시(方相氏)의 황금색 네 눈이

원님이 되고, 아전이 되며, 기생이 될 수 있으리오
원님 눈이 하나인 것은 화살 쏘기에 합당하고
아가씨 눈이 하나인 것은 바늘 꿰기에 합당하도다.
아전의 눈이 하나인 것은 망(望) 보기에 합당하도다.

라고 했다.

기생이 마침내 술잔을 멈추고는 가느다란 목소리로 노래하기를,

원님 눈이 비록 하나라도 아전의 교활함을 능히 살필 수 있고
아전의 눈이 비록 하나라도 원님의 탐내는 것을 능히 살필 수
있으리
두 분이 나보다 덕이 없어 한 눈을 또한 채우지 못하네.

라고 했다.

세 애꾸는 낄낄거리며 크게 웃었다.

(태평한화 제132화)

無名(무명) 5

풍류를 좋아하는 어떤 원님이 이웃 고을에 갔더니, 두 기생이 잠
자리 시중들기를 다투었다.

원님이 제(齊)나라와 초(楚)나라의 판단이 어려워 셋이 한 이불에
서 자게 되었다. 좌우에 기생을 두고, 원님은 가운데에 누웠는데,
오른쪽을 취하려고 가슴을 돌리면 왼쪽에서 등에 주먹질을 하고,
왼쪽을 취하려고 가슴을 돌리면 오른쪽에서 등에 주먹질을 하는 것
이었다. 원님은 하늘만 바라보고 멀건이 누워서, 오른쪽도 왼쪽도
얻지 못하고 문득 잠이 들었는데, 밤중쯤 기생들은 모두 가버렸다.

호사자가 그것을 조롱해서 시를 지어 말하기를,

"어찌하여 오늘 밤 모임에
셋이 한 이불에 자게 되었나.
입을 벌리니 능히 품자(品字)가 되고
몸을 나란히 하니 천자(川字)가 되네.
가슴을 앞으로 하여 둘 다 합치기 어려웠고
등 뒤로부터 두 주먹으로 실컷 맞았네.

마침내 원앙의 꿈을 이루지 못하니
좋은 인연 저버린 것을 한탄하네.
何如今夜會　　三箇共衾眠
開口能成品　　竝身忽作川
胸前難兩合　　背後飽雙拳
未遂鴛鴦夢　　堪嗟負好緣

라고 했다.

(태평한화 제 140화)

無名(무명) 6

趙石磵(조석간＝云仡)이 강릉 부윤이 되어 하루는 손님을 대접하고 있었는데, 자리에 몇몇 기생들이 있어 팔꿈치로 서로 쿡쿡 찌르고 웃다가, 한 기생이 말하기를,

"어젯밤 꿈에 부윤과 잠자리를 같이 했다."라고 했다.

조석간이 몰래 그것을 듣고 웃으면서, 기생에게 말하기를,

"정말 그러냐?"

하고는 이에 절구 한 수를 읊어 말하기를,

> 마음은 영험한 물소와 같아서 뜻이 이미 통했으나
> 모름지기 비단 이불 함께 하는 것은 쉽게 할 수 없네.
> 사람들이여, 풍류태수를 비웃지 마라.
> 예쁜 아이의 좋은 꿈속에 먼저 들어갔으니
> 心似靈犀意已通　　不須容易錦衾同
> 風流太守人休笑　　先入佳兒吉夢中

라고 했다.

(태평한화 제 170화)

無名(무명) 7

어떤 조정 관리가 상산(商山) 기생을 새재에서 이별하면서 서로 붙들고 통곡했는데, 옆에 있던 시골 아전과 역졸과 할미도 또한 울었다.

조정의 관리가 역졸에게 물어 말하기를,

"왜 우느냐?"

라고 했더니, 역졸이 말하기를,

"집에 암말이 있었는데, 어젯밤에 새끼를 낳다가 죽어버렸습니다. 그 때문에 웁니다."

라고 했다.

시골 아전에게 물어 말하기를,

"왜 우느냐?"

라고 했더니, 시골 아전이 말하기를,

"송별회를 닷새 동안 했는데, 비용은 사흘 치 양식밖에 주지를 않아서 이틀 굶었습니다. 그래서 웁니다."

라고 했다.

늙은 할미에게 물어 말하기를,

"왜 우느냐?"

라고 했더니, 늙은 할미가 말하기를,

"이 늙은 것이 지금까지 이 아씨가 정든 사람을 여기서 이별하는 것을 본 것이 대강 이삼십 번에서 모자라지 않을 것입니다. 전에는 이렇게 매우 슬피 울지 않고 눈물이 가늘기가 실과 같았는데, 이번에는 상심하고 처참해하는 것이 두 배, 다섯 배나 되어, 눈물의 크기가 대나무 같습니다. 나리께서 어떻게 하여 아가씨의 마음을 이렇게 얻을 수 있었는지 모르겠습니다. 이 늙은 것도 감동해서 저도 모르게 눈물이 떨어졌습니다."

라고 했다. 조종 관리가 기뻐하며 웃옷을 벗어 그에게 주었다.

이미 이별하고 나서 고개를 넘을 때에, 한창 바람과 눈이 심하니 추위를 참으면서 쓸쓸히 신음하고 나지막하게 말하기를,

"이미 늙은 할미의 술책에 떨어졌으니, 그것을 후회해도 소용이 없도다."

라고 했다.

손님 가운데 조롱하는 사람이 있어 말하기를,

새재에서 울면서 예쁜 아이와 이별할 때에
늙은 할미는 어떤 물건이길래 또한 울었던가.
옷을 벗어 한 번 준 것은 마음의 미혹(迷惑)됨에 인연함이니
얼어붙는 것을 참고 추위에 신음하며 후회한들 되돌릴 수 있
으랴.

鳥嶺佳兒泣別時　　老婆何物亦啼爲
解衣一贈緣心盡　　忍凍吟寒悔可追

라고 했다.

(태평한화 제 182화)

無名(무명) 8

어떤 선비가 공산(公山) 기생을 금강(錦江)의 나룻배 안에서 이별하
게 되었는데, 기생이 물에 빠져 죽으려 했다. 조정 관리가 또한 눈
물을 흘리면서 기생의 등을 쓰다듬으며 그것을 말려 말하기를,
　"얘야 얘야. 나를 위해 삼가해서 목숨을 버리지 말아라."
라고 하면서, 은주발을 주었다.
　이별하자 마자 기생은 길게 노래 부르고 즐거운 듯이 미소를 지
었다.
　친구가 간(諫)해서 말하기를,
　"이별의 눈물이 채 마르지 않았는데 길게 노래하면서 태연한 것
은 정(情)도 신의(信義)도 없는 듯하다."
라고 했다.
　그 기생은 두 손으로 은주발을 두드리면서, 옥이 구르는 듯이 소
리 내어 웃고 말하기를,
　"소리 내어 우는 것도 이것을 위함이요, 노래하는 것도 또한 이
것을 위함이라."

라고 했다.

뱃사공이 손뼉을 치며 웃고 말하기를,

"천하에서 가장 어리석은 것은 선비들이다. 천하에 어찌 창기(娼妓)로 지나가는 손님을 위해 목숨을 버릴 자가 있으랴."

라고 했다. 지금까지 뱃사공들이 선비를 어리석은 자라고 한다.

어떤 손님이 시를 지어 그것을 조롱하여 말하기를,

> 창가(娼家)의 사람 물에 빠지려는 꾀를 믿지 마라
> 노래하고 웃는 것이 모두 은주발을 위함이니
> 지금까지 뱃사공의 말이 남아 있어
> 천하의 어리석은 아이는 바로 선비들이라 한다네.
> 莫信娼家墮水謀　　箇中歌笑爲銀甌
> 至今留得篙工話　　天下癡兒是士流

라고 했다.

(태평한화 제184화)

無名(무명) 9

어떤 낭관(郎官)이 나이가 자못 많아 수염과 구레나룻이 반이나 하얗게 세었다.

일찍이 밤에 잔치를 하는 자리에서 어떤 예쁜 기생을 보고는 좋아하여 꾀어보고자 했더니, 기생이 가만히 말하기를,

"슬프다. 그 늙음이여."
라고 했다.

낭관이 집으로 돌아와 아내에게 흰 수염을 뽑아달라고 했더니, 아내가 검은 것을 몽땅 뽑아 버리고 흰 것은 그대로 두고 속여 말하기를,

"당신이 소년으로 바뀌었소"
라고 했다. 그리고는 다시 속여서 말하기를,

"당신이 노년이 이미 닥쳐서 얼굴이 어둡고 검으니, 항상 세수하실 때에 마땅히 조두(澡豆)를 쓴다면 곧 하애질 수 있을 것입니다."
라고 했다.

낭관이 기뻐하며 그에 따랐다. 아내가 말하기를,

"요사이 당신이 스스로 몸을 잘 닦고 꾸며서, 다시는 이전의 검은 얼굴에 수염이 센 늙은이가 아닙니다."

라고 했다.

낭관이 크게 기뻐하며 달려서 기생집에 이르러 뽐내며 말하기를,

"내 얼굴이 주사(朱砂)같고 내 수염이 옻칠을 한 듯하니, 풍류에 넋이 빠지는 것이 또한 늦지 않다."

라고 했다.

기생이 미소를 짓고는 일부러 거울을 가져와 병풍 사이에다 놓았다.

낭관이 몸을 이끌어 스스로 비쳐 보니, 곧 머리가 허옇게 센 완연한 늙은이이므로 크게 부끄러워하며 돌아갔다.

(태평한화 제189화)

---

* 조두(澡豆); 팥 같은 것을 갈아서 만든 가루비누. 예전에는 세수할 때 이것을 사용했음.

無名(무명) 10

　채세영(蔡世英)이 내직에 근무하다가 사책을 말리는 포쇄별감이 되었다. 장차 호남으로 떠나려는 참이었다. 임금의 명을 받고 가는 별감은 기녀를 가까이 할 수 없었다. 미리 여러 고을에 공문을 띄워 기생들에게 객사에 머무르지 못하게 하고, 연도의 각 고을에는 여색을 함부로 자랑하지 못하게 해놓았다.

　전주에 도착하자마자 때마침 비가 내려 사고(史庫)를 열 수가 없었다. 그러니 몇 달 동안 계속 머무를 수밖에 없었다. 부윤이 판관에게 말했다.

　"나이 어린 사관이 오랫동안 객관에 있으면서 즐길만한 일도 없이 지내고 있으니 야단이요. 객을 접대하는 일이 이렇게 삭막해서야 되겠소?"

　"그렇지요."

　판관이 대답하고 물러나 행수기생과 상의를 했다. 고을 기녀들 중에 가장 예쁜 기생 하나를 뽑았다. 엷게 화장을 시키고 흰 소복을 입혀서는 절구를 들고 객사 근처에서 절구질을 하게 하였다. 또 배동아이에게 약속을 해 두었다.

"내한별감이 너에게 묻거든, 너는 '서울 재상집 여종이 휴가를 얻어 친가에 왔다가 마침 상을 만나 머무르고 있사옵니다.'라고 대답해야 하느니라."

채가 그 여자를 보고는 배동에게 누군지를 슬그머니 묻자, 아이는 가르쳐 준대로 답하였다.

"언제 상을 만났느냐?"

"이미 백일이 다 되어 갑니다. 천인(賤人)은 백일이면 상을 벗으니 아마 곧 돌아가겠지요."

채는 이날 밤 그 여자 생각에 잠을 이루지 못하였다. 다음날 또 아이에게 물었다.

"관기가 아닌 듯하니, 관부에 알리지 않고 몰래 데려올 수 있겠느냐?"

"주인남편이 있으면 어려울 듯싶사옵니다."

"시험 삼아 말이나 한번 해보고 다른 사람에게는 누설하지 마아라."

배동이 달려가서 일러 바쳤다. 부윤과 판관이 그 기생을 불러 객사에 가도록 했다. 이때부터 기생은 밤이 되면 들어갔다가 새벽녘에 빠져나왔다. 채가 혼자 가만히 생각했다.

'고을 사람들은 아무도 모르겠지.'

하루는 부윤과 판관이 내한별감을 위하여 잔치를 벌였다. 울긋불긋 차장을 한 기생들이 한 줄로 쭉 늘어섰는데 눈이 어지러울 지경이었다. 지난번 소복 입은 여자도 금박 치마에 운계비녀를 꽂고 춤추고 노래하는 기생들 사이에 끼어 있었다. 채는 그녀를 보고 깜짝 놀랐다. 그리하여 속았음을 알았다.

이 일이 있고부터는 자신의 처지도 아랑곳없이 밤낮으로 함께 지냈다.

그가 맡은 일을 마치고 돌아가게 되자, 우정(郵亭)에서 서로 이별하게 되었다. 눈물을 참으려고 하였지만 두 눈에서 저절로 눈물이 쏟아져 나왔다. 남이 안보는 데서 눈물을 닦아도 흐르는 눈물을 막을 수는 없었다. 할 수 없이 지붕을 우러러보는 체하며 재빨리 눈물을 흘리고는 배동에게 물었다.

"이 집은 언제 지어졌지."

"아무 해에 지어졌습니다."

"그 당시 목수는 누구였지."

"아무개입니다."

채는 비로소 고개를 떨구고 탄식했다.

"아! 가련한 인생살이로다! 지금은 이미 다 저승명부에 올랐을 테지."

드디어 눈물을 줄줄 흘리는데 옷소매가 다 적셔졌다. 고을 사람들이 소리를 전해 듣고 비웃으며 말했다.

"포쇄별감 채세영은 눈물꼬리가 아주 크다지."

(고금소총 제7화 曝曬淚脚)

無名(무명) 11

　남원에 양생이란 자가 살았다. 세상살이에 별로 관심을 쓰지 않아도 집안이 넉넉했던 관계로 항상 풍류남아로 자처하였다. 관서지방에 명기가 많다는 소리를 듣고 마음속으로 '회포를 한번 풀어보리라'고 생각하였다.

　마침 친척 중에 정주목사가 된 자가 있었다. 양생이 집안의 재산을 정리하여 뇌목면(賚木棉) 천 필과 상화지(霜華紙) 삼천 동을 수레에 싣고 목사를 찾아갔더니, 명기를 하나 골라 회포를 풀게 해 주었다.

　양생은 삼년동안 서로 매우 사랑했었다. 어느덧 가져갔던 재물을 다 써 버리고 떨어진 옷에 노비 한 명만 남게 되었다. 나귀를 타고 돌아올 수밖에 없었다. 기생에게는 남동생이 하나 있었는데, 중도까지 따라와서는 고삐를 잡고 울었다. 양생은 차마 그냥 이별할 수 없었다. 행장을 추슬러 보니 남은 것이라곤 신고 있는 신발 한 쪽뿐이었다. 그에게 벗어 주고는 드디어 맨발로 나귀 등에 올라탔다.

　반나절을 가다가, 시냇가 버드나무 그늘 아래에 나귀를 매어놓고 나무에 기대 쉬었다. 기생이 보고 싶어 눈물이 비 오듯 줄줄 흘렀다. 지나가는 나그네들도 슬퍼하지 않는 사람이 없었다. 마침 어떤 상인이 시냇가에서 점심밥을 먹다가 턱을 괴고 슬피 우는데 닦은 눈물이 옷을 적실 정도로 슬픔을 이기지 못하고 있었다. 양생이 그에게 물었다.

"당신은 어떤 사람이길래 나처럼 슬프게 우시오. 우리 함께 슬픈 내력이나 알아봅시다."

"내가 정주에 삼년동안 머무르면서 사랑하던 기생이 하나 있었소. 사랑이 매우 돈독하여 나도 그녀를 사랑했지만, 그녀가 나를 몇 배 더 사랑했지요. 느닷없이 하루아침에 이별하게 되니 눈물이 나올 수밖에요."

"소인도 정주에서 기생을 얻어 삼년동안 살았습죠. 그 기생은 사또자제의 사랑을 독차지하여 주야로 통 짬을 낼 수가 없었지요. 매일 어머니를 핑계대고 하루에 세 번씩 나와서는 정을 통하게 되었지요. 사랑이 바야흐로 무르익어 가는데 하루아침에 이별을 하게 되니 눈물이 나올 수밖에요."

드디어 부둥켜 앉고 통곡하니 어느덧 날이 저물었다. 한참 뒤에 양생이 물었다.

"당신이 좋아하던 기생은 이름이 뭐요?"

상인이 좋아하던 기생의 이름을 말하는데 바로 양생이 좋아하던 기녀였다. 그러자 무안해서 슬그머니 잡았던 손을 놓고는 집으로 돌아왔다.

이후로 다시는 관심을 두지 않았다.

(고금소총 제8화 驢背赤足)

無名(무명) 12

성종조(成宗朝)에 한 환관이 휴가를 얻어 관서지방에 갔다가 돌아온 이가 있었다. 성종이 하루는 물었다.

"네가 오던 길에 들은 것이 있으면 숨기지 말고 말해 보아라."

"신은 따로 보고 들은 것은 없사옵고 다만 오던 길에 하루에 청천강을 아홉 번 건넜사옵니다."

"무슨 사연이 있었던 게냐?"

"가산(嘉山)에서 안주(安州)로 가려고 청천강에서 배를 탔사옵니다. 마침 서쪽에서 번(番)을 마치고 돌아가는 만호(萬戶)가 고을기생을 데리고 탔사옵니다. 맨 처음에 강변에서 이별하려는데 기생이 말했사옵니다.

"차마 어찌 여기서 이별하겠습니까? 저쪽 강기슭에 가서 이별할게요."

배가 강기슭에 도착하려 하자 만호가 말했습니다.

"네가 이미 나를 위하여 강을 건넜는데, 내 어찌 여기서 너를 보내겠느냐?"

드디어 배를 건너편으로 돌리도록 했습니다. 그랬더니 이번에는 기생이 말했사옵니다.

"송별을 되돌려 주는 후의에 제가 답을 하지 않을 수 있겠습니까?"

그러더니 또 그와 함께 강을 건넜습니다. 이번에는 만호가 말했사옵니다.

"강을 두고 서로 이별하는 것은 본시 나의 정이 아니니라."

"이번에도 또 함께 건너갔습니다. 이와 같이 아홉 번 강을 건너게 되었는데 신도 그 배 안에 있사옵고, 부득이 같이 왔다갔다 했으니 저도 강을 아홉 번 건너게 되었사옵니다. 배에서 내리니 날이 이미 어두워져 강변에서 잘 수밖에 없었고, 그래서 만호의 성명을 알게 되었사옵니다."

성종은 손바닥을 치며 크게 웃었다.

대여섯 해가 지난 뒤였다. 변방의 장수를 뽑는데 그 사람의 이름이 맨 끝 후보에 올라왔다. 성종이 은근히 웃으면서 말했다.

"이 사람이 아홉 번 청천강을 건넜던 사람인가?"

드디어 붓을 들어 낙점을 해 주었다.

(고금소총 제9화 九渡菁江)

無名(무명) 13

어떤 늙은 병마절도사가 나이 어린 기생을 얻게 되었다. 그녀를 얼마나 좋아했던지 병영까지 처분해서 기생에게 줄 정도였다.

어느덧 임기가 차서 병사는 돌아가야 했다. 병사는 우정(郵亭)에서 기생과 이별의 정을 나누었다. 기생의 손을 꼭 잡고 눈물을 흘려 소매가 다 젖을 정도인데도 기생은 눈물 한 방울 흘리지 않았다. 기생의 부모가 병사의 등 뒤로 가서 기생에게 시켰다.

"살짝 얼굴을 가리면서 우는 척해라."

기생은 나이가 아직 어려 우는 척하라는 말을 이해하지 못했다. 아무리 울고자 해도 눈물이 나오지 않았다. 부모가 손을 흔들어 그녀를 불렀다. 기생이 나오자, 부모가 그녀를 꾸짖었다.

"너희 병사가 병영을 처분했기 때문에 우리 집안을 일으키게 된 것인데, 너는 목석이더냐? 왜 눈물 한 점도 없이 보내느냐?"

마침내 서로 붙잡고 싸웠다. 기생이 "응" "응" 하고 우니 그제서야 들여보냈다. 병사가 기생이 우는 것을 보고 더욱 울며 말했다.

“울지 마라! 네가 울면 내가 더 슬퍼진단다. 울지 마라!”

(고금소총 제10화 兵使泣妓)

* <계서야담> 제240화에도 같은 내용의 글이 실려 있음.

無名(무명) 14

　그림 잘 그리기로 소문난 김제(金禔)가 나이가 들면서 대머리가 되었다. 일찍이 홍주(洪州)를 지나가는 일이 있었는데, 사또가 나이 어린 기생을 시켜 잠자리 시중을 들게 했다. 다음날 아침에 세수를 하려다가 대머리인 것이 창피하여 행수기생에게 둘러댔다.

　"내 어젯밤 어쩌다가 잘못해서 어린 기생과 잠자리를 함께 했는데, 지금 그 기생의 말을 들어보니 '늙은 중과 잠을 잤다.'고 한다. 이런 불상사가 어디 있나? 자네도 그런 소리를 들었느냐?"

　"그게 무슨 말씀입니까? 그 말을 전한 자가 무고한 것이옵니다."

　김제는 계속 고집을 부렸다.

　"속이지 마라. 내 다 아는 사실이다."

　어린 기생이 매우 부끄러워 눈물까지 흘렸다. 일이 이렇게 되자, 김제는 그제서야 관을 벗고 세수를 하면서 말했다.

　"내 머리를 보아라. 내가 바로 그 중이니라."

어린 기생은 너무 기쁜 나머지 계속 깔깔대며 웃는데, 대머리 손
님과 정을 통했다는 부끄러움은 온 데 간 데 없더라.

(고금소총 제11화 羞禿給妓)

無名(무명) 15

   어떤 감군어사가 평양에 이르렀다. 감사가 큰 잔치를 열고 많은 기생들을 예쁘게 치장시켜 세워놓으니 비취빛 구슬이 여기저기서 반짝거리고 있었다.

   어사가 기생과 함께 놀고 싶어 말을 꺼냈다.

   "평양 교방은 언제 혁파했느냐?"

   예쁜 기생들이 없다는 말이었다.

   주위가 갑자기 조용해졌다. 감사가 여러 기생들에게 말했다.

   "어사 물음에 어째 답이 없느냐?"

   한 기생이 나서며 대답했다.

   "감군어른께서는 언제 다시 돌아오실런지오?"

   그럴만한 어사기 아님을 말한 것이었다.

   감사가 크게 웃으며 그 기생에게 후한 상을 주었다.

(고금소총 제 17화 才妓名對)

無名(무명) 16

감사 유색(柳穡)이 관서절도사가 되어 시찰을 하고 있었다. 친구인 이화(李華)가 따라 왔다가 돌아갈 때가 되었다. 유가 돈을 들여 연회를 베풀었다.

그 때 마침 어떤 기생이 이백(李白)의 궁중행락사(宮中行樂詞)를 노래 부르며, 유색(柳色)을 사또라고 하고 이화(梨花)를 생원이라고 바꾸어 불렀다.

> 사또 나리는 황금 눈인데
> 생원 나리는 눈 속에 가려 하시네.
> 使道黃金嫩　生員白雪向

유색이 이를 듣고 물었다.

"사또는 내 이름을 피해서 한 말이겠고, 황금눈은 눈에 끼인 눈꼽을 우리말로 말한 것이렷다. 헌데 '생원백설향'은 무슨 뜻으로 한 말이냐?"

"생원님의 성함이 이화(李華)시잖아요. 이(李)와 이(梨), 화(華)와 화(花)는 소리가 같지요. 소녀가 감히 직접 입에 담기 송구하여 생원백설향으로 바꾼게지요. 또한 생원께서 눈을 무릅쓰고 일방적으로 서울로 가시려니, 소리가 같은 향(香)과 향(向)을 좀 바꾸어 본겝니다요."

유색이 매우 흡족해 하며 크게 상을 내렸다.

(고금소총 제 36화 歌詞善變)

無名(무명) 17

내가 일찍이 만주(晩州) 홍원구(洪元九)와 상당(上黨)에 있는 보살사에서 놀았다. 고을 원님이 우리를 위하여 기생들을 데리고 악기를 가지고 올라왔다. 그 중에는 원구가 좋아하던 기생도 있었다.

며칠을 함께 머무는 동안 술을 나누며 단란한 시간을 보냈다. 끝날 무렵, 고을 원님이 '행(行)'자로 칠언율시를 지었다.

그래서 내가 곧바로 차운을 했다.

    술잔 앞 꽃비가 삼천계거니
    손가락 사이에선 아양곡이 일재행이네.
    樽前花雨三千界　　指下峨洋一再行

대체로 거문고를 켜는 자가 한 곡을 마치고 다른 곡조로 넘어갈 때 이것을 '일재행'(一再行)이라 하는 것이다.

사마상여전(司馬相如傳)에는 '임공현령이 거문고를 올리자 상여가 일재행을 연주토록 했다.'는 기록이 있고, 소동파의 적전시(籍田詩)에도 다음과 같이 말했다.

> 거문고가 고향을 생각하는 곡조이거니
> 그대 덕에 또 한 곡 부르노라.
> 琴裡思歸曲　　因君一再行

대개 행(行)은 곡(曲)이나 인(引)과 같이 노래 이름이다.

좌중에 있던 사람들이 압운을 잘 했다고 칭찬을 했다. 원구가 좋아하던 기생도 글을 조금 알고 있었다. 옆에서 그 소리를 듣자, 원구의 귀에 대고 속삭이고 있었다.

내가 원구에게 물었다.

"왜 그러시오?"

"어젯밤 마침 이 기생하고 두 번 관계를 가졌지. 그런데, 자네가 그 사실을 어찌 알고 시를 지었는지 묻는구만."

온 사람들이 크게 웃어대자, 기생도 입을 가리고 웃었다.

(고금소총 제 41화 妓疑再行)

無名(무명) 18

옛날에 이름난 벼슬아치가 있었다. 순찰어사가 되어 전주에 가게 되자, 스스로 자기 명성과 지위만 믿고 교만하기가 비길 데 없었다. 수청 드는 기생을 물리치고 항상 혼자서 잠을 잤다.

감사와 부윤이 몰래 의논을 하여 그를 속여서 곤경에 빠뜨리자고 약속을 했다. 그래서 여러 기생 가운데 재주와 용모가 빼어난 사람을 골라 화장을 시키고 소복을 입혀 시골 아낙의 모습으로 분장시켰다. 그녀에게 자주 어사가 머무는 곳에 드나들면서 언뜻언뜻 보이도록 하였다. 그리고는 시중드는 배동아이에게 약속을 하여 미끼를 던져두었다.

어사가 과연 그녀를 보고 황홀해하며 배동에게 물었다.

"저게 누구냐?"

배동이 거짓말로 대답했다.

"소인의 누이옵니다."

"어째서 소복을 입었느냐?"

"남편을 잃고 아직 탈상을 못했나이다."

어사는 정을 억누를 수가 없었다.

하루는 몰래 배동을 불러내어 말했다.

"몰래 한 번 데려 오너라."

"제 누이는 성질이 고약하여 입에 담을 수 없을 정도이옵니다."

어사가 두세 번 달래서야 데리고 들어왔다. 기생은 갖은 아양을 떨며 어사를 유혹했다. 이런 일이 있은 뒤로 밤마다 만났다가 새벽에서야 헤어졌다.

하루는 밤에 기생이 어사가 정이 없다고 투정을 하며, 자기 집으로 한 번 모시고 싶다고 유혹을 했다.

"변장이라도 해서 제 집에 한 번 오시와요."

어사는 그녀가 시키는 대로 했다.

드디어 기생과 함께 몰래 집에 이르러 옷을 벗고 잠자리에 들었다. 감사가 이 사실을 알고는 즉시 도사와 부유에게 별당에 잔치를 베풀라고 했다.

이날 밤 달빛은 대낮처럼 밝은데 크게 잔치를 베풀어 놓고는 뜰에다 광대놀이까지 벌렸다. 백성들도 마음대로 구경하게 문을 열어 놓고 막지 않았다. 기생도 어사를 유혹하여 말했다.

"우리도 함께 구경하셔요."

어사는 그녀의 말대로 함께 구경에 나섰다.

"여기에 우리 어머님 두룽다리와 검은 장옷이 있으니, 입고 가시면 변장하는데 아주 좋겠사와요."

어사는 드디어 그 말을 좇아 늙은 아낙의 모습으로 변장을 하고 기생과 함께 구경을 나섰다. 여러 사람들이 있는 곳을 비집고 들어가 뜰 가에 있는 대숲에 숨어서 구경하려고 자리를 잡았다.

감사는 어사가 이미 들어온 것을 눈치 채고는 즉시 아랫사람에게 명령을 내렸다.

"구경꾼이 너무 많구나. 더 이상은 못 들어오도록 문을 닫고, 들락날락 하지 않도록 하라."

그러고는 구경꾼에게 말했다.

"오늘 잔치에 어사를 청하지 못했으니 특히 주인이 빠진 셈이다."

"그렇사옵니다."

드디어 하인을 보내 모셔 오도록 했다. 하인이 돌아와서 알렸다.

"어사또께서는 아니 계십니다. 아무리 찾아 봐도 없었사옵니다."

감사가 즉시 주위에 있는 여러 관사를 찾아보도록 했으나, 결국 찾지 못했다. 갑자기 부윤이 말했다.

"어사께서 혹시 변장을 하시고 구경꾼들 사이에서 구경하시는 것은 아닐까요?"

감사가 이에 문지기에게 말했다.

"문을 반쯤 열어놓고 구경꾼들을 내보내도록 하라."

얼마 있다가 구경꾼이 모두 나가자 뜰이 텅 비게 되었다.

구경꾼이 없어지자, 감사가 또다시 명령을 내렸다.

"대숲도 찾아봐라."

여러 사람들이 명령을 받고 달려갔다가 일제히 소리쳤다.

"여기 두 사람이 숨어 있사와요."

데리고 나와 쳐다보더니 또다시 소리쳤다.

"한 사람은 여자의 장옷에 두룽다리를 썼는데 수염이 시커멓사옵니다."

"생김새가 어사와 비슷하옵니다."

감사가 놀라는 척하며 말했다.

"그럴 리야 있느냐? 잡아 올려 쓴 것을 벗겨 보도록 하라."

과연 어사였다. 잔치 손님과 기녀며 악공이며, 뜰에 가득한 이졸
들까지 입을 막은 채 배꼽을 쥐고 웃지 않는 사람이 없었다.

감사가 말했다.

"어째서 이런 모양을 하고 계시오?"

어사는 할 말이 없었다. 고개를 떨군 채 가만히 앉아 있을 수밖
에 없었다.

"그냥 입은 채로 상좌에 앉으시지요."

좋아했던 시골 아낙을 불러 옆에 앉혔다. 바로 그 기생이었다.
이에 음식을 차려놓고 풍악을 울리면서 밤새도록 즐겁게 노닐다가
마쳤다.

이튿날 어사는 아무 말 없이 떠나 버렸다. 마침내 이 일이 있고
부터 버림을 받았다.

(고금소총 제49화 巾幗御使)

---

* 두룽다리; 지난날 흔히 쓰던 방한모의 한 가지. 모피로 둥글고 기름하게
만듦.

無名(무명) 19

성종 때 강원도 원성(原城)에 한 명기가 있었다. 부임해 오는 사 또마다 혹하지 않는 이가 없었다. 한 대관이 임금에게 미색에 넋이 빠진 무리들을 탄핵하자 성종께서 말씀하셨다.

"여색을 좋아하는 것은 인간의 상정이나, 남의 말이라고 쉽게 할 수 있겠느냐?"

"이런 일도 참지 못하는 위인인데 앞으로 무슨 일을 하겠사옵니 까? 엄벌에 처해야 하옵니다."

뒷날 성종은 그 대간에게 특별히 관동지방을 맡겼다. 그는 부임 하자마자 기생들을 다 내쫓아버렸다. 성종이 몰래 원주목사에게 명 을 내렸다.

"예쁜 기생을 골라 방백을 유혹해 봐라!"

원주목사가 가만히 그 기생을 불렀다.

"임금의 분부시니, 여색을 멀리하는 이번 방백을 네가 유혹할 수 있겠느냐?"

"별 어려운 청도 아니군요 방백을 장롱 속에 넣어 보내 드리지요"

하루는 기생이 일부러 관아에다 말을 풀어놓았더니 뜰에 핀 국화꽃을 다 뜯어먹어 버렸다. 방백이 크게 노했다.

"누구 말이냐?"

기생이 과부로 꾸미고 관아에 들어와 빌었다.

"집안에 남정네가 없다보니 말이 풀려 꽃이 상하게 되었사옵니다. 죽을 죄를 지었습니다."

방백이 슬쩍 흘겨보니 이제 갓 스물쯤 될까 말까 한데, 소복을 입고 따로 화장한 흔적이 없는데도 절세의 미인이었다. 꽃같이 아름다운 그녀의 모습에 반해 차마 벌을 줄 수 없었다. 그래서 특별히 용서해 주었다.

그날 밤에 방백이 심부름하는 배동아이에게 물었다.

"아까 말을 풀어놓았던 그 여인은 어디 사는 누구냐?"

"바로 소인의 누이이온데 일찍이 과부가 되어 혼자서 관아 근처에서 살고 있사옵니다."

방백이 그 소리를 듣고는 그 여인에 대한 생각이 더욱 간절했다.

그러던 어느 날 저녁때 배동이 가만히 찾아가 말씀드렸다.

"소인의 누이가 사또의 너그러우신 은혜에 감사하여 배 한 바구니를 땄사오니, 여지껏 드리지 못해 가져왔다고 하옵니다."

방백이 속으로 잘된 일이라 생각하였다.

"여인이 직접 가져오도록 해라!"

여인이 가져오자, 대청으로 올라오도록 했다.

때마침 밤이 깊은지라 배동은 합문 밖에 엎드렸다가 거짓으로 코고는 소리를 냈다. 방백은 기생의 손을 이끌어 자리에 앉혔다.

기생이 일부러 수줍은 척하며 말했다.

"제가 창녀가 아닌 바에야 감히 명령을 따를 수 없나이다."

"깊은 밤에 아는 사람이 누가 있겠느냐?"

마침내 둘은 정을 통하게 되었다. 이로부터 밤이면 왔다가 새벽녘에 가니 한없는 정분은 깊어만 갔다.

하루는 기생이 방백에게 말했다.

"사또께서는 늘상 '진실로 사랑한다.' 하시면서, 제 집이 홍살문 밖에 있는데도 어찌 한 번 찾아오시어 사랑하는 정을 보여주지 않으시옵니까?"

방백이 허락을 하고는 밤이 되어 찾아갔다. 옷을 벗고 함께 잠자리에 들었다.

잠시 후에 급작스레 문밖에 어떤 놈이 와서 크게 소리를 질렀다.

"내가 준 재물이 너에게 박하지는 않았을 터인데 네가 나를 배반하다니! 결코 용서할 수 없다."

방백은 어찌한 바를 모른 채 가만히 서 있었다.

"포악한 놈이니 사또께서는 잠시 이불장 속으로 들어가 피하소서."

방백은 '잘됐다' 싶어 장롱 속에 들어갔다. 그 놈이 문을 열고 뛰어 들어오더니 소리를 내질렀다.

"저 농짝 속에 든 옷들은 다 내가 해준 것이니, 관가에 소청을 해서라도 도로 빼앗아가야겠다. 그래야만 너에게 속은 것을 씻을 수 있지."

큰 새끼줄로 농짝을 묶어서 지고 나가더니 곧바로 목사에게 소청을 했다.

"소인이 장속(裝束)하고 기생을 데리고 왔습니다. 끝내 손해만 입고 욕만 먹었습니다. 평소 쓰던 것이 모두 농짝 속에 들어 있으니, 청컨대 사또께서 열람해 보시고 추심해 주소서."

"농짝 문을 열어 봐라!"

발가벗은 한 남자가 두 손으로 얼굴을 가리고 엎드려 있었다. 여러 사람들이 자세히 살펴보니, 바로 방백이었다. 형리들이 소리를 질러댔다.

"사또께서 농짝 속에 들어 계시옵니다."

관아에 있던 사람들이 크게 놀라고, 이 소리를 들은 자들은 입을 가리고 웃어댔다.

야사씨(野史氏)가 말했다. 세상에 가장 어려운 것이 사람의 위신이다. 평소에 도의를 말하고 예의를 둘러대며 이름난 절개를 지녔다고 자임하는 자들도 다 내실이 있는 것만은 아니어서 간혹 대단치 않은 경우도 있으며, 이름난 절개를 지녔다고 자처하니 않는 자들이라 해서 또한 다 내실이 없는 것만도 아니다. 그런데도 전임자를 논할 때가 되면 사람들은 어째서 그렇게 매서울까? 미인 한 번 본 죄로 문득 장롱 속에 갇히는 신세가 되어버리니, 참으로 우습기도 하다. 세상에서 자기 스스로를 헤아리지 않고 한갓 남만 꾸짖기 좋아하는 자 치고 이 방백처럼 되지 않는다고 자신 있게 말할 자가 몇이나 되겠는가?

(명엽지해 제1화 妓籠藏伯)

無名(무명) 20

　명나라 희종 연간에 영남에 한 방백이 있었다. 어떤 고을을 순시하다가 기생 하나를 끌어안고 잠자리를 들려 했다. 기생의 남편이 알고는 몹시 화를 내며 나오라고 했다. 기생이 사또의 품속에서 가만히 속삭였다.

　"제가 지금 뒤가 급하옵니다. 한데 살그머니 혼자 나가면 사또께서도 반드시 의심이 될 것이오니, 사또께서는 하인들에게 '뒷간을 봐두라' 하오시면, 하인들은 마땅히 불을 밝혀놓고 엎드려 대령해 있을 것이옵니다. 그때 제가 사또 옷을 입고 나가면, 하인들은 반드시 사또신줄 알고 감히 쳐다보지 못할 것이옵니다. 그 틈에 제가 번개같이 다녀오면 의심하는 사람은 아무도 없을 것이옵니다."

　"좋을 대로 해라."

　기생은 드디어 사또 의관을 쓴 채 신발을 끌고 나갔다. 하인들은 과연 사또께서 납시는 줄 알았다.

　기생의 남편이 속으로 생각했다.

　'이제 여편네 혼자 있겠지.'

재빨리 창문을 열고는 팔뚝을 걷어 보이면서 말했다.

"사또 물건이 이렇게 팔뚝만 하더냐?"

방백은 속으로 '남편이구나.' 생각했지만, 일부러 못 들은 체 하였다.

잠시 후에 기생이 볼일을 보고 돌아왔다. 그 남편은 '사또가 돌아오는 것이라' 생각하고 재빨리 도주해 버렸다.

방백이 기생에게 물었다.

"지아비가 무슨 일하며 이름은 무엇이더냐?"

"관노 아무개올시다."

방백이 묵묵히 알고만 있었다.

다음날 아침에 관아에 나가 앉아 그 관노를 급히 불렀더니, 관노가 매우 의심을 하였다.

'혹시 여편네가 일러바친 게 아닌가?'

어제 그가 휘둘렀던 팔뚝을 방백이 직접 보려는 줄은 미처 모르고 있었다.

"너의 팔뚝 풍악을 보고 싶구나. 여기 올라와 한번 타 보아라."

관노는 이른바 팔뚝 풍악이라는 것을 모르니, 엎드린 채 망설일 수밖에 없었다.

방백이 직접 그의 팔뚝을 잡아당기면서 말했다.

"이렇게! 이렇게! 내가 '그만해라' 할 때까지 계속해라! 잠시라도 멈추면 벌을 내리겠다."

관노는 감히 사또의 명을 어기지 못하고 쉴 새 없이 양팔을 흔들어댔다. 폈다 굽혔다 하며 하루 종일 흔들어대니 살갗이 다 벗겨

지고 피가 나올 지경이었다. 그런데도 멈추지 못했다. 각 고을에서 심부를 온 아전이며 관아에 있는 관노들까지 괴이히 여기지 않는 이가 없었다.

다음날 시정을 염탐하는 이웃 고을 아전이 관노의 팔이 벗겨진 것을 보고는 괴이히 여겨 고을의 아전에게 물어 보았다.

"왜 저러시우."

"사또께서 팔뚝 풍악을 좋아해서 그렇소."

염탐하는 아전이 돌아가 자기 사또께 고해 바쳤다. 그 소리를 들은 이웃고을 사또도 건장한 사내들을 골라 팔뚝을 걷어 올리는 모양을 가르쳐주며 기다리게 하였다.

방백이 마을에서 5리쯤 지났을 때다. 여러 사람들이 길가에 쭉 늘어서 있다가 일제히 팔을 들어 감사를 향하여 팔을 올렸다가 내렸다가 뻗었다가 오무렸다가 한다. 바로 어제 관노가 했던 그대로였다. 방백이 쳐다보니 해괴하기도 하고 괴상한 짓거리였다. 급히 본 고을의 예방(禮房)을 불러 물어 보았다.

"이게 뭐하는 짓들이냐?"

"어제 염탐하는 아전이 와서 '사또께서는 팔뚝 풍류를 좋아하신다.' 했지요. 그래서 우리 사또께서 팔뚝 풍악을 하며 여기서 기다리라고 한 것이옵니다."

"무릇 풍류란 좋기는 하지만 실컷 보고나면 별 것 없느니라. 그만 두도록 해라."

마침내 사또를 파직시켰다.

듣고 있던 자들이 배를 잡고 웃지 않는 이가 없었다. 영남에 사는 어떤 사람이 들려준 말이다.

　야사씨가 말했다. 죄를 밝히는데 있어 법도를 바로 하는 것은 신하된 자로 정치하는 근본이다. 그런데도 팔뚝 풍악으로써 가르침은 백성을 다스리는 법을 보인 것이 아니오, 비위를 맞추어 아첨이나 한 것이니 선비로서 수치스러운 일이다. 잘못된 짓을 본받아 장난질이나 해대니, 이 어찌 수령된 자의 도리일까 보냐? 상하 관리들이 자신이 해야 할 일을 잘 모르고 있다고 할 것이다.

(명엽지해 제2화 腕樂罷倅)

無名(무명) 21

선비 최생(崔生)은 아비가 함흥 판관이 되자 따라가게 되었다. 그곳에서 어떤 기생을 사랑하여 몹시 빠져 있었다. 아비가 체차되어 서울로 돌아가게 되자 최생도 하는 수 없이 기생과 이별할 수밖에 없었다.

기생은 최생의 손을 잡고 울면서 말했다.

"한번 이별하면 다시 만나 뵙기 어려울 테니, 낭군의 몸에 있는 것을 하나 떼어주시면 한평생 간직하며 잊지 않으렵니다."

생이 이빨을 뽑아 주었다.

중간쯤 왔을까? 말에게 여물을 먹이며 길가에 있는 나무그늘 아래에서 쉬고 있었다. 때마침 기생이 보고파 흐르는 눈물을 닦고 있었다.

잠시 후에 어떤 젊은이가 그곳에 이르더니 눈물을 닦으면서 훌쩍거리고 있었다. 곧이어 또 한 젊은이가 오더니 눈물을 흘리고 있었다.

생이 마음속으로 이상하게 생각하며 물어보았다.

"당신들은 왜 우시오?"

한 젊은이가 돌아서며 말했다.

"소인은 서울 재상집 종이온데, 일찍이 함흥에 있는 기생을 좋아하여 서로 사랑한 지가 오래 되었지요. 그러던 어느 날 기생이 판관자제의 사랑을 받게 되자, 옛날의 정분 때문에 틈을 내어 이따금씩 만나주기는 하더군요. 방백의 아들이 오늘 또 기생을 좋아하게 되자, 이번에는 아예 문을 굳게 닫고 나오지를 않더군요. 모든 것을 단념하고 돌아가자 하니 하도 슬퍼서 울고 있는 겝니다."

"소인은 본디 서울 장사꾼이온데 작년에 북관에 갔다가 자색이 매우 뛰어난 기생이 있다는 말을 들었지요. 사또 자제가 데리고 살길래 소인이 돈으로 구워 삶아 가끔씩 틈을 타서 정을 나누었지요. 우리 둘의 정분이란 말할 수 없었지요. 오늘 사또 자제가 서울로 돌아가게 되었다는 말을 듣고는 '이제는 마음 놓고 즐길 수 있겠구나' 하고 생각했었지, 방백의 아들이 또 그녀를 얻어갈 줄 알았겠어요. 감영 안에다 깊숙이 가두어 놓으니 다시 만날 인연이 없어진 셈이지요. 심장이 찢어질 것 같던 차에 오늘 선비님이 눈물을 훔치는 것을 보게 되고 또 저 사람까지 눈물을 흘리는 것을 보게 되네, 자연히 감정에 북받쳐서 저도 모르게 눈물이 나오는군요."

"기생 이름이 뭐요?"

두 사람이 동시에 하는 말이 생이 좋아하던 바로 그 기생이었다. 생이 아연실색을 했다.

"아이구! 아이구! 그 천한 것을 무엇 하려 생각했던고?"

종에게 되돌아가서 이빨을 찾아오게 했더니, 기생이 박장대소하면서 말했다.

"어리석은 놈아! 도살장에서 알려주고 죽이더냐? 기생에게 수절을 찾는 놈이 어리석은 놈이 아니면 망령든 놈이지."

드디어 포대 하나를 꺼내 뜰에 내던지며 말했다.

"네 주인의 이빨을 내가 어찌 알겠느냐? 네가 찾아가라."

종이 쳐다보니 이빨이 포대 안에 가득한데, 너댓 말은 되어 모였다. 종은 웃으면서 돌아설 수밖에 없었다.

야사씨가 말했다. 양자(楊子)는 털 하나를 빼서 천하를 이롭게 하더라도 오히려 하지 않겠다고 하였거늘, 하물며 한 계집에게 미쳐서 좋아라, 이빨까지 빼주고 부모가 남긴 몸을 돌보지 않았으니, 어리석어도 한참 어리석은 자다. 또한 나무 밑에서 두 사람의 말을 듣고서는 기생이 더럽다는 것을 깨닫고는 이미 빠진 이빨을 돌려받고자 하였거늘 이빨을 찾을 수 있을는지는 모르겠으나, 빠진 이빨을 다시 심을 수야 있겠는가?

(명엽지해 제 35화 命奴推齒)

無名(무명) 22

어떤 어리석은 선비가 있었다. 관서지방의 한 기생에게 눈이 팔려서 몇 달째 머물러 있었다.

하루 저녁은 행수기생이 급히 기생을 불렀다.

"별성이 우리 고을에 오면 너희 방기들을 보낼 테니 아무쪼록 빨리 화장을 하고 들어가도록 해라."

그 소리를 들은 어리석은 선비는 울면서 기생에게 말했다.

"오늘밤에는 네가 필시 면치 못하리니 어떡해야 좋겠느냐?"

"나에게 좋은 계책이 있으니 걱정 마세요."

곧바로 음낭을 차고 가거늘, 선비는 매우 기뻐하면서 뒤따라 가 보았다.

기생이 객사에 다다르자, 낭을 풀어 담장 밑 기왓장에 감춰두더니 상방으로 깡충거리며 뛰어 들어갔다. 선비는 매우 화를 내며 낭을 꺼내 곧장 집으로 돌아와 버렸다.

손에 쥔 채 앉아있으려니 밝은 등불 아래 잠이 올 리 없었다.

'내가 매우 아껴 주었건만 제가 어찌 나를 속이는고'

한참동안 중얼거리더니 갑자기 쓰러져 잠들었다.

새벽에 기생이 객사에서 나와 자신의 납을 찾으니 둔 곳에 없었다. 선비가 가져간 줄 알고 집으로 돌아와 가만히 살펴보았다. 한참 단잠에 빠진 채 손에는 납을 쥐고 있었다. 기생이 선비가 쓰고 있던 모자를 몰래 벗겨 자기 납과 바꿔놓고 나와서는 다시 예전대로 찼다. 그리고는 느닷없이 선비를 불러 깨웠다.

"자는 거예요? 안 자는 거예요? 내가 계책을 써서 면했어요."

선비는 펄떡 일어나 소리를 쳤다.

"아이고! 아이고! 네가 한 일이 다 탄로 났다. 내가 쥐고 있는 것을 봐라."

기생이 창문을 열고 들어서며 말했다.

"보라는 게 뭐요?"

"네 음납이 여기 있다. 더 이상 할 말이 있느냐?"

기생이 웃음을 지으면서 쏘아 붙였다.

"음납은 내가 차고 있는데 어찌 당신이 가지고 있다 하시오. 다시 한 번 자세히 보세요. 모자를 납이라고 생각한 게 아니어요. 이제 잠꼬대까지 하는군요."

선비가 자세히 보니 과연 모자였다.

선비는 마음 속으로 괴이하게 여겼다.

'어째서 이렇게 되었지? 꿈이었던가?'

그러더니 기생의 등을 쓰다듬으며 기뻐하면서 말했다.

"네가 진실로 나를 저버리지 않았구나!"

야사씨가 말했다. 모자와 납은 애초에 혼동할 물건이 아니니, 꿈이건 아니건 역시 분별하기 어려운 일은 아니다. 그런데도 어리석은 선비는 기생의 잔꾀에 빠져서 꿈으로 돌려버리고 자신의 어리석음을 깨닫지 못하였으니, 요물이 사람을 유혹함이 너무 심했다고 할 것이다.

이 세상에서 지식 깨나 있는 자들 역시 요물 같은 여색에게 눈이 어두워 속임을 당하거나 신세까지 망치는 자가 더러 있으니, 다 이런 류(類)라 할 것이다. 경계치 않을 수 있겠는가?

(명엽지해 제 36화 握帽疑夢)

* 음납(陰衲); 여자가 월경을 닦아내는 배자(褙子).

無名(무명) 23

영남사람으로 성은 여씨(呂氏)이고 이름은 잊었다. 명경과에 합격하여 호서지방 어사가 되어 내려간 적이 있었다.

하루는 기생 여러 명을 데리고 뱃놀이를 하다가 배가 백마강 중류에 이르자 기생들을 돌아보고 말했다.

"아름답도다! 우리 산하여. 이곳이야말로 동국의 승지로다. 그런데 바위를 낙화라고 하는 것은 웬 일이냐?"

한 기생이 대답했다.

"소인은 일찍이 듣건대, '백제 의자왕이 날마다 궁녀와 노닐다가, 당나라 군사가 쳐들어와 살기 어렵게 되자 궁녀들이 이 바위에 올라가 물에 빠져 죽으니 드디어 낙화암이라 불렀다.' 하옵니다. 어사께서 어찌 모르시옵니까?"

"내 사서삼경을 꿰뚫고 있고 사략이며 통감을 다 섭렵했으나, 우리나라 역사에 이르러서는 아직 자세히 보지 못하였느니라."

"일찍 여기서 노시던 별성 사또는 옛날에 젖어 시를 지었거늘 오늘같은 자리에서 시 한 수도 없으시옵니까?"

여씨는 시를 짓지 못하지만 기생에게 업신여김을 당하기 싫었다. 반나절을 끙끙거리다가 겨우 두 구를 이루더니 무릎을 치면서 낭랑하게 읊조렸다.

> 그 옛날 노닐던 곳 생각해보니
> 방탕히 노님으로 나라 비록 망했으나
> 강산이 이렇듯이 아름다우니
> 의자왕께 죄가 없도다
> 憶昔曾遊地　淫佚國雖亡
> 江山如此好　無罪義慈王

대개 시의 뜻은 옛날 의자왕이 일찍이 노닐던 곳을 생각하며, 방탕히 노닌 것으로 인하여 나라가 비록 망했지만 강산이 이렇듯이 좋으니 의자왕이 방탕한 것은 진실로 잘못이 없다는 것이다.

지금까지도 이 이야기를 듣는 자들은 배를 잡고 웃어대지 않는 사람이 없었다.

야사씨가 말했다. 사람에게는 재주가 있는 사람도 있지만, 재주가 없는 사람도 있다. 재주가 있는 사람이 재주 없는 것처럼 보이기도 하거니와, 재주가 없는 사람이 재주 있는 것처럼 보이지는 않는다. 어사가 기생의 말을 부끄러이 여겨 자신이 능하지 못한 것을 억지로 하다가 시인묵객들에게 비웃음을 샀으니, 망녕됨이 아니고 무엇이겠는가.

아! 명경과에 합격한 자가 이 지경이니, 국가에서 인재를 취하는
효과가 어찌 있겠는가.

(명엽지해 제 49화 羞妓賦詩)

* <순오지>(旬五志)에도 같은 내용의 글이 수록되어 있음.

無名(무명) 24

장령 최계훈(崔繼勳)이 영천(榮川) 군수로 있을 때 일이다. 선비 배유화(裵儒華)가 최에게 명함을 내밀고 만나주기를 청했다.

최가 미리 한 기생에게 일러두었다.

"배가 문에 들어서는 것을 엿보고 있다가 나에게 '할아버지! 할아버지! 아비가 들어옵니다.'라고 소리쳐라."

마침 배가 들어오자 기생이 시키는 대로 말했다.

최가 손뼉을 치고 좋아라, 하며 배에게 말했다.

"저 기생이 나를 할아비라 하고 그대를 아비라 하니 어찌 된 일인가?"

배가 곧바로 응답했다.

"시골 여인들의 풍속에는 시아비를 아비라 부르고 자기 지아비를 할아비라, 하잖소 사또는 그것도 모르오?"

최가 아무 말도 못했다.

대개 우리말이 '옹'(翁)자를 새긴 음이 '조'(祖)자와 같았기 때문에 그렇게 대답한 것이다.

(명엽지해 제 73화 囑妓喚爺)

無名(무명) 25

청천 심수경(聽天 沈守慶)이 젊었을 때에 평양의 한 기녀를 사랑하여 매우 정을 쏟았는데, 그가 병사(兵使)가 되었을 때에는 기녀는 이미 죽었다. 공이 그 죽음을 슬퍼하여 시를 짓기를,

사람이 나서 한 번 죽는 것은 마침내 떠날 수 없는 일이니
나도 죽어서 선연동 안의 혼이 되고 지고.
人生一死終難免　　願作嬋娟洞裏魂

라고 하였다. 선연동이란 곳은 기녀들의 묘지가 있는 곳이다.

공이 뒤에 호서의 관찰사가 되었을 때의 일이다. 송계(松溪) 권응인(權應仁)은 바로 참판 응정(應挺)의 서동생인데, 문장에 능숙하였다. 홍주(洪州)의 기녀가 시를 지어주기를,

인생이 뜻 얻으면 남북이 없는 것을
굳이 선연동의 혼일랑 되지 마세요.
人生得意無南北　　莫作嬋娟洞裏魂

라고 하였다. 심공이 노래를 듣고 크게 칭찬하며 누가 지었느냐고
물으니, 기녀가 응인이라고 대답하였다.

  공이 평소에 그의 이름을 들었으므로 맞아들여 서로 인사한 뒤
에 술자리를 벌이고 시를 지었다. 시를 짓기를,

> 백설가 전해 듣고 지음한지 오래건만
> 청운에 길이 막혀 서로 낯을 알기 더디었네.
> 歌傳白雪知音久　　路阻靑雲識面遲

라고 하니, 심공이 그의 손을 잡고 말하기를
  "너의 재주가 이같이 높은 줄은 잠작하지 못하였다."
하고 드디어 포의(布衣)의 교우로 정하였다고 한다.

(紫海筆談)

無名(무명) 26

안평대군(安平大君)의 호는 비해당(匪懈堂)이다. 그는 용모와 행동이 뛰어나게 시원스럽고 풍류도 깨끗하고 호탕했으며 글씨로 세상에 알려졌다. 그래서 매죽헌(梅竹軒) 성삼문(成三問)과 신숙주(申叔舟) 같은 학자들도 모두 다 그를 따라 풍류를 즐기며 놀았다.

이때 평양에 한 기생이 있었는데 인물이 아름답고 재주가 뛰어나서 관서지방에서 제일이라고 했다. 그는 스스로 몸가짐을 고상하게 가져 가볍게 몸을 허락하지 않아서 비록 평양감사의 위엄으로도 그 뜻을 잘 빼앗지 못했다.

안평대군은 그 이름을 듣고는 한 번 평양으로 가서 연광정에 올라 뛰어난 경치를 구경하면서 아울러 그 기생을 가까이 하려고 생각했다.

그런데 어느 날 문 밖에 최생(崔生)이란 사람이 찾아와서 배알을 청하므로 맞아들여 보니 나이가 겨우 스무 살쯤이고 정숙하고 아름다움으로 꽉 차 있었다. 안평대군은 기특하게 여겨 그와 함께 이야기를 나누었는데, 최생은 말하기를,

"명공께서는 글씨를 잘 쓰신다는 말이 오래 전부터 퍼졌으니 한 번 보고 싶어서 왔습니다."

하였다.

안평대군은 곧 시종하는 사람을 시켜 다듬은 흰 종이를 한 서축 가져다 펴놓게 하고 그 위에 글씨를 쓰고 최생에게 말하기를,

"그대도 이미 글씨에 뜻을 가진 것 같은데 한 번 여기에 써보는 것이 좋겠구만."

하고 권하니, 그는 겸손하게 사양하기 오랫동안 하더니, 안평대군이 쓴 서폭을 넘기고 또한 그 서축 위에 글씨를 쓰는데 글자의 획이 단정하나 별로 새로운 뜻 같은 것은 느끼지 못하였다.

그런데 최생이 인사를 마치고 돌아간 뒤에 안평대군이 다시 글을 쓰려고 최생이 쓴 글씨 폭을 넘기는데 다시 보니 그 글자의 기세와 먹 흔적이 오히려 먼저 폭과 같아서 연달아 너댓 장을 넘겨도 꼭 한 판에 박아놓은 것과 같은지라, 크게 놀라서 비로소 그것이 신필인 줄 알았다.

그 뒤 며칠 있다가 최생이 다시 찾아왔다. 안평대군은 뜰 아래까지 내려가서 그 손을 잡고 말하기를,

"그대는 참말로 천하의 명필이니 청컨대 그대의 편달을 받고 싶네"

하니, 최생은 겸손하게 사양하면서 말하기를,

"명공 앞에서 생이 감히 글 쓰는 사람으로 자처하겠습니까? 요즘 듣자오니 명공께서 장차 평양을 유람하신다고 하시니 감히 뒤따라 가고 싶나이다."

하였다. 안평대군은 기뻐하며 이를 허락했다.

안평대군이 평양으로 떠날 때 한필의 말을 갖추어 최생에게 주니 그는 사양하며 받지 않고 그 뒤를 따랐는데, 혹은 먼저 혹은 뒤에 짝지어 가며 밤이 되면 반드시 모시고 이야기를 나누었다.

안평대군이 평양성에 이르자 감사는 큰 잔치를 연광정에 베풀고 여러 고을 수령들은 유명한 기생을 데리고 다 모였다. 안평대군의 풍채는 이 자리를 돋보이게 해서 모든 사람들이 우러러보며 공경하였다.

그런데 유독 한 기생만 단정하게 앉은 채 움직이지도 않았다. 안평대군은 자주 그를 눈여겨보았으나 그 기생은 끝내 시무룩하며 좋아하지 않으니, 그 스스로의 긍지를 지니고 있는 것 같았다. 그래서 그만 온통 즐기는 자리에 흥이 깨지고 말았다.

이때 풍악이 연주되고 풍류를 즐기는 사람들이 자리에 가득한지라 바야흐로 글을 지어 읊게 되었는데, 마침 최생이 옷깃을 걷어잡고 다락으로 올라왔다. 안평대군은 그를 맞으며 최생에게 말하기를,

"이 자리에 여러 사람들이 마침 글을 지어 읊으니 그대도 또한 한 수 지어 보는 것이 좋겠네."
하니, 그는 시 짓는 책을 차례로 펴보고 나서 붓을 잡고 시 한 편을 지어 말하기를,

왕자님의 깨끗한 골격은 가을에 대밭으로 들어가는 듯하고
아름다운 여인의 예쁜 단장은 고운 비를 맞으며 꽃밭을 지나

는 듯하네.

　　王子骨淸秋入竹　　美人粧濕雨過花

하였다. 그 기생은 곁에서 이것을 보고 있다가 곧 자리에서 떨어져 앉아서 먹을 갈고 또 안평대군에게 청하여 말하기를,

"이 소년낭군의 시상을 보니 글씨 쓰는 재주와 함께 귀신과 같고 또한 음악도 잘 하는 것 같사오니, 저는 노래를 부르고 그는 거문고를 타며 오늘 밤을 즐기는 것을 허락하시면 좋겠나이다."

하니, 안평대군은 이를 허락하였다.

그러자 기생은 드디어 목청을 다듬어 노래를 부르니 최생 또한 사양하지 않고 거문고를 어루만지며 잘 탔다. 그 아름다운 소리가 부드럽게 어우러져서 슬픈 듯 원망하는 듯 맑고 간절하니, 그 아름다운 노랫소리가 미묘한 거문고 소리와 잘 어울려 그만 연광정에 모인 모든 사람들이 맥을 잃고 서로 돌아보며 말을 하지 못하였다.

최생은 좌중의 기생이 좋아하지 않은 것을 보고는 천천히 일어나서 말하기를,

"생이 여기에 온 것은 한 번 연광정을 구경하려고 온 때문입니다. 이제 그 짐을 덜었으니 물러가겠습니다."

하고 일어나서 다락을 내려가 버렸다. 이때 기생도 안평대군에게 청하기를,

"첩은 본래 천한 병이 있어서 오래 앉아 있을 수가 없습니다. 감히 먼저 물러가겠나이다."

하고는 급히 몸을 일으켜 최생의 뒤를 따라가니, 안평대군은 멍하

니 아무 기색이 없이 그 뜻을 허락했다.

최생은 곧 부벽루 위로 올라가더니, 갑자기 보이지 않았다. 이때 기생은 최생을 쫓아서 그곳에 이르렀으나 그가 간 데를 알지 못하자 드디어는 스스로 몸을 강 위의 층암절벽에 내던져 죽었다.

평양사람들은 지금도 서로 그 이상한 일을 전해 오고 있다.

(금계필담 제103화)

  합천(陜川) 심용(沈鏞)은 어려서부터 호탕하여 의로운 일을 위해서는 재물을 멀리해 세상 사람들이 다 그를 칭송했다.

  공이 일찍이 동촌을 지나가는데 한 아름다운 여자가 창을 열고 밖을 바라보고 있는 것을 보고, 그 아름다움을 사모하여 인근에 사는 중매쟁이를 찾아가서 알아보니 전감(殿監)의 기생첩이었다. 그는 드디어 몰래 그 중매쟁이에게 뇌물을 주고 연모하는 정을 알리니 기생이 기쁘게 그 뜻을 따랐다. 이로부터 밤이 되면 그곳에 드나드는 일이 잦아졌다.

  어느 날 저녁, 그 기생과 함께 침상에 누워 있었는데 전감이 밖에서 문을 열고 들어왔다. 심공은 미처 도망갈 데가 없어서 급히 숯 화로를 들어 전감의 얼굴을 내리치고 곧 자리에서 일어나 기생을 데리고 도망하여 몰래 자기 집에 데리고 와서 살았다.

  세월이 흘러 이미 오래되었다. 하루는 문 밖에서 거지가 밥을 구걸하는데 목소리가 매우 애절했고, 얼굴을 보니 몹시 추하게 일그러지고 또 애꾸눈이라 바라보기도 놀라울 만큼 참혹했다. 심공이 측은

한 생각에 거지에게 밥을 주고 그 까닭을 물으니 그가 말하기를

"세월이 바뀌고 지나간 일이라서 그 일을 말한들 무슨 이로움이 있겠습니까?"

했다. 심공이 여러차례 물으니 그는 탄식하며 말하기를,

"나는 본래 전감이었지요. 젊었을 때 집안이 좀 풍요로워서 기생의 집을 드나들다가 한 기생을 집에 데려와 살았는데, 하루는 대궐에서 일을 마치고 돌아와서 막 문을 열고 방에 들어섰더니 누군지 알 수 없는 사람이 갑자기 숯 화로를 들어 내 얼굴을 치고는 기생을 데리고 도망갔어요. 나는 오래 있다가 비로소 살아나서 몇 년 동안 고생한 끝에 가까스로 죽음을 면할 수 있었으나, 얼굴 모양이 파상하여 이 지경에 이르고, 재산도 역시 탕진하고 없어져서 이렇게 거지가 되었습니다."

하였다.

심공은 이 말을 듣고 몹시 부끄러워하며 죄를 뉘우쳐졌다. 곧 그것이 자기가 저지른 일이라는 것을 알고는 급기야 거지를 데리고 내실로 들어가 기생에게 일러 말하기를,

"이 사람이 너의 전 남편이다. 나의 한 때의 실수로 인해 저 사람이 이 지경이 되도록 만들었으니 어찌 부끄럽고 죄스럽지 않으랴? 또 나와 너는 함께 산 지 오래되었으니 이 집과 재산을 모두 네게 주리니 이제부터는 전 남편과 다시 옛 인연을 잇는 것이 좋겠다."

하고는 곧 문을 나서 가버렸다. 세상에서는 이를 보고 공의 뜻과 기상이 매우 훌륭하다고 칭찬하였다.

또 내외 관사에서 이름을 날리는 기생 사오십 명이 특별히 탕춘
대에서 큰 잔치를 베풀고 저마다 평생 잊지 못한 지아비 한 사람을
청해오도록 하고 우두커니 기다리고 있었다.

때는 석양녘이 되어 버드나무 그림자가 길게길게 누웠는데, 백발
에 불그스레한 얼굴의 한 노인이 좋은 말을 타고 동자 하나가 거문
고를 옆에 끼고 그 뒤를 따라 왔다.

모든 기생들이 각기 기뻐하여 나와 맞으며 말하기를,

"어서 오십시오"

하고서 찬찬히 그를 보니 그는 합천 심공 그 사람이었다.

그의 평생 호탕함이 이와 같았다.

(금계필담 제 131화)

無名(무명) 28

신축년 봄에 문량공(文良公) 진산(晉山) 강희맹(姜希孟)이 중국 사신의 원접사가 되었을 때다. 매계(梅溪)가 종사관이었는데, 관서지방에 이르러 창화(唱和)한 시가 매우 많다. 공이 매계를 희롱하며 절구 시를 지었는데,

> 그대 마음은 바람에 휘날리는 버들가지요
> 저의 마음은 소반 위에 놓인 구슬이라
> 구슬은 굴러도 소반 안에 있건만
> 버들가지 날리면 종잡을 수 없어라.
> 郎心飄蕩風中絮　　妾意團圓盤上珠
> 珠行只在盤中轉　　絮飛萬里終難須

라 했다. 또,

> 구화봉이 꺾이고 대동강이 막히니
> 원앙 단꿈 깨어나 천지신명 찾는데

때마침 찾아온 어디 사는 낭자길래,
온갖 교태 다 지으며 옛 님을 유혹하나.
九華峰摧大同墟　　鴛鴦夢罷誓明神
摘來何處阿娘子　　百媚千嬌誤舊人

라 했다. 또,

붓을 들고 비단 속옷에 천만자(字)를 휘두르니
한 자 한 획이 가슴에 침을 박았네.
먹자국이 낭군의 마음을 함부로 바꾸지 못해도
진시황이 불사른 공적은 비로소 믿노라.
點筆羅襦千萬字　　一字一畫一心鋒
墨跡未漫郎心改　　始信秦皇烈焰功

라 했다.

공이 평양에 갔을 때, 전에 잠자리를 모셨던 기생이 이미 늙은
것을 보고 가련한 생각이 들어 지은 시에,

십 년 만에 관서 땅에 다시 오니
기녀는 이미 백발이 되었고 나도 또한 늙었도다.
十年重到關西地　　妓已皤皤客又容

라고 했다.

그리고는 '의주에 이르러 사신을 보내고 돌아와 지은 시'에,

패강에서 늙은 기생을 또다시 보니
나를 따르면 뒷날 좋은 기약 있으리.
스스로 말하기를 용만은 예전 방문했던 곳이라
거마를 따르고자 하나 한창 노는 때라네.
쇠피리를 한가하게 불며 새로운 솜씨를 자랑하고
꽃다운 머리털 살짝 쓸어넘기며 점점 성글어감을 부끄러워하
네.
나도 모르게 중도에서 애정이 식어버려
쓸쓸한 객관에 홀로 돌아오니 더욱 외로워라

浿江重見老倡兒　　隨兒他年有好期
自說龍灣曾訪處　　欲從車馬勝遊時
閑吟鐵笛誇新巧　　略掃花鬘愧漸稀
不覺半途雲雨散　　獨來孤館轉孤危

라고 했다. 또 '그녀의 부채에 지은 시'에,

나는 아직 검은 머리요 너도 젊은 계집
취하여 긴 거문고를 안고 통군정에 오른다
거듭 용만에 이르니 정말 꿈과 같고
온 강의 구름을 불어 없애버려도 무방하리라
십이 년 전에 일찍이 이별을 했다가
다시 와서 보게 되니 꿈인가 생시인가
거울 속의 나그네 모습 변한 줄 알지 못하고
오히려 애정으로써 옛날을 말하네.

吾猶黑髮汝紅裙　　醉把長箏上通軍
重到龍灣眞似夢　　不妨吹破滿江雲

十二年前曾別離　　重來相見夢耶非
鏡中不識容華變　　猶把情悰說舊時

라고 했다.

　그 뒤에 그 기생은 더욱 늙어서 기적(妓籍)에서 빠졌는데 사신들이 평양에 오면 그 기생은 부채에 쓴 시를 그들에게 바쳤다. 그러면 많은 사람들이 그 시를 읊고는 도와주는 재물을 기생에게 주었다.

(소문쇄록 제 116화)

無名(무명) 29

　내가 기읍(岐邑)에 도착하자, 소문에 고을에는 일찍이 글을 조금 아는 기생이 있었다 한다. 죽은 지도 어언 10여 년이 지난 뒤라 그 기생을 한번 만나 보지 못한 것이 못내 아쉬웠다. 주위 사람에게 현재 전해지는 것이 있는지를 물어 보았다.

　어떤 아전이 그 기생이 지었다는 시를 외고 있었다. 그 중 한 수는 이렇다.

배학봉 꼭대기에는 달이 정히 둥글고
정금당 아래는 물이 졸졸 흐르는도다.
명월처럼 영원히 이지러지지 마시고
유수처럼 흘러 아니 말으소서.
拜鶴峰頭月正團　　淨襟堂下水潺潺
願如明月長無缺　　莫使水流去不還

　아마 전등신화(剪燈新話)나 조금 읽고, 아쉬운 대로 소대(蘇臺)

의 죽지사(竹枝詞) 체를 본뜬 듯하다. 또한 바둑에도 뛰어났다 한
다.

(봉성문여(鳳城文餘) 제7화)

* 전등신화(剪燈新話); 중국 명나라 때 구우(瞿佑)가 지은 괴이소설(怪異小說).
* 소대(蘇臺)의 죽지사(竹枝詞); 중국 송나라 때 소식(蘇軾)이 지은 죽지사.

無名(무명) 30

평양의 한 기생이 자질과 가무로 어려서부터 이름을 떨쳤다. 스스로 말하기를, 겪어본 사람이 많지만 잊지 못하는 사람은 둘인데, 하나는 아름다워서 못 잊는 것이고 다른 하나는 거칠고 더러워서 못 잊는 것이라고 했다. 간혹 다른 사람이 그 까닭을 물으면 이렇게 대답하였다.

어렸을 적에 순사또를 모시고 연광정에서 잔치를 벌이고 있었지요. 석양이 질 무렵 난간에 기대어 장림(長林)을 바라보고 있노라니, 어떤 멋진 젊은 사내가 나귀를 나는 듯이 몰고 오더군요. 강변에 달려와 닿는 듯하더니, 배를 불러서 타고 건너와 대동문으로 들어오는데, 풍채가 동탕했지요. 바라보노라니 마치 신선 가운데 노니는 사람 같은데, 심신이 취한 것처럼 몽롱해지더군요.

측간에 간다는 핑계를 대고 누대에서 내려와 그가 묵는 곳을 알아보니 바로 대동문 안의 객점이더군요. 자세히 알아둔 다음 잔치가 끝나기를 기다렸다가 화장을 고치고 시골 아낙네처럼 차리고선 저녁 어스름을 타 그 집에 갔답니다. 창틈으로 엿보자 옥 같은 미소년이 촛불 아래에서 책을 보고 있는데, 이처럼 잘 생긴 사내와 잠자리를 함께 못 한다면 죽어도 눈을 감지 못 할 거라는 생각이 들더군요.

그래서 기침을 하며 밖에서 창문을 두드리자 그 소년이 누구냐고 묻는 거예요.

"이 집 안주인이옵니다."

다시 이 밤중에 무슨 일로 왔느냐고 묻더군요.

"저희 집에 장사치들이 많이 들어와서 잘 곳이 없는지라, 윗목한 자리를 빌어서 자고자 하옵니다."

"그렇다면 들어와도 좋소."

이어서 그녀가 문을 열고 들어가서 촛불 아래 앉아 있는데, 소년은 곁눈질 한 번도 하지 아니하고 단정히 앉아서 책만 보고 있었다. 밤이 깊은 뒤 촛불을 끄고 누웠는데 신음소리를 내자 소년이 어디가 아파서 그러냐고 물었다.

"일찍이 가슴앓이가 있는데, 방이 냉골이라 묵은 병이 다시 도졌사옵니다."

"그렇다면 내 등 뒤 따뜻한 곳으로 와서 누우시오."

그러나 그녀가 등 뒤에 누운 뒤 한식경이 지나도록 돌아보지도 않는지라 다시 말했다.

"행차께서는 어떤 사람인지 모르겠소, 내시가 아니시오?"

"무슨 말이요?"

"첩은 주인집 아낙네가 아니옵고 바로 관기올시다. 오늘 연광정

위에서 행차의 풍채를 바라보옵고, 마음에 흠모하여 이처럼 꾸미고 왔으니, 이는 한번 뵙고자 해서입니다. 첩의 바탕이 밉지는 않았고, 행차의 연기도 늦지 않았는데, 한번 돌아보지도 않으시니 내시가 아니라면 어찌 그렇겠사옵니까?”

그 사람이 대답하였다.

“네가 관물(官物)이란 말이냐? 그렇다면 어찌 일찍 말하지 않았단 말이냐? 나는 주인집 여자로 알고 그랬던 것이니라. 옷을 벗거라. 함께 자보자꾸나.”

이어 함께 희롱을 하는데, 그 풍류의 맛인 즉 일개 화류계의 방탕한 남자였으니, 운우의 정이 흡족하였다. 새벽이 되자 일어나 서둘러 채비를 하고 떠나려고 하는데 그녀에게 말하는 것이었다.

“의외에 상봉하여 요행 하룻밤 인연을 맺었으니, 갑자기 헤어지고 나면 나중에 만남을 기약하기 어렵구나. 이별의 회포야 어찌 말로 다하겠느냐? 행낭 중에 정표로 삼을 만한 것도 별로 없으니, 시나 한 수 남겨주마.”

이어서 그녀로 하여금 치마폭을 들도록 하여 시를 써 내려 갔다.

물은 멀리 떠도는 나그네 같아 머무름이 없는데
산은 가인(佳人)인 양하여 보내는 정 연연하네.
은촉은 오경인데 운우의 즐거움 그치니
숲에 온통 이는 풍우는 쓸쓸한 가을 소릴세.
水如遠客流無住　山似佳人送有情

銀燭五更罷幌洽   滿林風雨作秋聲

　시 쓰기를 마치자 붓을 던지고 떠났는데, 그녀가 소매를 부여잡고 울며 거주성명을 물었으나 웃어넘기며 일러주지 않았다.

　"나는 산수와 누대를 찾아 방랑하는 사람이나, 거주성명은 물어 무엇하겠느냐?" 이러며 표연히 떠나갔다.

　그녀는 집에 돌아왔지만 잊으려고 해도 잊을 수 없는지라 치마의 시를 부여안고 울었으니, 이것이 바로 아름다움을 사모하여 잊기 어려운 자였다.

　일찍이 순사또의 수청기생으로 모시고 있는데, 하루는 문지기가 와서 모처의 마름 아무개 동지(同知)가 뵙고자 문밖에 와있다고 아뢰었다. 순사가 그를 들어오게 하여 바로 보니 비대한 촌놈이라. 베옷에 짚신차림으로 허리에는 반쯤 빛이 바랜 띠를 둘렀고, 머리에 늘어뜨린 금권(金圈)은 완연한 똥색인데, 눈자위가 사납고 용모가 추한지라 바로 일개 천봉장군(天蓬將軍)이었다.

　절을 올리기 전에

　"너는 무슨 일로 멀리에서 왔느냐?"

고 순사가 묻자 대답하였다.

　"쇤네는 먹고 입는 것은 구차하지 않아 별로 순사또께 바라는 것이 없사오나, 평생 소원이 어여쁜 기생년 하나와 정을 통하는 것이오니, 이를 위해 불원천리 왔사옵니다."

　순사또가 웃으며 말하였다.

　"네가 그런 생각을 품었다면 안 될 것도 없다. 이 중에 마땅한 기생이 있는지 가려 보거라.”

그 작자가 명을 듣자마자 곧장 수청방으로 들이닥치는데 기생들은 모두 풍비박산하여 달아났다. 그 작자가 그 뒤를 따라가며 쫓는데, 하나를 잡더니 얼굴이 예쁘지 않다 하고, 또 하나를 잡더니 살져서 마땅치 않다 하였다. 급기야 그녀에게 이르자 잡아서 훑어보고는,

“쓸 만하군.”

하며 끌어안고 담장 구석으로 가서 강제로 욕을 보였다.

그녀는 이때에 힘이 약한 까닭에 죽으려고 해도 죽을 수가 없어 그 작자가 하는 대로 맡겨 두었다. 얼마 뒤에 몸을 빼어 집에 돌아가 따뜻한 물로 몸을 씻었으나 비위가 뒤집어져 며칠이나 밥을 먹을 수 없었다. 이것이 바로 추하여 잊기 어려운 자였다고 한다.

(계서야담 제19화)

無名(무명) 31

  옥계(玉溪) 노진(盧禛)은 일찍이 아버지를 여의고 집이 가난하였는데, 남원 땅에 살고 있었다. 나이가 이미 장성하였지만 혼인할 비용이 없었는데, 당숙이 무인으로서 그때에 선천(宣川) 원님이었으므로, 옥계의 모친이 선천에 가서 혼수 비용을 빌어 오도록 권하였다.

  옥계는 떠꺼머리 차림에 도보로 길을 나서 선천에 이르렀으나, 문지기에게 막혀 들어가지 못하고 길가에서 어정거리고 있었다. 이때 마침 어떤 동기(童妓) 하나가 새 옷을 곱게 차려입고 지나가더니, 걸음을 멈추고 서서 물끄러미 보다가 물었다.

  “도령께서는 어디에서 오셨소?”

  옥계가 사실대로 말하자 기생이 다시 말하였다.

  “저희 집이 아무 동네에 있는데 바로 몇 번째 집이지요. 여기에서 멀리 떨어지지 않았으니, 도령께서는 아무쪼록 저희 집에 하처를 정하십시오”

  옥계가 허락하고서 간신히 관문에 들어가 당숙을 보고 내려온 연유를 말하자, 찡그리며 말하기를,

"새로 부임하고 얼마 되지 않은데다, 관청의 빚이 산처럼 쌓여 있으니 매우 고민이구나."

라며 냉담하였다. 옥계가 사처로 나가서 자겠다는 뜻을 말하고 문을 나와 그 집으로 찾아가자, 동기가 흔연히 웃으며 맞이하였다. 그 어미더러 저녁밥을 정성껏 내게 하더니, 밤에는 함께 동침을 하며 그 기생이 말하였다.

"제가 본관을 보니 수단이 매우 적더이다. 비록 지친간이라도 혼수를 넉넉히 도와줄 지는 알 수가 없으리다. 제가 도령의 기골과 상모(狀貌)를 보니 크게 현달하실 상입니다. 어찌 꼭 짐바리를 구걸하실 필요가 있겠습니까? 제가 몰래 모아둔 은이 오백여 냥이나 있사오니, 여기 며칠 머무시다가, 다시 관문에 들어가실 것 없이 가지고 바로 돌아가시는 것이 좋겠습니다."

옥계가 불가하다며 말하였다.

"행동거지가 이처럼 표홀했다가는 당숙이 어찌 꾸짖지 않으시겠소?"

"도령께서는 비록 지친의 정을 믿으시나 보지만, 지친이라고 해도 어찌 믿을 수 있겠나이까? 허다한 날을 머무른댔자 난색을 보이는데 불과할 것이고, 돌아갈 때에 불과 수십 금으로 전별할 터이니 장차 어디에 쓰시겠소? 여기에서 바로 떠나는 것만 못할 것입니다."

옥계는 이로부터 낮이면 들어가 당숙을 보고, 밤이면 나와 기생 집에서 잤다.

어느 날 밤에는 기생이 등불 아래에서 행장을 꾸리더니, 그 은을 꺼내어 보자기에 싸는 것이었다. 새벽이 되자 마구간에서 좋은 말한 필을 끌어내 그를 태우더니, 갈 것을 재촉하며 말하였다.

"도령은 십 년이 지나지 않아서 반드시 크게 귀히 될 것입니다. 저는 마땅히 몸을 깨끗이 하고 기다리리다. 다시 만날 기약은 다만 등과하신 후에 있을 따름이니, 천만 보중하소서."

이어 두 줄기 눈물이 옷을 적시는지라. 옥계도 또한 애달픈 심정으로 길을 나서, 당숙에게는 하직인사도 하지 않고 갔다. 다음날 본관이 그가 이미 떠났다는 말을 듣고, 그의 행색이 광망스러움을 은근히 괴이쩍게 여겼으나, 마음속으로는 다소의 재물이나마 낭비하지 않게 되었으니 무방하게 되었다고 생각하였다.

옥계가 떠난 지 며칠 만에 무사히 집에 도착하여 아내를 얻고 살림을 꾸려가니, 자못 먹고 입는 걱정이 없었다. 이에 애써 공부를 하였는데, 사오년 뒤 등과하여 크게 임금님께 알려진 바가 되었다.

얼마 지나지 않아서 암행어사가 되어 관서지방을 살피게 되자, 마음속으로 그 기생을 생각하고 바로 그 집으로 찾아갔다. 그 어미가 혼자 있다가 옥계를 보자, 그 얼굴을 알아보고서, 소맷자락을 잡고 울며 말하였다.

"우리 딸이 나으리를 보낸 날로 집을 버리고 달아났는데, 간 곳을 모른답니다요. 소식이 아주 끊어진 지가 지금껏 몇 해나 되었지요. 늙은 몸이 밤낮으로 생각하느라고 눈물이 마를 때가 없다오."

옥계가 망연자실하며

"내가 여기에 온 것은 오로지 옛 사람과 상봉하려던 것이었는데, 이제 그림자도 없으니 낙담천만이로구나. 그러나 제가 반드시 나를 위해 자취를 감추었을 터이지."

하고 이어서 다시 물었다.

"할멈의 딸이 한 번 떠난 뒤로 죽었는지 살았는지 소식조차 듣지 못하였소?"

"요즈음 풍문에 혹 말하기를, 우리 딸이 성천 경내의 산사에서 자취를 의지하고 있는데, 종적을 감추고 있어 얼굴을 본 사람이 없다고 합니다요. 그러나 풍편에 전하는 말을 또한 믿을 수가 없고, 늙은 몸이 연로하여 기운이 쇠약한데다 남자도 없으니 찾아갈 수가 없습니다요."

옥계가 듣기를 마치자 바로 성천 땅으로 가서, 온 경내의 사찰을 두루 찾아가 낱낱이 다 찾았건만 끝내 찾을 수 없었다. 이처럼 다니다가 어떤 절에 이르니, 뒤에 천 길이나 되는 절벽이 있고 그 위에는 작은 암자가 하나 있는데, 바위가 가파르고 산이 험준해서 발붙일 곳이 없었다.

옥계가 덩굴을 더위잡고 간신히 올라가자, 두어 명의 중이 있었다. 물어본즉 이렇게 말하는 것이었다.

"사오년 전에 어떤 여자 하나가 나이는 스무 살 가량 되었는데, 은 약간 냥을 예불하는 수좌에게 조석의 끼니 비용으로 맡기고서, 부처님 앞의 탁자 아래에 엎드려 있는데, 풀어 내린 머리가 얼굴을 가리고 있습지요. 조석으로 먹는 밥은 창구멍으로 넣어주고, 간혹 대소변을 볼 때에는 잠시 문을 나왔다가 즉시 도로 들어가는데, 사오년을 하루같이 이렇게 하고 있으니, 소승들은 모두 보살이나 생불로 여겨 감히 앞에 가까이 가지도 않습니다."

옥계가 마음속으로 그 기생임을 알고서, 수좌로 하여금 창틈으로 말을 전하도록 하였다.

"남원 노 도령이 오로지 낭자를 위해 왔는데, 어찌 문을 열고 맞이하여 보지 않으시오?"

기녀가 그 중을 거쳐 물었다.

"노 도령이 왔다면 등과는 하셨소? 못하셨소?"

옥계가 마침내 등과한 뒤 바야흐로 암행어사가 되어 왔노라고 하자, 그녀가 말하였다.

"첩이 여러 해 동안 종적을 감추고 온갖 고생을 겪어 온 것은 모두 낭군을 위한 것이었으니, 어찌 바로 흔연히 나가서 맞이하지 않사오리까? 그러나 여러 해 묵느라 귀신같아진 꼴을 갑자기 당신께 드러내기가 어렵사오니, 저를 위해 십여 일 만 머무소서. 첩은 마땅히 세수하고 빗질하며 단장하여, 본래 모습을 되찾은 뒤에야 마주할 수 있겠나이다."

옥계가 그 말대로 오래 머물었는데 여러 날 뒤에야 그녀는 곱게 단장하고 나와서 모습을 보였다. 서로 손을 잡고 희비가 교차하였는데, 암자에 함께 살고 있던 중들도 비로소 그 내력을 알고서 감탄하지 않는 자가 없었다.

옥계가 성천 본부에서 가마와 말을 빌어다, 그녀를 선천으로 태워 보내 그 어미와 상면하게 하였다. 일을 마치고 돌아갈 즈음에는 수레를 함께 타고 방도 함께 썼는데, 평생토록 애지중지하였다고 한다.

(계서야담 제89화)

無名(무명) 32

대장 이윤성(李潤城)이 평안도 병마절도사가 되어서 한 기생을 사랑하였다. 윤성이 매일 새벽 변소에 갔는데, 어느 날 밤 새벽에는 변소에 갔다가 돌아와서 문을 열려고 하니, 한 지인(知印)이 그 기생과 낭자하게 음탕한 짓을 하고 있었다. 윤성은 복통을 핑계 대고 변소에 다시 앉아 있다가, 한식경이 지난 후에 들어와서는 그것을 묻지 않았다.

다음날 지인과 그 기생이 도망을 갔으나 불문에 부치고 체귀하였다. 대장 장지항(張志恒)이 그를 대신하여 부임하자, 지인과 기생과 더불어 이 대장이 체귀하였다고 여기고서 돌아와 응역(應役)했다. 장대장이 도임한 지 삼일 후에 백상루에서 잔치를 베풀며 풍악을 울렸는데, 한창 흥이 올랐을 무렵, 지인과 그 기생을 잡아들여 남녀를 한 줄에 묶어서 강에 던졌다. 이(李)가 불문에 부쳤던 것이나 장이 강에 빠뜨린 것 모두 체통을 지킨 것이라고 하였다.

(계서야담 제 135화)

無名(무명) 33

판서 윤유(尹游)가 명을 받들고 연경으로 들어가는데, 친구 가운데 어떤 이가 물었다.

"영공의 풍류로 보아 기성(箕城)을 지나가게 되면 총애할 기생이 어김없이 있게 되겠지요?"

"뜻을 둘 만한 아이는 없지만 합당한 기녀가 하나 있다 하니, 장차 수청 들게 해야지요."

그 기녀가 바로 평양 감사의 아들이 사랑하는 자였다. 이 말을 듣자 잃어버리게 되지나 않을까 두려워, 사행이 평양에 들어올 때 깊이 감추어두고 내보이지 않았다. 부사가 기성에 이르러 이틀을 머무는데도 아무개 기생을 대령하라는 명이 없는지라, 평양 감사의 아들은 말이 와전된 것이라고 생각하였다. 그런데 발행할 때가 되자 가마 위에 앉아 말하는 것이었다.

"내가 잊고 있었네. 아무개 기생을 친구가 부탁하였는데 미처 보지 못하였으니, 잠깐 불러다 보아야겠군."

아랫사람이 말은 전하자 감사의 아들이 생각하기를, '이제 출발

할 테니 내보내도 정말 무방하겠지' 하고서 기생을 내보내게 하였다.

부사가 물었다.

"아무개 양반은 네가 아니냐?"

"그렇습니다."

부사가 앞으로 가까이 오라고 하여 가마 안 찬합의 음식을 먹도록 명하였다. 그 기녀가 손으로 받는데, 음식을 내려주는 찰라 손을 잡더니 가마 안으로 끌어들였다. 이어 가마 문을 닫도록 하고서 가마를 말에 싣더니, 권마성 소리 한 번에 나는 듯하였다. 거의 보통문을 나설 즈음 감사의 아들이 이 소식을 들었는데, 비록 분하였지만 어찌 할 수가 없었다.

이에 부사가 기녀와 함께 용만까지 갔는데, 강을 건널 때에 이렇게 말하였다.

"네가 만일 돌아간다고 해도 좋지만, 그렇지 않다면 내년 봄에 돌아올 때까지 기다려야 할 것 같구나."

그 기녀가 머무르기를 원하여, 다음해 봄까지 기다렸다 함께 돌아왔다.

이 이야기를 듣는 사람들이 포복절도하였다.

(계서야담 제176화)

無名(무명) 34

　양녕대군(讓寧大君) 이지(李褆)는 태종의 맏아들로 애초에 세자로 책봉되었다. 선천적으로 뜻이 크고 기개가 있었으며 젊은 시절부터 글을 잘 지었다. 동생 세종(世宗)이 큰 덕을 가졌음을 알고는 거짓 미친 척하며 제멋대로 행동하니 태종(太宗) 18년 무술년에 영의정 유정현(柳廷顯) 등이 문무백관을 거느리고 뜻을 합해 상소를 올려, 그가 덕을 잃었으므로 세자에서 폐위할 것을 청하였다. 태종이 지의 맏아들을 세자로 세우려고 하자 신하들이 모두 반대했다.

　"주상께서 세자를 온갖 힘을 다하여 교육시키셨으나 오히려 이 모양인데 지금 어린 손자를 세자로 세우시면 아직 능히 앞날을 보장할 수 있겠습니까? 하물며 아비를 폐위하고 아들을 세우는 일은 의리에도 맞지 않습니다. 청컨대 어진 이를 택하여 세자로 삼으소서."

하니 임금이,

　"경들이 마땅히 어진 자를 택하여 아뢰라."

하였다. 이때 이조판서 황희(黃喜)가, 나라의 세자를 함부로 바꿀 수가 없다고 주장하고, 또 이직(李稷)도 덩달아 폐위가 불가함을 고집하자 태종은 노하여 이 둘을 문밖으로 쫓아내고 다시 여러 신하들에게 말했다

"충녕대군(忠寧大君)이 천성이 총명하고 학문을 좋아하되 지치지 않아 아무리 더위와 추위가 심해도 밤새도록 책을 읽어 손에서 책을 놓는 법이 없다. 나라 다스리는 요체를 통달했으니 내가 충녕으로 세자를 삼고자 한다."

여러 신하들이 경하하며,

"신들이 아뢴 이른 바 어진 이를 택하시라 한 것이 바로 이 일이옵니다."

라 하였다. 임금이 충녕을 세워 세자로 삼고 마침내 지를 폐위하여 경기도 광주(廣州)로 내쳤다. 지가 이때부터 자신의 행적을 숨기고는 헤진 베옷 차림에 절뚝거리는 나귀를 탄 채 산수를 방랑하였다. 그 행적이 마치 남쪽 월나라로 가 몸에 문신을 했던 태백과 흡사하다 하여 사람들이 그를 두고 태백의 큰 덕을 가졌다고들 말했다.

세종은 양녕과 우애가 지극하였다. 양녕은 한번은 평안도에 유람 가게 되어 헤어지는 자리에서 세종이 여색을 조심할 것을 여러 차례 당부하니 양녕도 깊이 감사하고 떠났다. 임금이 평안도 관찰사에게 명하기를, 만약 대군이 기녀와 통정하면 그 기녀를 속히 서울로 올려 보내라고 하였다. 관찰사와 각 고을의 수령들은 임금의 명에 따라 예쁜 기녀를 가리어 뽑아서 그를 기다렸다. 대군이 정주(定州) 고을에 도착하니 한 기녀가 소복 차림에 엷은 화장을 하고 호곡

하기를 마치 노래 부르듯 하고 있었다. 대군이 보고서 마음이 동하
여 사람을 시켜 불러들여 밤에 정을 통하고 나서 시 한 수를 주었
다.

　　　명월도 자수베개를 엿보지 말지니
　　　청풍은 무엇 하러 비단 장막 걷는고.
　　　明月不須窺繡枕　　淸風何事捲羅帷

　　이 시는 그 자리가 은밀하고 남몰래 이루어진 것임을 말한 것이
다. 다음날 관찰사가 기녀를 역말에 태워 급송하고 그 시도 함께
적어 보내자 임금은 기녀에게 명하여 시를 노래로 익히게 하였다.
대군이 돌아와 알현하자 임금이,
　　"이별할 때 당부를 과연 능히 아로새기고 있었소?"
하니 대군은,
　　"신이 성스러운 가르침을 삼가 받들었사오니 어찌 감히 잊겠습
니까?"
라고 말했다. 임금이,
　　"우리 형님이 그 기생 많은 고장에서 내 말을 지켰으니 참 기쁘
고 다행스럽소 그래서 내가 가희 하나를 구해 기다리게 하였다오."
하고는 이어 대궐에서 잔치를 베풀었다. 그리고 그 기생을 시켜 대
군이 지었던 시를 노래로 불러 흥을 돋구게 하였다. 대군이 밤에
정을 통한지라 기녀의 얼굴은 잘 몰랐으나 이 시를 듣고는 계단 아
래로 내려와 벌주기를 청하였다. 임금도 또한 계단 아래로 내려와

손을 잡고 웃고는 그 기녀를 대군에게 보내주었다. 기녀가 아들을 낳았는데 어미의 본관을 모르는지라 사람들이 그냥 '고정정'(考定正)이라 불렀다. 고정정도 아비 양녕처럼 부러 미친 체 하였다. 생선이나 고기를 살 적에 물이 좋지 않으면 이미 삶은 것이라도 즉시 물리게 하였기 때문에 세상 사람들이 억지로 물리는 것을 '고정정이가 사고 팔기'라고 불렀다. 후손되는 이명하(李命夏)가 한번은 처와 바둑을 두다가 한 수 물리자고 어거지를 부렸다. 처가,

"고정정도 아니면서 어찌 매번 물리자고 하십니까?"
하니 이는,

"왜 바둑을 두다가 남의 조상을 욕하는 거요?"
하며 성을 내었다, 이에 처가 무색해서 사과하였다.

(대동기문 권1 제19화 양녕대군유태백지덕(讓寧大君有泰伯至德))

無名(무명) 35

　조광원(曺光遠)은 창녕 조씨로 문과에 올라 판돈령부사까지 지냈
다. 공이 천추사로 연경에 가던 길에 저녁이 되어 서도의 한 큰 고
을에 묵게 되었다. 길라잡이가 객관을 두고 딴 집으로 안내 하길래
공이 아전을 꾸짖자 이방이 이렇게 아뢰었다.

　"객관에 요물이 나와 사신들께서 갑자기 죽는 일이 여러 번 있
었습니다. 그래 폐쇄해버린 지가 여러 해가 되었습니다."

　"임금의 명을 받들고 가는 사신의 몸으로 당연히 객관에 묵어야
하는 법이거늘 요물이 나온다고 어찌 폐쇄해버린단 말이냐?"
하고는 즉시 객관을 청소케 하고 그리로 옮기려 하였다. 고을 원이
와서 뵙고 간곡히 만류했으나 공은 끝내 듣지 않고 객관에 들어가
묵었다. 밤이 되자 촛불을 켜고 옷을 입은 채 잠자리에 들자 모시
는 관기와 대령했던 하예들이 모조리 꽁무니를 빼버리고는, 요물이
나타나 공이 죽고 말리라고들 쑤군댔다. 한밤중이 되자 갑자기 한
줄기 음산한 바람이 일어 장막을 걷어버렸고 촛불도 펄럭거리며 거
진 꺼지려했다. 공이 잠을 깨어 일어나 앉으니, 들보 사이 판자에서

삐거덕거리는 소리가 나는 것이 마치 판자를 떼내는 것 같았다. 잠시 뒤 사람 사지가 차례로 떨어지는데, 가슴통이 얼굴에 이어 떨어져 저절로 서로 붙더니만 한 여인의 형상이 이루어졌다. 눈같이 흰 살결에 핏자국이 낭자했고 옷이 다 벗겨진 몸에는 관아에서 쓰는 장부가 마치 비단 필처럼 전신을 덮고 있었다. 여인이 흐느끼면서 다가왔다 물러가는 일을 반복하자 공은 정색을 하고 큰 목소리로 꾸짖었다.

"너는 대관절 무슨 요망한 도깨비냐? 듣건대 벌써 봉명 사신을 어려 번 해쳤다 하니 그 죄만 해도 이미 큰데, 또 어찌 감히 당돌히 내 앞에 이리 나타난단 말이냐? 하소연할만한 억울한 일이 있다면 또 모르겠거니와 그렇지도 않다면 마땅히 중한 벌을 받으리라."

그 요괴가 울음을 터뜨리며 말했다.

"저에게 하늘에 닿을 만한 지극한 원한이 있어 하소연하고자 해도, 제가 나타나기만 하면 사신들께서 그 자리에서 돌아가셨으니 실상은 저의 죄가 아니오이다. 다행히 하늘의 은혜를 입어 오늘을 만날 수 있게 되니 어찌 원한을 풀 때가 아니겠습니까? 저는 고을 기생 아무개이온데 아무 연월일에 이 방에서 아무개 사신의 잠자리를 모시게 되었답니다. 밤이 깊은 후에 소피를 보러 나와 섬돌로 내려서는데, 관노 아무개 녀석이 기둥 아래 누웠다가 마침 달빛으로 저를 보게 되었지요. 뛰어오더니만 겁탈하려고 해 제가 죽기로 항거하고 따르지 않았습니다. 그 녀석이 평소에도 힘이 세기로 이름난 놈이라 옷을 찢어 입을 틀어막아 소리를 못 지르게 만들고는 안아서 뜰 가운데 있는 큰 바위 옆으로 가더군요. 손으로 바위를 들어 올려 저를 그 밑에다 밀어 넣고는 그냥 눌러버렸답니다. 그래서 사지가 가루처럼 문드러져 이 꼴이 되었으니 어찌 천하에 이보다 더 원통한 일이 어디 있겠습니까?"

공이 다 듣고는 즉시 일렀다.

"마땅히 조치가 있을 것이니 속히 물러가도록 하여라."

그러자 그 여인이 울면서 사례하고는 갑자기 그림자도 없이 자취를 감추어버리는 것이었다.

공이 시종하던 하예들을 불러보았으나 한 놈도 대답하는 자가 없자, 스스로 옷을 벗고 잠자리에 들었다. 새벽이 되자 본 고을로 들어가 기생 명부의 이름을 일일이 점고하고는 아무개 녀석을 지적하여 즉시 묶어두라 분부하고는 여러 사람을 시켜 그 바위를 들게 했다. 그 안을 들여다보니 피부색이 아직도 맑고 조금도 썩거나 상하지도 않은 시체가 나온지라 뜰에 들어내 놓고 아무개를 신문하니 아무 변명도 못하고 다 불었다. 그 즉시 몽둥이로 쳐 죽이곤 고을 원을 시켜 기생의 시신을 관에 넣어 후하게 장사지내주니 그 뒤론 요망한 일이 생기지 않았다.

공은 대를 이어 창양군(昌陽君)을 습봉했고 시호는 충경(忠景)이었다.

(대동기문 상 제174화 조광원설기원 요괴수절(曺光遠雪妓寃 妖怪遂絶))

한번은 총애하는 기생에게,

"오늘 밤에 네가 나를 따라가서 좋은 구경거리 하나를 보겠느냐?"

하니 기생이 쾌히 응낙하였다. 밤이 되자 엽(燁)이 검은 노새에 타더니 앞에다 기생을 태우고 주단으로 자기 몸에다 기생의 허릴 묶었다. 눈을 뜨지 말라고 주의를 주고는 채찍을 휘둘러 쏜살같이 달리니 두 귀에 바람소리만 들릴 뿐이었다. 한 곳에 이르러 눈을 떠서 보라 하는데, 서리가 덮인 광막한 큰 들판에 달빛이 희미하게 비치고 있었다. 군영은 하늘까지 잇닿아 있었고 등불이 휘황하게 빛났다. 기생에게 장막 속에 숨어 있으라고 하고 엽(燁)이 의자 위에 혼자 꼿꼿이 앉아 있으려니, 잠시 후 징소리가 나면서 몇 리에 걸쳐 철기가 성난 파도처럼 길게 줄을 지어 몰려 왔다. 대열을 벌이어 진형을 갖추고는 두 패로 갈리어 용력을 과시하였다. 가운데 있는 한 장수는 팔 척이나 되는 키에 머리엔 푸른 깃을 꽂은 붉은 투구를 쓰고 몸엔 용무늬 갑옷과 상의를 입고 있었으며 손에는 별 무늬

가 새겨진 보검을 잡고 있었다.

그 자가 장막을 헤치고 들어오더니 웃으면서,

"네가 과연 왔구나. 오늘밤에 먼저 검술을 시험하여 자웅을 가리는 게 좋겠다."

하자 엽이,

"좋다."

고 응수했다. 칼을 집고 의자에서 내려와 들판 위에 마주 보고 서서는 둘 다 공격하는 자세를 취했다. 얼마 뒤 두 사람은 한 줄기 흰 무지개로 변하여 구름 덮인 하늘로 솟구쳐 들어갔는데, 단지 공중에서 서로 칼 부딪는 소리만이 들려 왔으며 가끔 붉은 번갯불이 번쩍였다. 마침내 그 장수가 땅에 떨어져 고꾸라지자 엽이 이내 공중에서 날아 내려와 오랑캐 장수의 가슴통에 걸터 앉더니,

"어떤가?"

하고 소리쳤다. 그러자 그는,

"장군의 신이한 용력을 만 명이라도 당해내지 못할 것을 오늘 더욱 잘 알게 되었소이다. 어찌 다시 장군과 우열을 다투겠소?"

라고 대답했다.

엽이 웃으며 일어나더니 같이 장막 안에 들어가 서로 술잔을 들어 권하고선 각자 몇 잔을 취토록 마시고 나더니, 그 장수는 작별을 고하고 떠났다. 그러나 일 리를 못가서 갑자기 대포 소리가 한 방 울리자 포연과 화염이 하늘에까지 뻗쳤다. 저들 한 부대의 떼 지어 있던 병사와 말들이 운무 속으로 달리어 들어가고 땅 위에 있

던 자들도 역시 모조리 풍비박산이 되어버렸다. 아까의 장수가 다시 혼자 말을 달려오더니 돌아가는 길을 열어 주십사고 애걸하자, 엽은 웃으며 돌아갈 수 있게 허락해 주었다. 그리고는 기생을 불러 같이 노새를 타고 올 때처럼 돌아왔는데, 그 때까지도 하늘은 아직 밝지 않았다. 엽이 싸운 그 자는 오랑캐 장수인 누루하치였으며, 싸운 곳은 그들이 무술을 연마하던 곳이었다.

(대동기문 제415화 박엽이지정사지거(朴燁已知靖社之擧)의 일부임)

無名(무명) 37

　정호신(鄭好信)이 무관으로 평안도 고을의 수령을 지낼 적에 마음에 둔 기생이 있었는데, 당시 평안도절도사였던 김 아무개도 그 기생을 총애하고 있었다. 기생이 늘 호신에게 정을 두어 연연해하면서, 그가 공무로 감영에 오기만 하면 틈을 타 살짝 빠져나가 친밀히 정을 나누었다. 어떤 자가 그 사실을 밀고하는 바람에 병사가 기생을 불러 캐물었으나 기생은 사실을 굳이 감추었다. 심지어 칼로 손가락까지 자르며 맹세하니 보는 사람이 모두 통탄했다. 호신은 그 말을 듣고 분해하며,

　"그 년은 요물이다. 내 이 사실을 감추어서는 안 되겠다."
하며 병마절도사를 뵙고 사실대로 다 아뢰어 기생을 무거운 벌로 다스리게 하니 사람들이 모두 아름다운 일로 여겼다. 호신은 부총관 벼슬까지 지냈고 일흔 살 넘게 살았다.

　유몽인(柳夢寅)이 『어우야담』(於于野談)에 이렇게 썼다.

　"남곤(南袞)이 관찰사를 지낼 적에 사랑하던 기생이 있었는데, 임기가 끝나 돌아가서도 연연히 못 잊어했다. 이를 눈치 챈 고을 원

이 기생을 치장시켜 보내주었고 결국 곤은 기생을 받아들여 첩으로 삼게 되었다. 하루는 곤이 술에 취해 종 하나를 거느리고 갑자기 첩의 집에 들이닥치자 웬 잘생긴 사내 하나가 뒷문으로 내빼버렸다. 곤이 앉지도 않고

"뒷문으로 나가는 저 자가 누구냐?"

고 묻자 기생은 거짓으로 놀란 체하며 눈물을 떨구었다.

"대감께서 저를 멀리하고 싶으시면 버리셔도 관계없고 죄를 주어도 관계없을 터인데, 문으로 나간 자란 대체 무슨 말씀이시오?"

하면서 은장도를 빼들고 손가락을 치니 칼날 아래로 손가락 하나가 뚝 떨어졌다. 곤이 크게 놀라며,

"창기가 두 마음 가진 거야 크게 꾸지람할 것은 나이로되, 꼬리를 감추려고 사람으로선 차마 하지 못할 짓을 태연히 하니 될 일인가?"

하며 마침내 옷깃을 떨치고 나와 버리고는 다음날 기생을 나귀에 실어서 자기 집으로 보냈다.

남곤의 일과 평안도 기생의 일이 서로 비슷하기에 적어둔다.

(대동기문 제471화 정호신위기요물(鄭好信謂妓妖物))

無名(무명) 38

박상서(朴尙書) 신규(信圭)가 등과 못하였을 때에 행하여 전주를 지날 새 감사가 마침 대연을 배설하였거늘, 박공이 지나가는 유생으로 말석에 우연히 참예하였더니 도내 수령이 다 모였는지라. 종일토록 기악(妓樂)으로 즐기다가 잔치를 다 파함에 모든 창기 분분히 행하기(行下記)를 좌상 제객에게 드리니 웅족(雄族) 거목(巨木) 수령 방백이 다투어 적어 주는데, 그 중에 한 절묘한 기녀가 수령에게 청하지 아니하고 홀로 행하기를 박공의 앞에 드리거늘, 박공이 웃어 가로되,

"내 포의 한사(布衣寒士)로 마침 지나다가 성연(盛宴)에 참예하였으니 어찌 너 줄 물건이 있으리오."

기녀가 가로되.

"소녀가 알지 못함이 아니로되 상공은 귀인이라. 전정(前程)이 만리요, 필경 영달하실 것이니 원컨대 미리 우수히 행하를 적어 주심을 바라나이다."

박공이 웃고 넉넉히 적었더니, 그 후에 전주의 판관이 됨에 그

기녀가 행하기를 드리거늘, 공이 물어 가로되,

"관황(官況)이 적기로 아직 그 반을 주노라."

하고, 그 후에 감사가 됨에 진수(盡數)히 다 준 후에 물어 가로되,

"네 그때 어찌 나의 이리될 줄 알았느뇨?"

기녀가 가로되,

"그 때 모든 방백 수령이 좌상에 가득하고 상공이 홀로 말석에 참예하여 계신 풍신과 기상이 좌중에 빼어나신지라. 모든 창기 행하기를 올리매 열읍 수령이 다투어 적되 상공을 홀로 태연히 본 체 아니 하시니 이럼으로써 이에 이르실 줄을 앎이로소이다."

하더라.

(청구야담 권일 완산기독수포의첩(完山妓獨受布衣帖))

無名(무명) 39

숙묘조(肅廟朝)에 김상국(金相國) 우항(宇杭) 이 나이 삼십팔에 이르도록 오히려 선비로 가도(家道)가 황락하고 생계 소조(所遭)하여 조불석려(朝不夕慮)하고 의관(衣冠)이 분명치 못하더라.

딸 다섯이 있어 나이가 다 비녀 꽂기에 미쳤으되 하나도 성가(成家) 못하였더니, 마침 한 궁조대(窮措大) 있어 그 아들을 위하여 혼인을 구하여 이미 성혼은 하였으나 공이 스스로 생각하니 몸 밖에는 아무 것도 없고 또 친척이 없으니 무처공소(無處控訴)라. 어찌 치행을 할꼬, 매양 중야(中夜)에 자탄하여 침식을 폐한지 여러 순(旬)이더니, 홀연 생각하니 원족(遠族)에 한 무관이 시임(時任) 단천(端川) 원이라. 항렬은 내게서 적이 높으니 불원천리하고 내려가 전재(錢財)를 조금 얻어 오면 거의 성사하리니 극히 참괴하나 또한 무가내하(無可奈何)라. 두루 사람에게 간청하여 간신히 노자를 얻고 또 관단마(款段馬) 한 필을 세내어 창두(蒼頭)로 하여금 이끌고 간신히 천 여리(千餘里)를 행하여 단천읍에 이르러 관문을 두드려 보기를 청한 즉 도리어 혼리(閽吏)에 막힌 바가 되어 감히 들어가지 못하는지라.

공이 누차 꾸짖으되 관리(官吏) 관령이 엄하다 하고 종시 들이지 아니하니, 이같이 하기를 오래 하다가 날이 이미 어두운지라. 분개함을 이기지 못하여 그저 올라가고 싶으되 이미 발(發)한 살이라. 가히 중지치 못하여 밤에는 객점에서 자고 낮에는 관문에 나아가 들어가기를 구하되 일삭이 지나도록 오히려 틈을 얻지 못하고 반전(盤纏)은 이미 다 진(盡)한지라. 거접(居接)하는 주인에게 많이 꾸어 쓰니 주인이 공이 탄 말로써 전당을 잡거늘 공이 우민(憂悶)하여 진퇴 부득이라. 주인이 그 형상을 알고 가로되,

"명일 지부(知府)가 마땅히 사창(社倉)에 나와 적미(糴米)를 친검할 것이니 길이 점(店) 앞으로 가는지라. 어찌 길가에 가 기다리다가 한번 그 얼굴을 보지 못하나니이까?"

공이 그렇게 여겨 이튿날 아침에 시험하여 그 말과 같이 하니 사군(使君)이 과연 남여를 타고 오는데 나졸들이 옹위하여 잡인을 금하거늘, 공이 빨리 불러 가로되,

"내 이에서 기다린지 오래라."

한데, 사군이 머리를 긁적여 가로되,

"무슨 연고이뇨."

공이 그 연유를 자세히 이른대 사군이 가로되,

"바야흐로 일이 있으니 말할 겨를이 없는지라. 아무케나 기다리라."

하고 하예(下隷)를 돌아보아 일러 가로되,

"네 가히 인하여 동각으로 데려가 나의 오기를 기다리라."

공이 즉시로 따라 공당(空堂)에 이르러 앉았기를 날이 기울도록

하되 밥도 아니 공궤하는지라. 기갈을 견디기 어렵더니 저녁에 사군이 돌아와 좌정하매 공이 고하여 가로되,

"내 종일 먹지 못하여 정신이 혼도(昏倒)하니 죽반간(粥飯間)에 바삐 주어 빈 창자를 폄을 원하노라."

사군이 가로되,

"먼저 주효로써 시험하라."

이윽고 술 맡은 관비 부리 깨어진 작은 병에 해곽(海藿) 한 조각을 안주 가음으로 드리니, 공이 당초 소견에는 종일 주린 끝에 반드시 좋은 술과 살찐 고기를 포식하리라 하였더니 이 모양을 보고 노기등등하여 급히 일어나 박차 땅에 엎지르고, 인하여 사군더러 일러 가로되,

"사람 대접을 이같이 아니 하느니라."

사군이 또한 노하여 가로되,

"내가 네게 높은 항렬이거늘 너에게 주는 것을 이같이 하느뇨."
하고, 즉시 관노로 하여금 몰아 문 밖에 내치고 아전을 불러 분부하되,

"네 일경(一境)에 신칙하여 만일 그 기괴한 자를 붙여 재우는 자가 있으면 중죄를 당하리라 하라."

공이 분을 머금고 돌아와 주점에 이른 즉 주인이 문을 닫고 들이지 아니하고 말은 이미 전당에 앗긴 바가 되니 공이 할 길 없어 홀로 창두로 더불어 또 다른 집을 찾아가니 다 막고 들이지 아니하는지라. 날은 이미 저물고 비는 박 퍼붓듯 오는지라. 드디어 읍리(邑里) 끝에 다 나가 수풀 사이에서 잠간 쉬더니, 그 곁에 한 움이 있

고 가운데 돗자리로 문을 하였으니 이는 피혜장(皮鞋匠)이 거하는 데라. 공이 장인(匠人)더러 일러 가로되,

"날이 저물고 길이 머니 원컨대 하룻밤 자기를 빌리라."

장인이 막지 아니하니, 대개 토굴은 여늬 집과 다른 고로 태수의 호령이 미치지 못하였더라.

공이 이윽히 앉았으되 비 개이지 아니하더니, 이경(二更)에 구름이 걷고 달이 밝으니 맑은 빛이 사람을 쏘아 돗자리 틈으로 들오니 터럭 끝을 가히 볼러라. 공이 기곤(飢困)이 심하여 심신이 산란한 중에도 분하고 또 한(恨)하여 능히 눈을 붙이지 못하더니, 홀연 들으니 발자취소리가 점점 가까워 돗문(門) 밖에 이르자 그치거늘, 공이 고개를 들어보니 한 여자가 안색(顔色)이 출중하고 의형(儀形) 미목(眉目)이 사람을 동하는지라. 문을 두드려 말하여 가로되,

"이 움 속에 경성 손님이 있느냐."

공이 태수의 사환인가 의심하여 장인을 불러 하여금 감추어 달라 한 때, 계집이 가로되,

"어찌 나를 속이느뇨."

하고, 곧 문을 헤치고 들어오니 공이 피할 데 없는지라. 계집이 공을 가리켜 가로되,

"두려워 마소서."

공이 연고를 물은대 기녀(其女)가 가로대,

"첩은 읍중 술 맡은 기생이라. 원님이 매양 맥주와 해곽으로 손을 대접하나 첩이 상해 그 재물을 아끼고 사람을 경(輕)히 앎은 미워하나, 그러나 이것을 다 달게 받아 먹는 자가 있으니 첩이 다 천

한 장부로 옹위한 기상이 없음을 한탄하더니, 이제 상공이 비록 기갈 곤고한 중에 있으나 능히 박차고 일떠나니 가히 그 비범한 줄을 알지라. 이렇듯한 기상으로 어찌 부귀를 근심하리이까."

공을 재삼 칭사(稱辭)하더니, 이윽고 한 차환(叉鬟)이 칠합(漆盒)을 이고 와 곧 공의 앞에 놓으니 반갱(飯羹)과 찬물(饌物)이 극히 정비한지라. 공이 하저(下箸)하여 경각에 다 먹으니 무비가식지미(無非可食之味)라. 공이 극구 칭송하고 감격함이 골수에 박히더라.

계집이 가로되,

"이미 모시고 말씀을 허하여 계시니 청컨대 잠깐 폐려(弊廬)에 가 편히 쉬게 하소서."

공이 좇아 그 집에 이르니 녹창 주호(綠窓朱戶)와 초벽 분장(椒壁粉墻)에 당률(唐律)로 주련(柱聯)을 붙이고 청동 화로에 기이한 향을 피우니 향내 사람을 엄습하며 등촉이 휘황하고 문수(紋繡)가 찬란하더라.

기녀가 하여금 담방석(毯方席)에 앉히고 정의 말을 토(吐)할 새 인하여 물어 가로되,

"천리 땅에 오신 뜻은 무슨 일을 주(主)하심이니까."

공이 그 사연을 이른대, 기녀가 아미를 찡기고 긍련(矜憐)하는 빛이 있더라. 밤이 장차 깊으매 공을 모셔 금침을 한가지로 할 새 운우지락(雲雨之樂)이 비할 데 없더라.

미명(未明)에 기녀가 먼저 일어나 비단 상자 속으로 빛난 의복 일습(一襲)을 내어 공을 주니 공이 능히 물리치지 못하여 이에 입으니 장단(長短)이 다 몸에 맞더라. 공이 유련(留戀)하여 능히 떠나지 못하

여 수삭을 엄체(淹滯)하더니, 기녀가 가로되,

"상공이 어찌 이에 오래 유하려 하시나이까."

그때 공이 말하기를,

"처자가 줄이고 비복이 수척하여 나를 바라보는 눈이 뚫어지고자 하는 줄을 비무지(非無知)로되 내 또한 익히 생각하니 공수(空手)로 돌아가면 가속을 볼 낯이 없는지라. 이제 행탁(行橐)이 소연하여 실로 노비(路費) 없으니 어찌 천리 밖에 떠나리오. 사세 그러하여 여러 달 자저(趑趄)하노라."

기녀가 말하기를,

"대장부가 마땅히 공명에 힘쓸 것이니 어찌 외도에 침닉하여 광음을 보내리이까. 첩이 비록 여자이나 어찌 지식이 없으리이까. 소위 노자(路資)는 이미 차렸나이다."

공이 대희 과망(過望)하더라.

명조(明朝)에 말 두필이 밖에서 울거늘 공이 물은데, 답왈.

"상공을 위하여 판비(辦備)하였나이다."

공이 불감(不敢)하므로 사례하거늘, 기녀가 가로되,

"하나는 공이 타시고 하나는 첩이 약간 의상으로써 신물(贐物)하니 가히 싣고 가소서."

하고, 인하여 두 짝 화롱(畵籠)으로써 고운 베와 피물과 다리와 은화 등물을 실어 공의 행함을 재촉한대, 공이 눈물을 뿌리고 이별 할새 그 의(義)를 항복(降伏)하고 그 정을 연연하여 길에 있으매 북을 바라보고 권연하더라.

집에 돌아와 가져온 물건으로 혼수를 준비하여 성친하니라.

그해 가을에 장원급제하여 이윽고 옥당으로 입직하였더니, 상이 재직(在直) 유신을 재촉하여 부르시니 공이 승명하여 입대한대, 상이 가라사대,

"이제 북토가 연황(延荒)하여 수한(水旱)이 상잉(相仍)하고 겸하여 지방이 절원(絕遠)하여 조령이 밎지 못할 새, 수재(守宰)들이 탐람(貪婪)하여 생민을 침학하니 네 수의를 입고 안렴하여 읍내에 암행하여 장부(臧否)를 노열하여 내 명을 어기지 말라."

공이 승명하고 황감하여 즉시 현순백결(懸鶉百結)한 옷을 입고 미행으로 북관을 들어가 촌가에 걸식하며 정치를 살피더니, 일일은 저물게야 단천에 이르러 기녀의 구일 은의를 생각하여 먼저 찾고 또 속여 그 뜻을 보고자 하여 이에 그 문에 가 불러 가로되,

"청컨대 밥 한 술 다고 만일 밥이 없거든 돈으로 한 푼을 달라."
하고, 이같이 하기를 두어 번 하니 기녀가 창을 격하여 듣고 대경 환희하여 구름 같은 머리채를 정제치 못하고 급급히 당에 내려와 미쳐 신을 신지 못하고 끌고 들어가 가로되,

"어쩐 연고로 이리 되었나이까."

공이 가로되,

"말로 다 못하리로다. 우리 둘이 실산(失散)한 후로부터 중로에서 도적을 만나 노비와 말을 다 잃고 처자보기 부끄러워 집에 들어가지 못하고 도로에 표탕하여 걸식으로 연명하니 가히 의지할 데 없는지라. 이제 바라는 자가 너 같은 이 없기로 다시 오기는 왔으나 감히 문득 들어가지 못하여 밖에서 불렀노라."

기녀가 가로되,

"분주 발섭(奔走跋涉)하매 기갈이 응당 심할 것이니 어찌 배를 불리리오. 석반이나 한 술씩 가히 나누리라."

하고, 공을 인하여 한 상에 석반을 먹더라.

먹기를 마치매 기녀가 고쳐 새 옷 일습을 입혀 가로되,

"내 공을 위하여 이 옷을 지어놓고 신편(信便)을 얻어 부치고자 하되 음신이 돈절하여 방금 보내지 못하였더니 의외에 금일 상봉하니 적이 정성을 표하나이다."

공이 헌 옷을 벗어 묶어 궤 위에 두거늘 기녀가 가로되,

"파락한 옷을 다시 입지 못할 것이니 두어 무엇에 쓰리오."

하고, 창을 밀치고 밖에 내어버리거늘, 공이 급히 당에 내려 취하여 유공불급(猶恐不及)한대, 기녀가 또 집어던지거늘 공이 따라가며 즉시 거두니 이같은 자(者)가 세 번이라 기녀가 공을 이윽히 보다가 발연작색(勃然作色)하여 가로되,

"첩은 오직 성심으로써 군자를 접대하거늘, 군자는 거짓 뜻으로써 외식(外飾)하니 어쩐 일이니이꼬."

공이 악연(愕然)하여 가로되,

"어찌 이름인고."

기녀가 가로되,

"공이 이미 새 옷을 입고 혈성(血誠)으로 헌 옷을 버리지 안함은 장차 쓸 곳이 있음이니 어찌 수의어사가 아니리이까."

하고, 인하여 소매를 끊고 일어나거늘 공이 웃어 가로되,

"내 과연 급제하여 이 벼슬을 하였으니 이제 너를 만나매 어찌 가히 내 어사 이로라 자랑하랴."

기녀가 즉시 마음이 풀려 또 청하여 가로되,

"장차 본읍 태수를 어찌할꼬."

공이 가로되,

"이는 나의 생각에 어려운 바이라. 태수가 잔민(殘民)을 탐학하니 그 죄를 다 이루 헤지 못할지라. 만일 그 허물을 과히 드러내어 그 죄를 봉고파출지경(封庫罷黜之境)에 이른 즉 이는 돈목지의(敦睦之誼) 없음이며, 만일 엄치한 즉 이는 국사를 생각치 아니함이니 어찌하면 가(可)할꼬."

기녀가 가로되,

"만일 수계(囚繫)에 주달하면 필경 중죄를 당할 것이니 사람이 반드시 공이 분기를 온축하였다가 발함이라 이를 것이요, 만일 그저 두고 의논치 아니하면 이는 사사(私事)로써 공사를 멸함이니 다 결단코 행치 못할지라. 공이 만일 가만히 들어가 태수를 보고 죄를 수죄(數罪)하여 하여금 절로 올라가게 한즉 가히 득중(得中)이 될 듯하니 공의 소견에는 어떠하니이꼬."

공이 가로되,

"내 소견에서 낫도다."

기녀가 공을 권하여 붓을 들어 태수 불법지사와 창곡(倉穀)을 건몰(乾沒)하며 백성의 재물 침탈한 죄상을 낱낱이 적어 가지고 당야(當夜)에 공을 인도하여 가만히 동헌에 들어가니, 태수가 바야흐로 앉았다가 공을 보고 대경하니 대개 공의 급제한 줄을 앎이러라. 인하여 일어나 떨며 가로되,

"귀한 몸이 어찌 이에 이르렀느뇨."

공이 가로되,

"내 봉명하여 이에 와 인하여 귀부에 이르러 가만히 뵈나니 알지 못해라. 별래 무양하시냐."

태수가 황축하여 수각(手脚)이 황란(慌亂)하거늘, 공이 가로되,

"귀부에 이르므로부터 정치를 탐문한 즉 원성이 가득하여 한 귀로 듣기 어려운지라. 무슨 패악한 정사를 행하여 이렇듯 하뇨. 피차 불행이로다."

태수가 머뭇거려 가로되,

"원컨대 소관의 죄를 들어지이다."

공이 적은 것을 내어 뵌대, 태수가 가로되,

"밝은 증험이 이에 있으니 변백(辨白) 무료한지라. 원컨대 사성(使星)은 특별히 동종(同宗)의 의를 생각하여 큰 죄를 면함이 어떠한가."

공이 가로되,

"내 어찌 차마 바른대로 논핵하여 공을 금고종신(禁錮終身)할 지경에 빠지게 하리오. 이미 안렴하는 중임을 맡았으니 가히 일읍 백성으로 하여금 내 사의(私誼)를 인연하여 그 고초를 받으리오. 바라건대 명일 내로 사장(辭狀)하고 속속히 올라가라. 만일 그렇지 아니하면 봉고등문(封庫登聞) 하리라."

태수가 사례하여 가로되,

"공의 포용한 덕량은 썩은 풀로 하여금 다시 봄을 만나고 마른 뼈가 다시 고기 됨이라. 감히 명대로 아니 하리니까."

공이 이에 나갔더니, 익일에 태수가 과연 칭병하고 전리(田里)로 돌아가다.

공이 장차 행할 제 기녀 더러 일러 가로되,

"내가 이번에 너를 데려다가 삼생의 연분을 맺고 싶되 옥당이라 하는 벼슬이 맑기 물 같아서 조석을 잇기 어려우니 만일 너로 하여금 기한(飢寒)을 면치 못한 즉 이는 나의 책망이라. 적이 벼슬이 높고 녹봉이 후한 때를 기다려 다시 모일 날이 있으리라."

기녀가 가로되,

"첩이 어찌 감히 상공께 걱정을 끼치리리꼬. 처분대로 하리이다." 하더라.

공이 준사(竣事)하고 돌아와 복명하고, 일일은 옥당에 입직하였더니 숙묘(肅廟)가 춘추 높으시니 안환(眼患)으로 미령(靡寧)하사 매양 밤에 입직 제신을 다 명초(命招)하사 고금득실을 한론(閑論)하시며 여항이어(閭巷俚語)를 하문(下問)하시니 소일하실 새, 제신이 각각 소문소견(所聞所見)으로 주달하기를 마치매 차례 공에게 미친지라. 공이 앙달(仰達)하올 것이 없으므로 아뢴대, 상이 가라사대,

"네 이미 북관을 순렴하였으니 경력한 일을 어찌 말하지 아니하느뇨."

공이 부복(俯伏) 대왈(對曰),

"비쇄(鄙瑣)한 말씀을 어찌 감히 주달하리이까."

상이 가라사대,

"군신지간은 가인(家人)과 부자(父子)같으니 어찌 못할 말이 있으리오."

공이 즉시 단천(端川) 일로써 대답하더니, 토혈(土穴)에서 의기(義妓)를 만나 밥 주던 말에 이르러는 상이 인하여 대뿌리로 만든 작은

부채를 들어 연하여 어상(御床)을 치시다가 말 두 필을 얻어 치행하던 일관(一款)에 이르러는 격절(擊節)하시기를 자주하시고, 헤어진 의복을 거두는 것을 보고 그 어사 된 줄 아는 데 이르러는 부채 다 부서졌더라.

최후의 밤을 타 태수를 보고 치행하여 돌아가라 이르고 또 기녀를 대하여 후약을 정한 데 이르러는, 상이 급히 승지를 부르오니 전교(傳敎)를 써 북백에게 하유(下諭)하셔, 단천부에 술 맡은 의기 아무개를 불일치행하여 유신 김우항 집으로 올려 보내고 즉시 계문(啓聞)하라 하시니, 북백이 과연 성교(聖敎)와 같이 하여 전백(錢帛)을 후히 주어 김공의 집으로 보내니라.

기녀가 공과 및 부인 섬김을 엄군(嚴君)같이 하며 비복을 은의로 부리고, 내치(內治)를 도와 부족한 것이 없고, 공이 입조하매 기녀의 도운 바가 많다 이르더라.

(청구야담 권5 김승상궁도우의기(金丞相窮途遇義妓))

---

* 같은 이야기가 금계필담 제41화에도 수록되어 있음.
* 창두(蒼頭); 노복(奴僕).
* 혼리(閽吏); 문지기,
* 죽반간(粥飯間); 죽이든 밥이든 간에.
* 피혜장(皮鞋匠); 가죽신을 만드는 장인(匠人).
* 차환(叉鬟); 주인을 가까이에서 모시는 젊은 여자 종.
* 반갱(飯羹); 밥과 국.
* 담방석(毯方席); 담요로 만든 방석.
* 행탁(行橐); 여행할 때에 노자(路資) 등을 넣는 주머니.
* 장부(臧否); 착함과 착하지 못함. 선악.

無名(무명) 40

이판서 익보(益輔)가 본대 정친한 벗이 있으니 나이 동갑이요, 거주도 한 동리요, 어려서부터 동문생이요, 또 자라매 학업을 한가지 하여 사마 진사와 급제하기까지 동방이요, 매각 옥당 통천(通薦)하기에 또한 같이 빼이고, 지벌과 의표와 문한과 물망이 서로 우열이 없어 다른 사람이 능히 고하를 의논치 못하더라.

마침 그 벗으로 더불어 홍문관 반직(伴直)이 되어 서로 재주와 의표의 승부를 다투어 겨루기를 마지아니하더니, 인하여 서로 언약하여 가로되,

"우리 어려서부터 지금까지 한 가지 아닌 것이 없어 우열을 정키 어려운지라. 들으니 남원 땅에 한 기생이 있어 우리나라 일색이라 하니 우리 두 사람 중에 이 기생을 먼저 얻는 사람으로 마땅히 제일을 삼을지라."

이렇듯이 말을 하였더니 오래지 아니하여 그 벗이 전라좌도 경시관으로 차정(差定)하여 가니, 이 다른 사람의 유탈(遺脫)한 대신(代身)이라. 과일(科日)이 박두하여 내일 장차 하직하고 떠날 새 시소(試所)

고을은 곧 남원고을이라. 이판서가 마침 입직하였다가 이 소문을 듣고 크게 놀라고 탄식하여 바로 즉지(卽地)에 날아서 먼저 가고 싶으나 어찌할 길이 없는지라. 통분함을 마지아니하여 밤이 새도록 잠을 이루지 못하였더니, 이튿날 그 벗이 하직하고 나가다가 이판서의 직소에 들어와 의기양양하여 현저히 압두(壓頭)할 마음이 있어 크게 말하여 가로되,

"이제부터는 내 마땅히 그대를 이기리라."

하거늘, 이판서가 비록 강잉하여 수작하고 전송하여 보냈으나 고개를 숙이고 기운이 막혀 지내더니, 홀연 입직 옥당 이 아무개 입시하라 하시는 전교가 계시거늘, 이판서 전도(顚倒)히 탑전에 입시하니 봉서 한 장과 마패 유척 등을 내어 주시거늘, 이판서 크게 기꺼하여 내심에 혜오되, '이 반드시 호남 어사이라' 하고 즉시 바로 남문 밖에 나가 봉서를 떼어보니 과연 호남좌도 어사이라. 그 일자를 헤아려 본 즉 그 벗이 아무 날은 마땅히 남원에 들어갈지라. '내 반드시 당일 발정하여 배도(倍道)하여 빨리 가면 넉넉히 당하리라.' 하고 종인과 비장을 미처 지휘치 못하고 급급히 본집에 사람을 부려 반당(伴倘) 하나와 노자(奴子) 하나를 거느려 약간 반전(盤纏)으로 도보하여 발행하고, 종인과 의복은 뒤쫓아 남원으로 보내라 하고 바로 남원 땅에 다다라 경시관 행차를 탐청 한 즉 경시관이 오늘 아침에 들어왔다 하거늘 인하여 급급히 염탐하여 두어 가지 조건을 얻어 가지고 바로 객사에 출도하니, 이때 남원 관가와 및 경시관이며 읍내 이민(吏民)이 다 어사의 선성(先聲)을 듣지 못하였다가 졸연히 출도하는 소리를 듣고 사람마다 창연 실색하여 일읍이 진동하는지라.

140

이방과 좌수와 각창 빛을 잡아들여 낱낱이 치죄한 후 분부하여 가로되,

"본읍으로 수청기생을 추정하여 들이라."

하여 들인 후 그 좌목을 보니 그 기생의 이름이 없는지라. 호장을 잡아들여 물어 가로되, "남원이 본대 국내의 색향이요, 또 어사 행차가 제일 높은 별성(別星)이거늘 지금 수청기생이 전불성형(全不成形)하니 이 무슨 도리뇨. 사속(斯速)히 다시 차정하여 들이라."

하니 어사의 분부를 뉘 감히 거역하리오.

즉시 바꾸어 들이거늘 그 좌목을 보니 또 그 성명이 없는지라. 어사가 크게 노하여 호장과 수노(首奴)와 수기(首妓)를 일병(一竝) 나입(拿入)하여 꾸짖어 가로되,

"내 본대 네 고을의 아무 이름 가진 기생이 있는 줄을 알았거늘 두 번 환차하되 종시 그 기생의 성명은 없으니 너희 거행이 십분 만홀한지라. 그 기생으로 빨리 현신하게 하라."

호장 등이 꿇어 사뢰어 가로되,

"그 기생은 이미 경시관 행차에 수청으로 차정하여 들였으매 다시 고치기 어렵사와이다."

어사가 더욱 크게 노하여 호령이 추상같아서 따로이 삼모장을 들이라 하여 호장 등 삼인을 형틀에 올려 매고 소리를 매이하여 가로되,

"너희 무리 그 기생을 어느 곳에 감추어 두고 경시관을 가탁하여 종시 현형(現形)치 아니하니 만만 통해한지라. 만일 즉각 대령치 아니하면 너희 등이 마땅히 이 형장 아래 물고 하리라."

하고, 집장사령을 분부하여 매매 고찰하니 호령이 서리 같고 일읍이 진동한지라. 호장 수노 수기의 가속과 삼반관속이 다 경시관 하처에 들어가 울며 호소하여 가로되,

"호장과 좌수와 수기 세 사람의 성명이 지금 경각에 달렸사오니 엎드려 빌건대 경시관 사도는 애긍하시는 덕택을 내리오사 이 기생을 내어주시면 잠시간 어사 사또께 현신하옵고 세 사람의 죄를 면한 후에 아무쪼록 도로 데려와 사도 수청을 드리올 것이니 장하에 죽어가는 목숨을 살려 주심을 천만 바라나이다."

경시관이 내심에 혜오대 '만일 이 기생을 내어 주지 아니하였다가 저의 무리 무죄히 죽으면 도리어 원망이 될 것이요, 또 어사가 뉜지 모르되 조그마한 기생으로 말미암아 서로 혐의를 지음이 역시 아름다운 일이 아니라' 하고, 인하여 내어주기를 허하여 가로되,

"특별히 너희 잔명을 위하여 내어주노니 잠간 현신만 시키고 데려오라."

하되, 관속들이 백배치사하여 가로되,

"사또의 상덕이 이렇듯 하시니 한 번 현신한 후 즉시 데려 오리이다."

하고, 기생을 데려다 어사에게 현신한데, 어사가 크게 기꺼 본 즉 과연 절대묘색이라. 드디어 하리를 다 물리고 그 기생을 이끌어 운우지희를 난만히 마친 후에 그 기생을 데리고 바로 경시관 하처에 들어가 부채로 차면하고 대청에 올라 그 벗 자호(字號)를 불러 가로되,

"이제야 내 쾌히 이기었노라."

142

하니, 경시관이 비록 어사 출도한 줄은 알았으나 그 성명을 알지 못하고 또 자가 하직하고 내려올 때에 이판서를 옥당 번소에서 보았는지라. 한 번 봄에 크게 놀라운 중에 또 그 기생을 양두(讓頭)하였는지라. 더욱 통분함을 이기지 못하여 거의 기절할 듯하더라.

　대개 자상(自上)으로 또 이판서가 그 벗으로 더불어 상약한 일을 알고 고로 짐짓 경시관 하직하는 날에 특별히 수의어사를 명하시게 하여금 서로 우등을 다투게 하심이러라.

(청구야담 권지8 함사명이상서쟁춘(啣使李尙書爭春))

* 반당(伴倘); 서울 각 관아에서 부리던 사환.
* 반전(盤纏); 노자(路資).
* 매매; 몹시 꾸짖음.

無名(무명) 41

조태억(趙泰億)의 처 심씨(沈氏) 천성이 시투(猜妬)하여 태억이 두려함을 범 보듯 하여 일찍 방외범색(房外犯色)이 없더라. 그 형 태구(泰耈)가 기백(箕伯)이 되었을 때 태억이 승지로 마침 봉명하여 내려가 기영에 머문 지 기일(幾日)에 일기(一妓)를 수청 들였더니, 심씨 듣고 즉지(卽地) 치행하여 장차 그 기아(妓兒)를 타살코자 하니 태억이 그 형상을 듣고 실색하여 말이 없더니, 태구가 또한 크게 놀라 가로되,

"이를 장차 어찌하리오."

기아로 하여금 피코자 하니 기아가 대하여 가로되,

"소인이 반드시 피신치 아니하여도 자연 살 도리 있으되 간난(艱難)하여 능히 판비(辦備)치 못 하리로소이다."

태구가 그 소유를 물은대 대하여 가로되,

"소인의 일신을 주취(珠翠)로 꾸미고자 하오나 돈이 없는 고로 한탄하나이다."

태구는 가로되,

"네 만일 살 도리 있으면 비록 천금이라도 내 스스로 당하리라."

하고, 인하여 막객(幕客)으로 하여금 소입(所入)을 물어 허급하고 중화(中和) 황주(黃州)에 비장을 보내어 문후하고 또 식물(食物)을 갖추어 지공(支供)하더라.

심씨 일행이 황주에 이른 즉 기영 비장이 대령하고 또 지공이 있다 하거늘 심씨 냉소하여 가로되,

"내 어찌 대신 별성행차가 아니거든 문안 비장이 있으며 나의 노수가 유족하니 어찌 지공이 있으리오."

하여금 다 물리치고 중화에 이르러 또 이같이 하고 발행하여 재송원(栽松院)을 지나 장차 장림(長林) 가운데로 들어갈 새 정히 모춘이라. 십리 장림에 춘의(春意) 바야흐로 무르녹고 곡곡(曲曲) 청강에 경물이 자못 아름다우니 심씨 발을 걷어 구경하고 장림을 지날 새, 홀연 바라보니 흰 모래는 깁 같고 맑은 강은 거울 같으며 봉접은 언덕을 둘러 희롱하고 상고선(商賈船)은 수상에 내왕하며, 연광정 대동문 을밀대 초연대(超然臺) 부벽루는 단청이 조요함과 난함(欄檻)의 표묘함이 사람의 안목을 현황케 하고 흥치를 돕는지라. 심씨 차탄하여 가로되,

"과연 명승이란 말이 허언이 아니로다."

또 행하며 또 구경할 즈음에 멀고 먼 사장 위에 홀연 한 점 꽃이 묘묘(杳杳)히 오더니 점점 가까이 온 즉 일개 명기 녹의홍상으로 한 필 백마를 탔으니, 수안금늑(繡鞍金勒)의 형용이 절묘하여 옥분의 도화가 이슬을 머금고 장제의 양류가 춘풍을 띄어 선연한 천태만염이 볼수록 기이하고 아름다워 사람의 정신을 황홀케 하니 심씨 마음에 심히 괴히 여겨 말을 머물고 보니, 기녀(其女)가 말에서 내려

재배하고 청화한 꾀꼬리 같은 소리(鶯聲)로 여쭈오되,

"아무개 기생(某妓)이 뵘을 청하나이다."

심씨 그 이름을 듣고 나서 소리를 크게 하여 꾸짖어 가로되,

"네 어느 기생이냐. 어찌 감히 내 안전에 왔는고"

하여금 말 앞에 세우니 기녀가 염용(斂容) 공수(拱手)하고 선연히 섰
거늘, 얼굴은 출수(出穗)한 홍련 같고 명주 보패로 그 상하를 꾸몄으
니 침어낙안지용(沈魚落雁之容)이요, 경국경성지색(傾國傾城之色)이라. 심
씨 이윽히 보다가 가로되,

"네 나이 몇인고"

기녀가 앵두같은 입술(櫻脣)로 반만 열어 화성으로 여쭈오되,

"소녀가 나이 십 팔세로소이다."

심씨 가로되,

"네 과연 기생 중에 기생(名妓花)이로다. 남자가 차등 명기 보고
가까이 아니한 즉 가히 졸장부이라 이를 것이니 영감이 어찌 혹치
않으리오. 나의 이에 행함은 너를 타살코자 하였더니 이미 너를 본
즉 천고절염이라. 내 어찌 하수(下手) 하리오. 네 가히 가 우리 영감
을 뫼시라. 우리 영감은 숫사람이니 만일 하여금 침혹하여 병이 나
게 한 즉 너의 죄 마땅히 죽을 것이니 십분 삼갈지어다."

말을 마치고 나서 회마하여 경성으로 향하니 태구가 또 듣고 급
히 하예를 보내어 전갈하되,

"수씨(嫂氏) 행차가 이미 성 밖에 이르시고 성에 들지 아니하심은
어찌된 일이고 원컨대 잠깐 성내에 드시어 영중에 몇 날 머무신
후에 환행하심이 가하나이다."

심씨 냉소하고 가로되,

"내 걸태객(乞駄客)이 아니라. 무슨 일로 입성하리오"

하고, 돌아보지 아니하고 환경(還京)하니라.

그 후에 태구가 그 기생을 불러 물어 가로되,

"네 어찌 무슨 큰 담으로써 호구(虎口)를 범하여 도리어 면함을 얻었느뇨"

기녀가 대하여 가로되,

"부인의 성정이 비록 한투(悍妬)하시나 이 행차를 천리 땅에 하심은 어찌 구구한 아녀배의 할 바이리오. 물고 차는 말이 반드시 그 걸음이 있나니 사람이 또한 이같은지라. 소인이 비록 죽기를 자분(自分)함이나 필경 헤아림이 있고, 비록 피하나 가히 가 뵘이니 만일 죽임을 입은 즉 하릴 없거니와 그렇지 않은 즉 보시고 불쌍히 여겨 놓으실까 바람이로소이다."

(청구야담 권지 14 부패영부인사명기(赴浿營婦人赦名妓))

無名(무명) 42

옛날에 한 재상이 남도에 안렴사로 갔는데, 성품이 단순하고 엄격하여 사적인 청탁이 행해지지 않아 모든 고을이 숙연했다. 화산(花山)에 사랑하는 기생이 있어 애정이 무르익었으나 겉으로는 담담하게 보였으며, 기생들의 일을 보살피고 시중드는 것이 조금만 잘못되어도 가차 없이 벌을 내려서 용서를 하지 않으니 기생들이 근심하였다. 사랑받는 계집이 기생들에게 뽐내며 말하기를

"내 장차 이 늙은 자를 욕보이리라."

"무슨 계교로 어떻게 욕보이려는가?"

"벌주잔을 세숫대야로 하여 가득 술을 부어서 마시게 하여 욕보이리라."

"그대가 참말로 이와 같이 할 수 있다면 우리가 마땅히 술잔을 받들어 올려서 그대의 장수(長壽)를 빌리라."

"그대들은 보기만 해라."

하였다.

봄밤이 깊어 벽에 달이 비쳐 잠자던 눈을 뜨자 꽃 그림자가 창

에 어른거렸다. 두 남녀는 원앙금침에 춘정을 마음껏 즐겼다. 문득 창 밖에서 가볍게 신 끄는 소리가 나며 여자의 가냘픈 기침 소리가 들리는데 기침소리를 입 밖에 내다가는 도로 삼켜 버려서 마치 조심조심 방 안의 반응을 기다리는 것 같았다.

안렴사가

"나가서 보라."

하니, 계집이 나갔다가 한참 만에 돌아와 문을 닫으면서 늙은 여편네가 어찌하여 미리 준비하지 않았단 말인가 하고, 입으로는 투덜거려 욕을 하니 안렴사가

"무슨 말을 하느냐."

하고 물었다.

계집이 머리를 숙여 수줍어하는 태도를 지으며 말하기를

"시골 노파가 아는 것이 없으니 족히 들려 드릴 것이 못 됩니다."

하였다. 굳이 물으니 천천히 대답하기를

"시골 풍속이 봄가을이면 반드시 무당을 시켜 신께 제사 드리고 이웃사람을 불러 음식을 나눕니다. 이제 가양주가 다행히도 향기로우나, 비록 사또의 입에는 맞지 않으시겠지만 이처럼 좋은 밤 적적한 때에 아전들은 모두 흩어지고 아무도 아는 이 없으니 한 잔 술을 드려서 작은 정성을 표하고 싶다 하옵니다. 그 뜻은 진심에서 나온 것이지만 외람되기에 꾸짖어 보냈습니다."

하였다.

안렴사가 말하기를

"너는 무엇을 그렇게도 꺼리느냐, 빨리 나가서 돌아오게 하라."
하였다.

계집은 겸손한 태도로 안렴사의 뜻을 더욱 굳히고 나서 거짓으로 밖으로 나가서 불러오는 시늉을 하고, 이어 목소리를 낮추어 말하기를

"노파가 가지고 온 것은 함지박뿐, 술을 따를 그릇이 없습니다. 깊은 밤이라 그릇은 모두 부엌에 있으니, 술잔을 찾으려다 자는 사람들이 모두 깨어 일어나면 이목이 번다해질 터입니다. 다만 새로 마련한 세숫대야가 탁자 위에 놓여 있는데 그렇게 더럽지는 않은 듯하오나, 그것은 불공(不恭)한 것 같으니 어찌하리까."
하였다.

안렴사가 기쁜 듯이 말하기를

"질동이에 막걸리는 시골 들판의 풍미이다. 놋그릇 같은 것은 질동이에 비하면 사치스럽다."
하고 세숫대야에 술을 따라 올리게 하였다. 두 잔을 마시고 나서 말하기를

"이 일을 누설하지 말라."
하였다.

이는 사랑하는 계집이 꾸며낸 계책으로, 기생들은 모두 모여 벽에 귀를 붙이고 숨죽여 엿듣는다는 것을 그는 까맣게 모르고 있었다.

그 고을의 원이 일을 잘못하여 견책을 받고 성적 보고에서 하하(下下)의 평점을 받게 되었다. 원이 그 계집을 불러 말하기를

"만일 그대의 힘을 빌린다면 어려움을 해결할 수 있을 터 어찌 감히 온 집안의 재산을 바쳐서라도 수고에 보답하지 않으랴."

하니, 사례하기를

"삼가 정심을 다하겠습니다."

하였다.

성적 평가를 의논하는 밤에 계집이 창틈으로 엿들으니 하하의 서열에 두려 했다. 계집은 병풍과 휘장 사이에서 갑자기 신음 소리를 내며 가슴이 아파 숨이 끊어지는 시늉을 하였다. 안렴사가 뒷간에 가는 것처럼 하고 곧 달려가서 기생의 등을 어루만지며 말하기를

"무슨 병이길래 그처럼 급하단 말이냐?"

하였다.

계집이 화를 내어 말하기를

"병이 아닙니다. 우리 고을 원의 원통함을 가슴 아파하는 것입니다. 일찍이 옛말에 그 사람을 사랑하는 자는 그 집 지붕 위의 까마귀도 사랑한다고 하였습니다. 하물며 우리 원님은 아랫사람 대하기를 한결같이 인덕으로 하였습니다. 이 천한 계집을 위하여 좀 용서해 주실 수 없습니까."

하고, 이어 안렴사의 귀에다 입을 붙이고 속삭이기를

"일이 위태롭게 되었다가 다시 풀린다면 천한 이 몸의 생계가 여기에 달렸습니다. 천첩이 다행이도 사랑하심을 입었는데 어찌 뒷날 편안하게 살아가게 하는 은혜를 베풀지 않으리까?"

하니, 안렴사가 한동안 생각해 보고 나서

"이미 보좌관들과 의논한 것을 어찌하랴."
하였다.

계집이 한편으로는 울고 한편으로는 아양을 떨면서 두 다리를
들어 안렴사의 두 어깨에 얹고 다시 이를 오므려 목을 조르면서

"이것으로 이 늙은이의 목에 형틀을 채우리라."
하니, 안렴사가 웃으면서

"그 옥으로 된 형틀이 보통이 아니로다."
하고 응낙하고 나와서 중중(中中)으로 고쳤다.

(조선해어화사 <龍泉談寂記>)

無名(무명) 43

　유씨(柳氏) 성을 가진 늙은 조관(朝官)이 임천(林川) 원으로 있을 때 한 기생을 사랑하였다. 내아로 불러들여서 밖으로 내보내지 않고 몹시 사랑하였다.

　성씨(成氏) 재상이 이때 본도의 수사(水使)가 되어 내려가서 그 말을 전해 듣고 마음으로 빼앗을 생각을 하였다. 임천으로 가서 동헌에 들어가 앉기가 무섭게 먼저 그 기생을 물었다. 모두들 염병을 앓아서 거의 죽게 되었다고 대답하였다.

　성공이 불러올 것을 강요하여 형장(刑杖)으로 위협하기에 이르렀다. 아전이 괴로움을 견디지 못해서 내아로 들어가 이 일을 호소하였다. 유씨가 할 수 없이 기생을 내보냈다.

　기생은 흐트러진 머리에, 때 묻은 얼굴에 누더기 옷을 걸치고 맨발로 성수사를 뵈었다. 성이 방안으로 불러들인 다음 늙은 기생을 시켜 얼굴을 씻기고 머리를 빗기고 옷을 갈아입히도록 했다. 그랬더니 용자가 여러 기생보다 뛰어났다. 곧 기생과 정을 통한 뒤 말에 태워 가지고 병영으로 돌아갔다.

유는 뜻밖에 기생을 빼앗기게 되었지만, 그 기생을 찾아 돌아올 묘안이 없었다. 급하게 급창을 시켜 가는 길 뒤에서 부르게 하였다.

"아무개야 네 어미가 죽었다."

성이 기생에게 말하기를

"네 어미가 죽었다고 하는데도 너는 어찌 돌아가지 않느냐?"

하니, 기생이 웃으면서 말하기를

"첩의 어미는 죽지 않았습니다."

하였다.

다른 날 기생이 조용히 성에게 말하기를

"첩이 비록 내아에 있긴 했었지만 본의가 아니었습니다. 조관이 고을에 올 때마다 가슴 두근거리고 기대를 걸었는데, 이제 다행이도 상국(相國)과 인연을 맺어 형장(刑杖)의 괴로움을 면케 되었으니 실로 재생의 은인이십니다."

하였다.

(조선해어화사 <靑坡劇談>)

無名(무명) 44

　남주(南州)의 악적(樂籍)에 색예가 모두 뛰어난 기생이 있었다. 어떤 한 군수가 있었는데 그 이름은 잊었으나 그 기생에게 대단히 두터이 정을 두었다. 임기가 다 되어 돌아가게 되었을 때 갑자기 대단히 취해서 옆 사람이 일러 말하기를

　"만약 내가 군을 떠나 몇 걸음만 가도 바로 다른 놈이 차지하게 되겠지"

하고 바로 촛불로 기생의 양 볼을 지져 성한 살이 없게 했다. 그 후 영양인(榮陽人) 정습명(鄭襲明)이 안찰사로 지나가다가 그 기생을 보고 섭섭하고 원망스러움을 금할 수 없어 한 폭의 운람(雲藍)을 꺼내어 손수 절구를 한 수 써서 주었다.

여러 꽃떨기 속에 어여쁜 모양 산뜻한데
홀연히 광풍을 입어 붉은 빛을 덜었도다.
달수로도 옥 같은 볼을 고찰 수가 없나니
오릉공자를 끝없이 한스럽게 하는구나.

百花叢裏淡未容　　忽被狂風減却紅
獺髓未能醫玉膚　　五陵公子恨無窮

그리고 또 부탁하여 이르기를

"만약 사화(使華)가 지나가거든 이 시를 내어 보이도록 하라"

하였다. 기생이 삼가 그가 가르쳐준 대로 하였더니 보는 사람마다 불쌍히 여겨 도와주며, 영양공이 이 소문을 듣게 하려고 하였다. 따라서 이로 인해 도움을 얻어 처음보다 훨씬 부유하게 살았다.

(파한집 권하 제6화)

* 악적(樂籍); 기적(妓籍)과 같은 말. 기생들의 명부.

無名(무명) 45

전석(田錫)이란 자는 청주 사람이니 경대유(慶大有)와 친하게 지냈다. 세조(世祖)가 붕하니 마음으로 3년 동안 상을 입어 향리에서 그를 충성하다고 하였다.

또 그는 여색을 가까이 하지 않았다. 일찍이 향교에 놀러가서 곤히 잠들어 일어나지 않으니 연소한 교생(校生) 한 사람이 기생과 짜고, 기녀가 옷을 발가벗고 몰래 가서 전석과 교합하게 하니, 전석이 잠이 깨면서 황급히 벌떡 일어나 음경을 드러낸 채 달려 나가면서 큰 소리로 부르짖었다. 어떤 사람이 묻기를

"그대는 벼슬하는 사람도 아니라. 임금의 상을 입어 이미 상기(喪期)가 지났는데, 남녀가 교합하는 것은 하늘의 법칙이다. 그대가 큰 소리를 지르며 달아나니, 그대는 무슨 공부를 하는지 알 수 없다."
하니, 전석이 말하기를,

"나는 나면서부터 부귀를 누릴 재능이 없으므로 선행을 쌓는 공부를 하여 자손에게 복을 구하고자 합니다."
하였다. 사람들이 가엾게 여기며 웃었다.

(秋江冷話)

無名(무명) 46

　　빙조(聘祖) 성세정(成世貞)은 청송(廳松) 선생의 숙부이다. 그는 일찍이 경상감사로 있을 때, 상산(商山) 기생을 사랑하여 첩실로 들여앉혔다. 그러다 연산군 만년에 그녀를 궁중으로 불러들여 총애가 심했는데, 어느 날 임금이 기생에게 묻기를

　　"너는 성 아무개가 보고 싶지 않느냐?"

하였다. 대답하기를

　　"어찌 그 같은 마음이 있으리까, 그가 감사로 있을 때에 신첩을 사랑하여 비록 첩으로 들여앉혔지만, 그의 사나운 아내를 두려워하여 서로 왕래하지 못하여서 신첩으로 빈 방에서 외로이 지내게 했으니 한스럽기 그지없습니다."

하였다. 연산군이 말하기를

　　"그렇다면 죽이랴?"

하였다. 대답하기를

　　"곧 죽이지는 마소서. 반드시 사방의 먼 곳으로 귀양 보내서 갖은 고초를 겪게 한 뒤에 죽이고 싶습니다."

하였다.

　연산군이 그 말에 따라 세 번이나 이배시켜 거의 죽기에 이르렀
는데 반정으로 죽음을 면하였다.

　기생이 궁중을 나와 공을 뵈오니, 공이 말하기를

　"살려준 은혜는 머리로 신을 삼아도 갚기 어려우니 어찌 가까이
할 수 있으랴."

하며, 예전에 살던 집과 종을 주었다. 또한 공의 맏아들 참판 윤(胤)
이 해마다 일정한 생계비를 주었다. 기생 또한 몸을 마칠 때까지
수절했으며, 나이 여든 살이 넘도록 연산군 때의 일을 말하는데 매
우 소상하였다.

(조선해어화사)

---

* 정비석은 『기생열전』에서 상산(商山=尙州의 고호(古號)임)의 기생이 아닌
　진주 태생의 기생으로 보았으며 기녀의 이름을 상산이라 했다.

無名(무명) 47

함동원(咸東原)이 젊었을 때에 화류간(花柳間)에 방랑하였다. 그러나 벼슬에 있어서는 경근(敬謹)하게 하였으며 일이 임하여 처리를 잘하였다. 드디어 명재상이 되어 공훈으로 봉군을 받았다

일찍이 호남의 감사(監司)가 되었을 때에는 선정으로 이름이 드러났다. 그가 도로 대사헌에 임명되니 그는 항상 전주의 한 기생을 사랑하고 있었는데 서로 이별하기 어려웠다. 남몰래 그의 호패를 기생에게 주고 몰래 밤에 따라오게 하였다. 여러 날 되어서 기녀가 부윤에게 하직하니 그 때에 이언(李堰)이 부윤이 되어 있었는데 성질이 청고(淸高)하고 급했다. 기생이 하직하는 것을 보고 크게 성내어 말하기를

"법관이 어째 기생을 데리고 다닌단 말이냐. 네 말이 거짓말이다."

고 하였다. 기생이 대사헌의 호패를 내보이며 말하기를

"공께서 말씀이 만약 관부에서 믿지 않거든 이것으로 증표를 삼으라고 하였습니다."

고 하였다. 이언이 땅에 침을 뱉으며 비난하기를

"나는 함모(咸某)를 절개 있는 선비로 알았더니 이제 보니 진정 하품(下品)의 인물이구나."

라고 하였다. 그때 사람들이 함공의 진솔함을 즐거워하고 이언의 지나치게 급한 언행을 비웃었다.

함공이 늙어서는 오래 병들어 있었다. 오직 딸 한 사람이 있었는데 딸이 먼저 죽었다. 또 주색을 싫어하여 첩을 두지 않았다. 집안에 돌봐 수호할 사람이 없어서 식사의 공궤를 거르는 일이 여러 번 있기에 이르렀다. 옛 정이 있는 여의(女醫)가 이 소문을 듣고 몸을 빼쳐 들어가 보니 공이 남루한 옷을 입고 초석에 길게 누워 있는데 다만 하인 한 사람만이 곁에 모시고 있을 뿐이었다. 여의가 말하기를

"공과 같은 호걸이 어찌 이와 같이 영락하였습니까?"

하니, 공이 한 마디 말도 없이 똑바로 쳐다보면서 눈물을 흘릴 뿐이었다고 한다.

(용재총화 권8 제9화)

無名(무명) 48

사람들이 이르기를, 죽고 사는 것이 명(命)이 있다 하였으니 사람이 하지 않고도 절로 되는 것이 이것이다.

이민구(李敏求)가 도원수의 종사가 되어 관서지방에 있을 때에 정주(定州) 기생을 사랑하여 그 정이 매우 두터웠다. 여러 고을을 순행한 뒤에 열병하게 되어 기생과 날짜를 정하여 병영에서 만나기로 하였다. 구성(龜城)에 당도하여 기생이 벌써 지름길로 가산(嘉山)으로 갔다는 말을 듣고, 그리움을 견디지 못하여 다시 가산 길로 들어섰다. 오리도 채 가지 아니하여 이괄(李适)이 모반하여 급히 사자(使者)를 보내 구성부사 한명연(韓明璉)을 협박하여 함께 일을 도모하였다. 그리하여 한명연을 잡으러 온 금부도사와 선전관을 죽여버렸다. 이민구가 예정대로 길을 가서 한 번 식사를 마칠 정도의 시간만 지체했어도 이괄에게 죽음을 당하였을 것이다.

(조선해어화사 <燃藜室記述>)

無名(무명) 49

인조(仁祖) 무자년에, 무신 김모(金某)가 평안병사로 있을 때 가까이하는 기생이 있어 사랑을 독차지하였다.

기생은 일찍이 무쉬 정호신(鄭好信)에게 정을 두어 잊지 못하였다. 정호신이 공무를 띠고 병영으로 오면 기생이 틈을 노려 남모르게 나아가서 정을 통하였다. 이 일을 병사에게 밀고한 자가 있었다. 병사가 기생을 불러서 힐문하니 기생은 부인하며 칼을 들어 손가락을 찍어 맹세하기에 이르렀다. 호신이 이 말을 듣고 분노하여 말하기를

"이것은 요물이다. 내가 숨길 수 없다"

하고 병사에게 뵙기를 청하여 사실을 낱낱이 고해서 중죄로 다스렸다. 사람들이 모두 통쾌하게 생각하였다.

(조선해어화사 <東平錄>)

無名(무명) 50

　국가가 태평할 때에는 향리(鄕吏)가 모두 제나립(濟羅笠)을 착용하
였다. 제나립이란 백제 신라 때의 방립을 말한다. 유순(兪洵)이 사통
(私通)하는 여자가 있었는데 바로 향리의 아내였다. 순이 그 방으로
잠입했을 때 그의 아내가 몽둥이를 가지고 따라 들어갔다. 순이 벽
에 제나립이 걸려 있음을 보고 재빨리 그것을 벗겨 머리에 쓰고 나
가 땅에 엎드렸다. 순의 아내가 향리로 알고 창황하여 달아났다.
　박충간(朴忠侃)에게 사랑하는 기생이 있었는데 기생이 녹사와 사
통하였다. 녹사는 평상시에 평정건(平頂巾)을 썼는데 깜박 잊어버리
고 평정건을 그대로 벽에 걸어두었다. 충간이 밤을 타서 기생집에
들어가 자고 아침 일찍이 예궐을 하는데, 아직 날이 밝지 않아서
잘못하여 평정건으로 바꾸어 쓰고 대궐 앞에 이르렀다. 하인이 쳐
다보고 의심하였다. 충간이 깜짝 놀라 말에서 내려 민가로 들어가
버렸다. 이때에 말하기를 좋아하는 자가 시를 지었는데 이르기를

　　유순의 아내는 검은 방립을 두려워하고

충간의 종놈은 평정관을 의심하네.
俞洵妻畏黑方笠　　忠侃奴疑平頂冠

하였다. 이때 사람들이 모두 절창이라고 하였다.

(조선해어화사 <於于野談>)

無名(무명) 51

　경림부원군(慶林府院君) 김명원(金命元)이 젊은 시절에 호탕하여 화류계에서 놀기를 좋아했다. 그가 사랑하는 기생이 종실 어떤 사람의 첩이 되었다. 아직도 애정이 가셔지지 않아서 야음을 타 담을 넘어서 상종하였다. 종실이 이 일을 알고 어느 날 밤 요소에 사람을 매복시켰다가 붙잡았다. 밧줄로 결박 짓고 힘껏 구타하고자 하였다. 이 때 공의 형 경원(慶元)이 장령으로 있었다. 아우가 화를 당하고 있다는 소식을 듣고 급히 그 집으로 달려갔다. 대문이 이미 굳게 닫혀 있어서 들어갈 수 없었다. 장령이 문지기를 꾸짖어 물리치고 문을 박차고 들어갔다. 그리고 크게 소리치기를

　"나는 장령 김경원입니다. 내 아우가 기운이 호탕하고 몸가짐이 신칙하지 않아서 이제 공에게 득죄했으니 비록 죽어도 아까울 것이 없습니다. 그러나 내 아우는 재주나 학문이 무리에서 뛰어나 앞으로 크게 쓰일 날이 있을 것입니다. 공께서 어찌 일개 아녀자로 해서 한 인재를 죽이시려는 것입니까?"

하였다. 종실이 댓돌로 내려와서 사과한 뒤 그 결박을 풀고 술을

내와 후히 대접해서 보냈다.

(조선해어화사 <海東逸話>)

* <紫海筆談>에는 다음과 같은 대목이 더 있다.

종실은 본래 호협하여 의기를 좋아하였다. 곧 섬돌을 내려와 맞이하여 말하기를,

"아름다운 수재가 이 일이 있을 줄은 알지 못하였소"

하고 즉시 결박을 풀어 주고 술자리를 열어 취토록 마신 뒤에 말하기를,

"그대가 만약 이번 과거에 급제한다면 나 마땅히 이 첩을 공에게 보내겠소"

하였다. 과연 갑과로 뽑히었다. 삼일유가(三日遊街) 때에 그 종실의 집에 가서 그의 의기를 감사드리니, 종실이 드디어 그의 첩을 그에게 돌려주었다.

그 여자가 뒤에 영천위(靈川尉)의 좋아하는 바가 되었다가, 그 죄로 의주로 유배되었다. 공이 그때 바야흐로 홍문관에 숙직하고 있다가, 갑자기 교외에 나와서 전송하였다. 그 때문에 대간의 탄핵을 받았다. 공은 정이 가는 대로 구속됨이 없이 이렇게 활달하였다.

無名(무명) 52

제봉(霽峰) 고경명(高敬命)이 어릴 때 그 아버지가 공주 방백으로 있으면서 아직 어린 기생과 비밀리에 정을 나누었다. 뒤에 정시에 응시하였다가 아버지의 병환 소식을 듣고, 방을 기다리지 않고 급히 돌아오다가 점심때쯤 되어서 기생집을 지나는데 기생이 방백의 아들을 곁눈질하였다. 해그림자가 질 무렵이라서 외출을 허락하지 않았다. 공이 기모(妓母)를 불러 계교를 꾸미며서 밖으로 나가는데 기생이 공의 옷을 붙들고 울면서 놓아주지 않았다. 기생의 공을 사랑하는 정이 깊었기 때문이다. 공이 심히 민망해서 강하게 뿌리치고 들어가니, 때에 영중(營中) 잔치를 베풀었는데 기생을 급히 찾았으나, 기생이 오히려 강하게 뿌리치며 들어가지 않았다. 공이 한 율시를 써서 기생에게 보냈으며, 감사는 화를 내서 장차 형벌을 내리려고 하였다. 기생이 그 실정을 울면서 호소하였다.

    말은 강변에 서 있는데 이별은 더디고
    버드나무가지는 미움만 낳네

임과의 인연은 박한데 새로운 자태 머금었고
탕자의 깊은 정 뒷날의 기약 묻네
복사꽃 오얏꽃 떨어지니 한식절이고,
자고새 날아가니 석양인 것을
강남의 이슬비에 봄 물결 푸르고
손에 꺾어든 꽃으로 생각에 잠기네.
立馬江頭別故遲　　生憎楊柳最高枝
佳人緣薄含新態　　蕩子情深問後期
桃李落來寒食節　　鷓鴣飛去夕陽時
江南雨歇春波綠　　手折蘋花有所思

감사가 크게 놀라서 급히 공을 불렀으나 이미 떠나버렸다. 뒤를
좇아 효가리(孝家里)에 이르러 공을 찾아왔다. 감사가 말하기를

"늙은이의 병은 근심하지 않아도 된다. 내가 사신을 보내서 2일
내에 탐문해서 찾아올 터이니 너는 여기서 머물거라."

이때도 잔치가 아직 파하지 않고 무르익었다. 밤이 깊어서 관인
(館人)이 문을 두드리면서 공을 찾았다. 과연 장원급제하였다. 곧 성
대히 방을 갖추어서 보내고 친병의 문안 또한 탐지하여 오게 하였
다. 급제해서 돌아오는 길에 다시 영중으로 불러들여 잔치를 크게
베풀고 그 기생을 공에게 주었다.

(조선해어화사)

無名(무명) 53

김시양(金時讓)은 안동 김씨로 호는 하담(荷潭)이었다. 어명을 받들어 경상도 관찰사가 되어 각 고을을 순행하는데, 어떤 고을 수령이 기한을 어겨 공무를 그르치게 한 일이 발생하였다. 그 수령을 향청에 잡아다놓고 형틀에 묶은 다음 볼기를 까서 곤장을 치려는데, 갑자기 바깥에서 누가 뛰어 들어오더니 몸으로 볼기짝을 감쌌다. 그는 다름 아닌 시양의 사위 이도장(李道長)이었고 묶여있는 사람은 도장의 숙부였다. 그러자 하담은

"내 어찌 사위 하나 때문에 국법을 어기랴"

하고는 나졸을 시켜 사위를 끌어내게 한 다음에 그대로 곤장을 쳤다. 공이 사사로운 정을 돌아보지 않은 것이 이와 같았다고 한다.

시양이 함경도 종성(鍾城)에 귀양 가서 관북 기생을 소실로 받아들였다가 풀려 돌아올 적에 그 여자도 데리고 왔다. 소실이 아들을 낳자 아이를 정병에 소속시키고 매년 군포를 바쳤는데, 이를 본 어떤 사람이 물었다.

"국법에 재상의 아들은 으레 군역을 면제받게 되어 있는데 스스

로 군역에 편입시키고 군포를 내시니 어쩐 일입니까?"

"관북 기생은 그 지역을 벗어나지 못하는 것이 국법이오 내가 법을 어기고 데려온 데다 또 거기서 아들까지 보았으니 마음이 늘 불안했단 말이오 그래서 아이를 군적에 넣고 군포를 바쳐 내 죄를 속죄하고자 한 거요"

듣는 사람이 탄복을 마지않았다. 관직은 판중추부사에 이르고 청백리에 뽑혔으며 충익(忠翼)이란 시호를 받았다.

(대동기문 권5 제440화)

無名(무명) 54

　　회재(晦齋) 선생 이언적(李彦迪)이 경주 기생을 곁눈질하여 두어 달 만에 잉태시켰는데, 선생이 경성으로 가고 조병사(曹兵使) 윤손(潤孫)이 그 기생을 차지하여 아기를 낳았다. 조병사가 자기의 아들이라 해서 몹시 사랑하여 이름을 옥강(玉剛)이라 하였으나, 그 문중에서는 모두 이씨의 아들임을 알고 있었다. 조공이 죽은 뒤에 배다른 어머니가 나타나 서로 빈척(擯斥)을 사자 한집에 살면서 다른 방을 썼다. 남명(南冥) 조징군(曹徵君=植)은 조씨 문중의 어른으로 신주에 징군의 명에 의해 강이란 이름을 쓰지 않았다. 옥강이 그 어머니에게 울면서 까닭을 물으니, 그 어머니가 실제 이야기를 하였다. 때에 회재 선생이 강계에 귀양 가있었는데 옥강이 귀양 간 곳을 찾아가니, 선생이 이름을 전인(全仁)이라고 고쳐 주었다. 조공이 삼년 복을 입으니 대개 이와 같다.

(조선해어화사 <松溪漫錄>)

無名(무명) 55

명종 때 송인수(宋麟壽)가 호남 방백이 되어, 남평(南平) 수재 유희춘(柳希春)과 무장(茂長) 수재 백인걸(白仁傑)과 서로 만나 즐겼다. 공이 부안(扶安) 기생을 돌아보고 마음 속으로 더욱 간절해서 수행케 하고 매양 유와 백을 불러 함께 놀아서 도의 사람들은 이들을 삼차비(三差備)라 하였다.

공이 임기가 차서 떠날 때 송별하기 위해서 유, 백 두 수재와 기생이 왔다.

공이 말하기를

"내가 이 기생의 교묘하고 민첩함을 심히 사랑해서 일 년 동안 자리를 같이 했으나 어지럽히지 않았던 것은 실로 죽기가 두려웠음이다."

하니, 기생이 앞에 있는 여러 무덤을 손으로 가리키면서 말하기를

"과연 그렇습니다. 저 잇닿아 있는 무덤은 다 알고 있는 저의 지아비 무덤입니다."

하니 좌석이 껄껄 웃었다.

(조선해어화사 <惺翁識小錄>)

無名(무명) 56

남쪽 출신의 상인 한 사람이 배에 생강을 싣고 평양으로 팔러 갔다가 기생에게 유혹당하여 지닌 돈을 모두 탕진해 버리고, 마침내 기생에게 쫓겨나는 신세가 되었다. 한탄을 금치 못하여 시 한 수를 지었다.

> 멀리서 보면 죽은 말 눈깔 같고
> 가까이서 보면 고름이 흐르는 종기 같네
> 두 볼에 이빨 하나 없는데도
> 한 배의 생강을 모두 먹어 버렸네.
> 遠看似馬目　　近視如濃瘡
> 兩頰無一齒　　能食一船薑

(조선해어화사)

無名(무명) 57

    속담에 이르기를 올공금팔자라는 말이 있는데, 올공금(兀冗金)이란 것은 장고의 용구철(龍駒鐵)을 말한다. 팔자(八字)는 음양사주로서 옛날 전주의 한 상인이 배에 생강을 가득 싣고 평양 대동강에 닻을 내렸다. 생강은 남쪽지방에서 나는 귀한 물건으로 관서지방에서만 생산되지 않는다. 그 값이 매우 비싸서 한 배의 물건이 1천 필의 포목과 1천석의 곡식에 해당하였다. 평양의 이름난 기생으로서 이를 욕심내는 자가 많았다. 한 요염한 계집이 그 상인을 유혹하여 인연을 맺고 불과 몇 해 동안에 한 배의 물건을 모두 먹어치우고는 그 상인을 멀리해서 배척하였다. 상인이 집으로 돌아가려 하나 빈손으로 돌아가면 마을 사람이나 친척을 대할 면목이 없어 돌아가지 못하고 그 기생집에 머물면서 고용살이를 하였다. 땔나무를 해오는 등 손발이 닳도록 일해서 누더기 옷과 식은 밥을 얻어먹으면서 연명하였다. 그 기생은 다른 남자와 비단금침 속에서 원앙의 꿈에 무르녹는데, 그 상인은 부엌바닥에서 몸을 웅크리고 불을 때서 방을 따스하게 해주어야 했다. 그 괴로움을 어찌 견디랴. 하루는 작별을 고하고 돌아가려니 기생이 노자를 주려하나 한 말 쌀이나 한 치의 천도 주기 아까웠다. 하여 집안의 먼지가 켜켜이 앉은 쓸모없는 물건을 찾아보니 장고의 올공금 열여섯 개가 가장 낡아서 쓸모없어 보였다. 기생이 이것을 상인에게 내주면서 말하기를

"가다가 이것을 쌀이나 바꿔 양식을 마련하도록 하라"
하였다. 상인이 기뻐서 받아 가지고 울면서 하직하고 돌아가다가 길 위에서 올공금을 모래흙에 닦아보니 까맣게 윤이 나서 볼 만하였다. 마음속으로 이상스럽게 여겼다.

황강(黃岡) 시장에 이르러서 이를 팔려 하니 값이 점점 올라서 백만금에 달했다. 식자(識者)가 이를 의심하여 자세히 살펴보고 말하기를

"이는 오금(烏金)이다. 황금에 비해서 값이 십 배나 된다." 하였다.

전주에 이르러 백만 금에 팔았다. 졸지에 우리나라 최고의 갑부가 되었다. 사람들이 오금장자(烏金長者)라고 불렀으니, 속담에 이른바 '올공금팔자'가 바로 이것이다.

(조선해어화사 <於于野談>)

無名(무명) 58

　신문충공(申文忠公) 숙주(叔舟)가 호남에 사신으로 갔을 때 한 기생이 있어 재모가 뛰어났다. 공이 자못 정을 주었다. 이별을 맞아 희롱하는 말로 기생에게 이르기를

　"나에게 무엇을 주겠는가. 도물(賭物)은 사람을 생각게 하니, 그 사모하는 사람의 도물을 나에게 줌이 어떠한고."

하니 기생이 차고 있던 족대(足臺)를 풀어서 공에게 주었다. 그리고 신서(信書)를 가지고 있다가 공에게 드리니, 그 제서(題書) 뒤에 이르기를

> 한 짝의 족대는 일찍이 차다가 버리지만
> 가무할 때는 속으로 님을 생각하네.
> 一隻足臺曾佩去　擧床時復暗思君

하였다. 공이 웃으면서 말하기를

　"풍류걸사는 한 빛깔로 된 것이 없도다."

하였다

다른 해에 남주(南州)의 체찰사로 다시 가니, 그 기생이 이웃 읍 수령의 총애를 받고 있었다. 그 수령은 공의 옛 친구였다. 공이 그 기생과 담소하기를 전과 다름없이 하였으나 서로 가까이하지는 않았으며, 그 수령이 도차사원(都差使員)이 되어 밤낮으로 만나면서 옛 이야기를 하여도 색에 대한 말은 일체 하지 아니하니 사람들이 그 아량에 감복하였다.

(조선해어화사 <靑坡劇談>)

無名(무명) 59

성종 때 한 환시(宦侍)가 명을 받고 호서에서 돌아오니, 왕이 침착하게 백성들의 질고를 물은 다음 한사(閑事)를 물었다. 환시가 말하기를

"충주에 한 한사(寒士)가 있었는데 목사의 손님으로 왔었습니다. 목사가 한 기생을 천침시켰는데, 그 한사는 기생을 사랑했으나 기생은 쌀쌀하기만 하였습니다. 이별을 하는데 그 한사가 울면서 이별을 하지 못했습니다. 이때 광문(廣文)이 자리하니, 그 나그네가 광문의 손을 잡았습니다. 기생에게 띠를 주고, 눈물을 흘리면서 광문에게 말하기를

"군이 내 이별의 한을 위로하지 못하는가."

하자, 광문이 부(賦) 1률을 짓기를

자줏빛 공작띠로 가는 허리 둘렀고
검은 칠한 장화는 발이 편안한 것을
紫芝雀帶橫腰細　　黑漆獐靴著足安

하니, 그 사람이 그 시로 인해서 기생에게 말하기를

　"원컨대 서로 잊을 수가 없다 하여라."

하고, 이틀이 지나도 차마 이별을 못하니 보는 자들이 모두 속으로

웃었으나 그 사람은 돌아보지도 않았다.

왕이 그 말을 듣고 빙그레 웃었다.

(조선해어화사 <五山說林>)

無名(무명) 60

종실 파성령(坡城令)이 남원 기생과 사랑에 빠졌는데, 이별할 때 기생이 속이기를

"한 번 이별한 뒤에 어찌 차마 구차히 살겠습니까, 차라리 뱀으로 화해서 낭군을 찾아가겠습니다."

하니, 파성이 이 말을 믿었다.

사문 정희현(鄭希賢) 공이 이때 공주목사로 있었는데, 그 말을 먼저 듣고 파성군이 공주에 도착하는 날에 큰 뱀을 잡아서 파성군이 앉을 자리 아래에 미리 두고 무릎을 대고 옮겨 앉으니 뱀의 꼬리가 약간 보였다. 목사가 거짓으로 놀라는 척하면서 말하기를

"괴이하도다. 무슨 물건인고?"

하니, 파성군이 탄식하면서 말하기를

"죽었구나, 죽었구나, 참으로 믿을 사람이구나."

하고, 눈물로 옷깃을 적시고 짧은 도포를 벗어 그 속에 싸서 객관 근방에 묻어 제사지내고 가니 듣는 자가 이를 드러내어 웃었다.

(조선해어화사 <松溪漫錄>)

無名(무명) 61

김삿갓이 피양 연광정을 가는데, 그 연광정에 턱 갔는데, 그때 피양 건달들이 전부 거기 뫼다 놓고—참 기생이 많이 나와서 노는디, 야중엔 술이 만취되구 한참 놀다 났는디.

그 떼에 이제 김삿갓이 척 들어가니깐, 그 술을 한 그릇 줘서 한 그릇 은어먹구 방안이두 들어안진 못허구, 그 이를테문 그 연광정 안이 들어가지 못허구 인제 그 바깥 이를테믄 툇마루, 거기 인저 앉아 한 그릇 은어먹구 우두커니 앉았는데. 이 이놈덜이 풍월을 짓구 온통 야단을 친단 말여. 아 야단을 치는디. 김삿갓이 거 우두커니 앉았는데, 그 기생이 있다가선 허는 말이,

"내가 글을 낼 테니 그 글자를 누구든지 챌 거 같으면 내 오늘 저녁에 내 몸을 바치겠다."

이른단 말여. 게 선비 건달놈들이 온통 야단이지.

"올타 니—저거 내 해다. 내 해다."

이르구서 맘을 먹구 있는디,

"그 글이 무신 거냐?"

허니까는, '능헐 능자'를 ─능헐 능자 운을 단단 말여. 능헐 능자 운을 척 달아주니까는, 이 이놈덜이 별놈 별소리 대 해가지구 능짜에다 댓가지구 전부 짓는디, 아주 이제는 모두 다 짓는단 말여. 짓는 뒤를 맨 나적 끝난디,

"아이, 그 지내가는 나도 한 번 지믄 어떻소?"

이래니까는, 기생이 있다,

"아이, 글이야 무슨 지내가는 사람 어디 어딨습니까. 그저 누구든지 일등허믄 내가 몸을 바칩니다."

이거야. 그래 거기서 인제 김삿갓이 진 글이,

"피양기상하소능(平壤妓生何所能)이요?"

그랬거든. 피양 기생이 무엇이 능허오?

"능가능무우능시(能歌能舞又能詩)라."

노래두 능허고 춤도 능허고 글도 능허다 이거야.

"평양 기생이 능능지중유일능(能能之中有一能)이라."

능허구 능헌 가운데 능헌 것이 있어. 능능지중 유일능이거든.

"월야삼경(月夜三更)에 수부능(受夫能)이라."

달밝은 밤에 지에비 받는 게 제일루─지에비 받는게 제일 능허다. 이래니까는, 아주 자─'청중 참말루 옳게 짓구먼'

그래서 그날 저녁에 피양 기생을 김삿갓이가 잘 디리구 놀구 갔어요.

(김의숙 <김삿갓 구전설화>)

無名(무명) 62

장오복(張五福)은 영묘(英廟) 때 사람이니 유협으로 알려졌다. 이부(吏部)의 아전이 되었을 때, 이부의 한 낭관이 나이가 젊고 맵시가 아름다웠다. 오복이 그의 등을 어루만지면서 말하기를

"아들을 낳으면 마땅히 이런 아들을 낳아야 할 것이다."

하니 낭관이 성내어 파면시키고자 하였으나 곧 중지하였다.

시가를 지나가다가 사람들이 싸우고 다투는 것을 보면 문득 곁에서 보고 무릇 강한 자가 약한 자를 업신여기거나, 사리가 굽은 것을 곧다고 억지하는 자가 있으면 반드시 강한 자를 누르며 사리를 분변하여 사람들로 하여금 사과하고 굴복하게 한 뒤라야 그치곤 하였다.

그래서 사람들이 그를 두려워하였다. 간혹 분쟁이 있어서, 곁의 사람이 말릴 수 없을 때면 문득 위협하기를,

"장오복이 온다."

라고 하였다.

일찍이 술에 취하여 광통교를 지나가는데 한 옥교(屋轎)가 매우

많은 비종(婢從)을 거느리고 가는 것이었다. 교꾼이 오복이 취하여 부딪히며 가는 것을 보고 손으로 그를 쳤다. 오복이 성내어 말하기를,

"어떤 천한 종놈이 감히 내게 손질을 한단 말이냐, 이것은 곧 가마 속의 사람 때문인 것이다."

하고 칼로 가마의 밑바닥을 찌르니 용케도 야호(夜壺)에 적중하여 쨍그랑 하고 소리가 났다.

온 저자사람들이 다 놀랐다. 이 가마에는 장원수(張元帥) 지항(志恒)의 애첩이 타고 있었기 때문이다. 장원수가 그때 바야흐로 포도대장의 자리에 있었다. 군졸을 풀어 포박하여 죽이려 하였다. 오복이 조금도 두려워하는 빛이 없이 크게 웃기를 그치지 않았다. 원수가 성내어 까닭을 물으니 오복이 말하기를,

"장군이 위에 있으니 도적들이 자취를 감추고, 소인이 아래 있으니 분쟁과 다툼이 점차로 그치게 되었습니다. 한 세상의 대장부는 오직 장군과 소인일 뿐입니다. 한사람 천한 희첩(姬妾)의 일 때문에 장부를 죽이고자 하시니 한 번 죽는 것은 두려울 것이 없으니, 가만히 장군이 장부답지 않음을 웃는 것입니다."

하였다. 그 말을 듣고 원수가 웃으며 놓아 주었다.

이웃에 가죽신 짓는 장안(匠人)이 살고 있었는데, 달마다 가죽신 한 켤레씩 오복에게 가져왔다. 오복이 괴이쩍게 여겨 까닭을 물으니 장인이 말하기를,

"가만히 청할 일이 한 가지 있으나 감히 말씀드릴 수 없습니다."

하였다. 오복이 말하기를,

“말하여 보라”

“아무개 기녀를 항상 곱게 여겨 사모하고 있으나 제 힘으로는 이룰 수 없습니다. 원컨대 소인을 위하여 도모하여 주십시오.”

오복이 말하기를,

“어렵다. 조금 생각하여 보자”

하더니, 하루는 장인을 불러다가 한 가지 계책을 일러주고, 말하기를,

“대담하게 실행하여라. 그렇지 않으면 실패할 것이다”

하였다. 다음날 오복이 장인이 마음에 두고 있는 기녀의 집에 가 앉으니 군소(群小)의 무뢰배들이 마루에 가득하였다. 장인이 부랑자의 행세를 하여 옷을 걷어붙이고 팔을 뽐내며 들어와 군소들에게 묻기를,

“장오복이 있느냐”

하였다. 오복이 듣고 뒷문으로 도망쳐 달아났다. 군소의 무리가 묻기를,

“장오복을 보면 어찌하려고 그러시오”

하니, 장인이 말하기를,

“그 놈이 사납게 굴어 마을(閭里)의 근심거리가 되기에 내 사람들을 위하여 그 놈을 없애버리고자 합니다.

하였다. 군소의 무리가 서로 이르기를,

“오복도 두려워하는데 하물며 우리들 무리겠는가.”

하고 다 흩어져 갔다. 장인이 기녀에게 이르기를,

“내 장차 여기 유숙하여 오복이를 기다리겠다.”

하였다. 기녀가 그를 대우하는 것이 못 미치는 것처럼 하였다. 그리하여 하룻밤 마음껏 즐거움을 누리고, 돌아가 오복에게 사례하니 오복이 말하기를,

"급히 달려 돌아가 일하라. 그리고 조심하여 말하지 말라"
하였다.

(호산외사)

無名(무명) 63

화우 기생이 진연(進宴)으로 인해 대궐에 들어가니 고종(高宗)은 기뻐하며 몰래 불러들여 총애하였다. 정낙용(鄭洛鎔)에게 명하여 금반지 한 쌍과 세장전(洗粧錢) 삼천 냥을 주었다. 명성황후는 이 소문을 듣고 펄펄 뛰며 곧 포도청에 죽이라고 명했다. 정낙용을 몹시 책망하고 장차 비상처분이 있을 것 같았으나 정낙용이 온갖 방법으로 용서를 구해 드디어 그치게 되었다.

(매천야록)

無名(무명) 64

옛날에 매우 투기하는 성미의 부인이 있었다. 그 부인의 지아비가 전라감사로 부임하자 따라서 임지로 갔다. 얼마 안 있어 감사가 수청기생을 둔 일을 탐지하고, 이를 막는 길을 생각하여, 감영의 수리(首吏)를 불러다가 명하여 이르기를

"통인 중에서 가장 미남을 골라 오너라."

하였다. 수리가 물러가 감사에게 그 뜻을 아뢰었다. 감사가 집에 돌아와 부인에게

"미남을 데려다가 어디에다 쓰겠소?"

하고 물었다. 부인이

"공께서는 곧 수청기를 두어 종년행락(終年行樂)을 하시면서, 어찌 저에게는 수청남(守廳男)을 허락지 아니하오?"

라 하였다. 감사는 크게 놀라 기생을 물리고, 그의 처에게 다시 기생을 가까이 하지 않겠다고 다짐하였다.

(조선여속고)

無名(무명) 65

판서 조운규(趙雲逵)가 완산 감영에 있을 때, 하루는 밤이 깊은 뒤에 취침하였는데 곁에서 자던 기녀가 흔들어 깨우는 것이었다. 순찰사가 놀래어 묻자 기녀가 말하였다.

"참으로 괴이한 일이 있사옵니다"

그 때에 달빛은 대낮같이 밝은데 밖에서 사람의 그림자가 어른거렸다. 문틈으로 몰래 내다보니 팔척장신의 건장한 사내가 온 몸을 위아래로 단단히 차리고선 눈빛처럼 차가운 비수를 들고 바야흐로 들어오려는 모습을 하고 있었다. 혼비백산할 지경인데 그 기녀가 소리를 죽여 가며 아뢰었다.

"쇤네가 비장청에 아뢰겠습니다."

그러더니 몰래 뒤 창을 열고 나가는 것이었다.

순찰사가 혼자 생각하며 누워 있다가 혹시 심상치 않은 일이 벌어질까 두려워서 기생을 따라 나갔지만 몸을 숨길만한 곳이 없었다. 부엌 밑으로 들어가자 마침 재를 채워 넣는 빈 섬이 있길래 머리에 뒤집어쓰고 엎드려 있었다. 칼을 든 사내가 점점 부엌으로 가까이다가오자 머리털이 온통 곤두섰으나 숨을 죽인 채 엎드려 있었다.

  조금 있자 감영 안이 소란스러워지고 횃불 빛이 휘황하게 빛나는 것이었다. 괴한은 이내 칼로 부엌의 기둥을 치며.

  "운수를 어떻게 할 수 없구나!"

하더니 뒷담을 훌쩍 뛰어넘어 사라졌다.

  사방이 온통 시끄러운 중에서 소리쳤다.

  "사또 나으리 어디 계시옵니까?"

하며 외치는데, 순찰사가 어두운 중에서 소리쳤다.

  "사또 여기 있다. 사또 여기 있어"

  비장과 하속들이 소리를 찾아서 이르자 부축하여 선화당으로 돌아갔는데, 그 뒤에 교체해 주도록 비는 상소를 올려 서울로 돌아갔다.

(계서야담 권1 제7화)

無名(무명) 66

문정공(文靖公) 이병태(李秉泰)가 동협(東峽)지방을 순찰하다가 한 고을을 지나는데 읍내와 거리가 십여 리 떨어져 있었다. 암행한 고을로 심지 뽑힌 곳이 아닌지라 들어가지 않고 밖으로 지나 다른 고을로 향하다가, 한 마을에 이르렀는데 몹시 시장한지라 문 앞에서 밥을 구하니, 한 여자가 문을 나와 응대하였다.

"남정네가 없는 집이라 빈궁함이 심합니다. 집에 시어머니가 계시는데도 오히려 조석을 거르거늘, 어느 겨를에 행인에게 줄 밥이 있겠습니까?"

공이 말했다.

"가장이 어느 곳에 갔습니까?"

그녀가 말했다.

"물어 무엇하겠습니까? 우리 가장은 이 고을의 이방인데 요망한 기생에게 홀려서 모친을 박대하고 처를 쫓아냈으니, 고부가 이곳에 있는 지경에 이르렀지요."

질책해 마지않는 것을 혼자서 보고 있을 따름인데, 방안에 있던 노파가 소리 질렀다.

“며늘애야, 어찌하여 긴치 않은 말을 하며 지아비의 허물을 드러내느냐? 이같이 말을 늘어놓을 필요가 없다”

공이 이 이야기를 듣고 마음이 아팠다. 그래서 길을 되짚어 돌아와 그 읍내에서 물어 수리(首吏)의 집을 찾았다. 이때 마침 오시(午時)를 당하여 그 집에 들어가니, 수리가 마루 위에 앉아서 점심을 먹고 있었는데, 그 곁에 한 기생이 역시 마주하여 밥을 먹고 있었다. 공이 마루 가장자리에 앉아서 말하였다.

“나는 서울의 과객인데 우연히 이곳에 이르렀다가 때를 놓쳤소. 원컨대 밥 한 사발만 얻으면 허기는 면하겠소이다.”

마침 흉년을 당하여 진휼하는 때였다. 그 이방은 눈을 들어 찬찬히 위 아래로 쳐다 보다 머슴을 불러 말했다.

“아까 새끼 낳은 개 주려고 끓인 죽 남은 것 있느냐?”

“있습니다.”

“한 그릇 저 거지에게 주어라”

이윽고 머슴이 술지게미와 쌀겨로 쑨 죽을 한 그릇 가져와 앞에 놓았다. 공이 말했다.

“그대가 비록 잘 사나 그대는 아전배일 뿐이고, 내가 비록 구걸을 하나 나는 사족(士族)이오. 때를 놓쳐 밥을 찾은 즉 그대는 다른 밥을 대접하는 것이 좋을 것이요. 만약 그렇지 않다면 비록 먹던 밥이라도 덜어 주어서 안 될 것은 없을 것이요. 그러나 어찌 개돼지가 입 댄 찌꺼기를 사람에게 대접한단 말이오? 이 무슨 도리오”

그 이방이 눈동자를 동그랗게 하고 괴이하다는 듯이 쳐다보다가 욕하였다.

"네가 양반이면 어찌 너의 사랑에 앉아 있지 않고 이러한 행색을 하였느냐? 이제 흉년을 당하여 비록 이런 거라도 사람이 얻어먹기 어렵거늘, 너는 도대체 어떤 사람이기에 감히 이와 같이 말하느냐?"

이러면서 죽사발을 들어 그를 때리니 이마가 상하여 피가 흐르고 죽이 몸 위에 온통 끼얹어졌다. 공이 아픈 것을 참고 나가서 바로 어사출두를 했다. 이때에 본 고을 수령도 마침 진휼하고 남은 곡식으로 돈을 만들어 서울의 집으로 보내는 문서가 발견되었다. 이로 인해 봉고파출하고, 수리는 기생과 함께 곤장으로 때려 죽였다.

한 여자의 원망하는 말로써 일이 여기에 이르렀으니, 옛말에 소위 오월비상(五月飛霜)이라는 것은 바로 이러한 일을 일컫는 말이다.

(계서야담 권2 제70화)

無名(무명) 67

이시애(李施愛)는 길주 이씨였다. 관직을 두루 거치고 회령부사(會寧府使)가 되자 동생 시합(施合)과 함께 반역을 도모했다. 절도사 강효문(康孝文)이 길주에 오자 시합의 첩 소생 딸인 길주 기생을 효문의 방에 들여보내 수청 들게 하였다. 기생이 안에서 문을 열어주자 병사들이 들이닥쳐 효문을 죽이고는, 길주에 웅거하여 반란을 일으켰다. 세조가 구성군(龜城君) 이준(李浚)이 나이 열여덟에 무용과 지략이 있다고 하여 도총사로, 조석문(曹錫文)을 부총사로, 허종(許琮)을 복배시켜 함길도절도사로, 강순(康純), 어유소(魚有沼)를 대장으로 삼아 토벌하게 하였다. 시애가 거병하자 여러 고을들이 다투어 수령을 죽이고는 그에 호응했으며, 함흥 사람들도 관찰사 신면(申㴐)이 있는 감영을 포위하니 면이 누각에 올라 적을 막다가 힘이 다 하자 큰소리로 적을 꾸짖고 죽임을 당했다. 단천(端川)사람 최윤손(崔潤孫)은 조정에 벼슬하여 품계가 이품까지 이르렀는데, 임금이 함길도 백성들을 효유하라고 파견하자 조정을 배반하고 시애 편에 가담하여 조정의 기밀을 그에게 일러주었다. 강순과 허종 등이 반군과 홍원(洪原)에서 크게 싸웠으며, 이어 북청(北靑)에서 싸우고 또 만령(蔓嶺)에서 싸웠다. 당시 적군은 높고 험한 곳에 의지해 비 오듯 화살을 퍼부어 아군이 고개에 오르지를 못했다. 유소가 몰래 작은 배에다 정예군을 싣고 초목과 구별할 수 없게 위장된 옷을 입혀서 바다 구비를 건넜다. 나무를 붙잡고 절벽을 오른 다음, 빙 둘러 상봉으로 올라가 적의 등을 굽어보며 북을 치고 고함을 지르니 적이 크게 당황했다. 고개 아래에 있던 군사도 그 기세를 타고 방패를 덮어쓰고는 개미떼처럼 기어 올라오니 적은 더 이상 지탱하지 못하고 드디어 궤멸하였다. 시애는 길주로 다시 달려가 기녀와 재물을 모조리 싣고 오랑캐 땅으로 들어가려 하였는데 길주 사람 허유례(許由禮)가 적과 한 통속이었던 이주(李珠) 등을 타일러 시애와 시합을 사로잡아서는 군진 앞에서 참수했으며 그 머리를 서울로 보내었다.

(대동기문 권1 제76화)

無名(무명) 68

이자건(李自健)은 성주(星州) 이씨로 자는 건지(健之)였다. 성종 경자년 생원과에 합격하고 계묘년 문과에 올랐다. 예전부터 그를 모시던 기생이 있었는데, 공이 홀아비가 되자 거처하는 집으로 따라가려고 하였다. 그러나 공은

"집에 두 딸이 있으니 창기와 더불어 같이 살 수는 없지,"

하고는 행하를 후히 주어 되돌려 보냈다.

연산군 때 직언을 했다가 경상도 선산(善山)으로 귀양 갔는데, 그 읍의 원이 심히 박절하게 대했다. 어느 날 금오리가 온다는 말을 듣더니 즉시 군사를 이끌고 공이 우거하는 집을 에워싸고는 공을 불러 뜰아래에 꿇어 앉혀놓고 온갖 봉욕을 가했다. 그런데 금오리는 딴 일로 이곳을 지나던 참이라, 그냥 지나가 버리니 원이 실망하여 맥을 놓고 되돌아갔다.

공이 다시 조정에 들어가 황해감사가 되었는데 그 원이 마침 안악(安岳)에서 군수를 지내다 벼슬을 그만두게 되었다. 공이 고

을에 가서 따뜻한 말로 위로하고 타이르니 원이 감읍할 뿐이었
다.

관직은 공조판서에 이르렀고 공간(恭簡)이란 시호를 받았다.

(대동기문 권1 제 110화)

無名(무명) 69

김억(金檍)은 영묘(英廟) 때 사람이다. 집이 부유하고 성질이 호방하며 사치하였다. 더할 수 없을 만큼 성색(聲色)의 즐거움을 다하였다. 우리나라 사람은 다 흰옷을 입는데 홀로 채색 비단옷을 입어 번쩍번쩍 빛이 났다.

도검(刀劍)을 좋아하는 벽(癖)이 있어서 모든 칼을 다 구슬과 자개로 꾸며서 방롱(房籠)에 벌여 걸어 놓고 하루에 한 개씩 바꿔 찼는데 일주년이 되어도 칼을 다 차지 못하였다고 한다.

악원(樂院)에 이육이악식(二六肄樂式)이 있어서 여러 기녀들이 구름처럼 모여 있었다. 억이 구경하고 있는데 여러 악소년(惡少年)들이 서로 이르기를,

"김억이 호정(戶庭) 밖을 나오지 않아 우리들과는 접촉하지 않고, 나라 안의 여악(女樂)에 잠겨 있으니 가증스럽다. 욕보이자."

하고 말로써 도발하였으나 대답하지 않았다. 드디어 구타하고 옷을 찢어버렸다. 억이 한쪽 외진 곳에서 옷을 바꿔 입고 구경하는데, 아까 입었던 의복과 다를 것이 없었다. 뭇 소년들이 성내어 또 옷을

"

찢어버렸다. 이렇게 하기를 세 번, 그리고 옷을 갈아입은 것이 세 번이었으며 구경하는 것도 또한 한결같이 하면서 마침내 한마디 말도 없으니 뭇 소년들이 드디어 부끄러워하여 사과하였다고 한다.

사랑하는 기녀가 여덟 사람이나 있었는데 서로 알지 못하게 하였다. 하루 저녁에 여덟 사람을 다 불러서 함께 술을 마시었으나 기녀들은 각기 자기 한 사람만이 억의 사랑을 받고 있을 뿐이라고 생각하기 때문에 여덟 기녀가 한 자리에 있으면서 질투하지 않았다. 그의 권모술수가 대개 이와 같은 것이었다.

우리나라에 양금(洋琴)이 있었으나 그 소리가 촉박하여 그것에 가락을 맞추어 노래하는 자가 없더니 억이 비로소 화답하니, 그 빠른 가락이 들을 만하였다. 지금 양금을 치는 자들이 억으로부터 시작되었다는 것을 알지 못한다. 그는 겸하여 공령지문(功令之文)도 잘 지어서 성균관 진사에 합격하였다.

(호산외사)

無名(무명) 70

이충백(李忠伯)은 서경의 대협객이다. 술 마시고 기세 부리기를 좋아하였다. 마음에 불평한 자를 만나면 당장 살인하곤 하니 그가 출입할 때면 사람들이 감히 곁눈질도 못했다.

광해(光海) 때에 박엽(朴燁)이 관서백이 되어 왔는데 사납기가 범과 같았다. 하루도 사람을 죽이지 않고는 못 배기는 사람이었다. 항상 말하기를,

"사람 천명을 죽이면 내가 필부를 면할 것이다."

하니, 서경 사람들이 숨을 죽이고 벌벌 떨면서 아침저녁으로 죽기를 기다리는 형편이었다.

마침 엽이 몹시 사랑하는 아름답고 예쁜 기녀 하나가 있었는데 충백이 몰래 그 기녀와 간통한 사실이 발각되었다. 엽이 빨리 달리는 기마병을 내보내어 뒤쫓아 가서 체포하게 하고, 체포하러 가는 자에게 활과 화살을 주며 경계하기를,

"산채로 잡아올 수 없거든 사살하거라."

하였다. 충백이 도주하여 마둔포(麻屯浦)의 어귀에 이르니 봄물이 넘

쳐흐르고 있고 쫓는 자는 바로 뒤에서 쫓아오고 있으므로 도리 없이 벌거벗고 헤엄쳐서 급히 달아나 애포(艾浦)의 인가에 숨었다. 그러나 마음이 불안하고 초조하여 여러 족인(族人)에게서 베 백 필을 얻어가지고 말에 싣고 남으로 내려갔다. 얼마 후에 자기를 쫓는 자가 과연 도착하여 온 마을을 뒤졌으나 충백이 없으니 그냥 돌아가고 말았다.

충백이 한경(漢京)에 들어와서 개나 잡고 도박이나 하는 무리들과 어울려 다니면서 호협한 행동을 꺼리는 것이 없었다.

하루 저녁에는 창루(娼樓)에 들어가 자는데 창녀의 정부(情夫)인 악소년(惡少年)이 몰래 탐지해 듣고는 밖에서 예리한 비수가 번쩍번쩍 빛나고 있었다. 충백이 창녀를 껴안고 누워서 꼼짝도 하지 않으니 소년이 더더욱 성을 내어 큰소리로 호통치기를,

"너는 어쩐 놈이길래 겁내지 않느냐"

하였다. 충백이,

"나는 서경의 장사 이충백이다"

하니 소년이,

"네가 능히 나와 같이 술을 마실 수 있느냐?"

충백이 좋다 하고는 즉시 일어나 옷을 입으니, 소년이 창녀를 꾸짖고는 말술과 큰 고기를 가져오게 하였다. 그러더니 선자리에서 큰 잔을 끌어당겨 스스로 한 잔 마시고는 이어 잔에 술을 쳐서 충백에게 권하니 충백이 단숨에 다 마셔버렸다. 또 소년이 고기를 칼에 꽂아서 충백의 입에 대주니 충백이 크게 입을 벌려 넙적 받아먹으니 소년이 약간 마음으로 두려워하였다. 이에 충백이 스스로

202

칼을 빼어 자신의 넓적다리 살을 베어가지고 씹고 마시는 것을 태연자약하게 하니, 소년이 머뭇거리더니 말하기를

"너는 진실로 장사다. 나는 그대만 못하다."

하고 드디어 죽음을 맹세하는 친한 벗이 되었다고 한다. 이로부터 충백의 명성이 자자하여 한경의 모든 악소년들의 위에 솟아나게 되었다.

일찍이 충백이 도망가고 나니 엽이 충백의 아버지를 잡아다가 옥에 가두고 말하기를,

"네 아들이 오지 않으면 석방하지 않을 것이다"

하였다. 반년이나 지난 후에 들리기를 감사가 날마다 아버지를 족친다고 소문이 났다. 충백이 드디어 칼을 집고 서경으로 달려가 감사에게 달려가니 마침 관아에 앉았는데 군대의 위의가 매우 장엄하였다. 충백이 곧바로 들어가서 뜰아래 서서 말하기를,

"이충백이 감히 뵈러 왔습니다."

하였다.

엽이 뜻밖에 당한 일이라 한참동안 주시해보니 충백의 옷차림이 단정하고 매우 무용스러워 보였다. 엽의 성난 빛이 약간 풀렸다. 그때 김한풍(金漢豊)이 열교(列校)로서 모시고 있었다. 엽이 시험 삼아 충백과 더불어 각저희(角觝戲)를 해 보라고 하였다. 충백이 마음속으로 다행히 죽임을 면할 것이라고 생각하였다. 스스로 생각건대 한풍은 자기보다 힘이 세므로 눈짓을 하니 한풍이 속으로 알아차리고 일부러 오래도록 결말을 내지 못하는 체하였다. 충백이 한풍의 늦춤을 타서 단번에 넘어뜨리니 엽이 눈을 휘둥그레지며 크게 웃고

말하기를,

"내가 하마터면 장사를 죽일 뻔 하였구나."

하고 술을 내리고 끌어들여 막하에 두게 하였다.

인조(仁祖) 정묘년의 난에 적을 벤 공으로 차례를 뛰어넘어 호군(護軍)의 품계를 주었다. 그때 충백의 나이는 27세였다. 얼마 뒤에 출세하였으니 도원수 김자점(金自點)의 중군에게 불리어가서 오위장(五衛將)이 제수되었다. 병자년에는 돌격장으로서 관서백 홍공(洪公) 명구(命耈)에게 종군하여 근왕병으로 김화(金化)에 달려가다가, 길에서 적을 만나 적의 머리 약간 급을 베었다. 백전(柏田)의 싸움에서는 큰 소리로 호통을 치며 곧바로 전진하여 그 선등자(先登者)를 사살하였다. 군이 패한 뒤에는 절도사 유림(柳琳)의 군에 속하여 용기를 고무하여 힘껏 싸웠으나, 남한산성이 함락되고 싸움이 그쳤다는 말을 듣고는 고향으로 돌아가서 다시는 출사(出仕)하지 않았다.

(이향견문록)

無名(무명) 71

　　종실 오성군(烏城君)은 술집과 기생집을 다니는 일을 일과로 삼아 호걸로 일컬어지던 사람이다. 나이 팔십이 가까웠을 때, 어떤 사람이 이렇게 물어본 적이 있었다.

　　"공께서 창기 집에 드나드시는 것은 남들로부터 꼬임을 받아 뿌리칠 수가 없었던 겝니까, 아니면 천성이 원래 거리낌이 없어 자제를 못하신 탓입니까?"

　　오성이 한참 말없이 있다가 한숨을 크게 내쉬며 말했다.

　　"내가 어릴 때부터 스무 살 무렵까지는 한 번도 나쁜 길로 들어선 적이 없었네. 마치 다소곳한 처녀 같아서 사람만 보면 수줍어 머뭇댈 뿐 머리도 들지 못했지. 그런데 어느 날 이웃 사는 무인 하나가 놀러가자고 나를 꾀여서 데려간 곳이 바로 기생집이더란 말이야. 노래 소리 거문고 소리가 요란하고 술잔이 마구 오가는데 내 마음은 부끄럽고 꽉 막힌 것 같아 집으로 돌아가려니 사람들이 말려서 주저앉히더군. 한참 있으려니 마음이 적이 가라앉는데, 잠시 뒤 기생이 갑자기 저고리를 벗고 가려운 데를 긁더란 말이야. 그

풍만하고 보드라운 젖가슴과 기름이 자르르 흐르는 옥 같은 살결을
본 순간 마음이 미친 듯 설레이어서 도저히 참을 수가 없었지. 결
국 잠자리를 같이 하였는데, 그 곱고 예쁜 자태와 아양 떠는 얼굴
빛이 정말 사람 정신을 표탕하게 만들더구만. 그때부터 세상 돌아
가는 것도 잊고 방탕한 생활을 시작했는데 끝내 사람들이 나를 금
수나 못된 송아지 같은 소인배로 여기는 지경에까지 이르렀지. 나
를 이 지경까지 이르게 한 것은 모두 그날 본 젖가슴 때문이고 그
렇게 만든 것은 그 무인 놈이라 할 수 있으니, 항간의 음탕한 여자
라도 그 근본이 부정한 것이 아님을 내 깨달았다네. 딴 집안의 젊
은 자제들은 나를 거울삼아, 누구와 더불어 어울릴까를 반드시 신
중히 따질 것이며 또 못된 마음이 싹트기 전에 그것을 막아버려야
할걸세."
하며 개탄을 마지않았다.

(대동기문 권3 제568화)

無名(무명) 72

목창명(睦昌明)은 사천(泗川) 목씨로 문과에 오른 뒤 판서를 지냈다. 하루는 사촌 형인 안성(安城) 원 창우(昌遇)와 함께 한가히 앉아 농담을 나누다가 판서가 물었다.

"옛 말에, 기생 다리를 들어보지 못한 사람은 저승에 가서 흙을 짊어지는 벌을 받는다고 하던데 형님께서는 다리를 들어보셨는지요?"

"아직 못 해보았다네."

"저는 원접사가 되었을 적에 이미 서도 기생 다리를 들어보았으니 벌을 면할 듯한데, 형님은 흙 짊어지는 벌을 면하기 힘들 것이니 그 괴로움을 어찌 감당하시렵니까?"

"앞으로 한 번 쯤 들어볼 일이 어찌 없겠는가?"

창우가 서울서 안성(安城)으로 돌아가던 길에 수원부(水原府)에 이르자, 본관사또 조위수(趙渭叟)를 찾아가 서로 수인사를 나눈 뒤에 대뜸,

"사또께서 거느린 기생을 하나 날 주시구려."

하고 부탁했다. 사또가,

"어찌 그리 급히 기생을 찾으십니까?"

하고 묻자 창우는 판서 이야기를 들려주었다. 사또가 웃으며,

"제가 기생 하나를 어찌 아끼겠습니까만 다만 종씨 대감께서 아까 나에게 편지를 보내 기생을 붙여드리지 말라고 당부하던데 어쩌면 좋습니까?"

"운우의 즐거움은 나눌 필요도 없고, 한 번 보고 이야기만 하면 족하오."

그러자 본관사또는 즉시 기생들을 불러 마루에 쭉 앉혀 놓았다. 창우는 장난삼아 한 기생의 다리를 만지기도 하고 종아리를 쓰다듬기도 하다가 갑자기 다리를 들어 올리며,

"이렇게 헤도 기생 다리를 안 들었다고 하겠는가? 이제야 저승 벌을 면할 수 있겠구나."

라고 말하니 좌중의 모든 사람들이 박장대소하였다.

(대동기문 권4 제624화)

　문효공(文孝公) 하연(河演)이 경상감사가 되자, 남지(南智)가 새로 도사의 직함을 받았음을 듣고 걱정하면서 말했다.

　"나이 어린 벌열의 자제는 반드시 매사에 힘들이지 않는 법이거늘 어떡하면 좋을꼬"

했다. 남지가 처음 뵈러 와서 자리에 앉자, 공이 그를 시험코자 바로 판결하기 어려운 공사의 두루마리 하나를 뽑아서 그에게 부탁하며,

　"그대가 시험 삼아 해결해 보시오."

했다. 오며 가며 사람을 시켜서 하는 양을 살펴보도록 했더니, 바야흐로 손님과 함께 장중에서 폭음을 하고 있었다. 공이 탄식하며 말하기를

　"과연 내가 헤아린 대로군." 했다.

　다음날 남지가 술이 깨 일어나자, 권종(卷宗)을 펼치며 잘못된 곳 하나를 손톱으로 표시를 해두었다가 공에게 내보이며

　"아무개 글자는 잘못이니 착오요, 아무개 일은 착오니 마땅히 밝

혀야 한다.”

고 했다. 공이 절로 탄복하였다. 이로부터 매우 정성껏 대접했다.

남지가 어떤 기생을 사랑하여 임신을 했다. 하루는 공물로 봉한 배를 실어 보낸 적이 있었다. 공이 일부러 남지에게 일러 말하기를,

“내게 친구가 있는데 병이 나서 배를 좀 보내고 싶은데 그대도 배를 가지고 있는가.”

했다. 즉시 일어나

“있습니다.”

하곤, 바로 한 그릇을 나누어 주었다. 몰래 알아보니 그 기생을 먹였다. 남지는 뒤늦게 공에게 희롱당한 줄 알았다.

진양에 이르러 촉석루에 오르자 공이 남지를 돌아보며 말하기를

“우리 고향의 산수는 참으로 기이토다.”

하니, 남지가 우러러보며

“산천은 아름답지만 품관의 호사일 뿐입니다.”

했다. 서로 농을 하면서 끝마쳤다.

뒤에, 하연이 상부에 있으면서 남지가 재상의 자리에 오름에 미쳐 하연이 말하기를,

“감사의 걸음이 빠르지 않았다면 아마 거의 도사에게 밟혔을 것이다.” 했다.

(소문쇄록 권상)

無名(무명) 74

    계림(鷄林)에 어떤 관청의 창녀가 얼굴이 예뻤는데, 서울의 어떤 소년이 쏟은 정이 꽤 진중하였다.

    그 창녀가 속여서 말하기를,

    "저는 본래 벌열(閥閱) 집안 태생으로 적몰되어 노비가 되었으나 그때까지 남자를 겪어본 적이 없습니다."

라고 하니, 소년이 더욱 그 여자에게 미혹되었다.

    그 여자가 이별할 때 잘 우니, 소년이 행탁에 있는 것을 다 기울여 그 여자에게 주었다.

    창녀가 사양하며 말하기를,

    "그대의 신체에서 잘라낸 물건을 얻고 싶습니다. 재물은 싫습니다."

라고 했다.

    소년이 머리카락을 잘라 그 여자에게 주었더니, 창녀가 말하기를,

    "머리카락은 오히려 외양(外樣)에 불과한 것입니다. 원컨대 더욱

절실한 것을 잘라 주십시오”

라고 함으로, 소년은 앞니를 분질러 그 여자에게 주고는 서울로 돌아왔는데, 문득문득 마음이 좋지 않았다.

그 고장으로부터 온 사람이 있어 소년이 염탐하여 물어 보았더니, 창녀는 이별하자마자 딴 사람에게로 갔다고 했다. 그래서 화가 나서 종을 보내어 앞니를 되찾아 오도록 했더니, 창녀가 손뼉을 치며 크게 웃고 말하기를,

“어리석은 아이로다. 백정더러 죽이기를 경계하고, 창녀더러 예(禮)를 지키라고 하니, 바보가 아니면 망령된 사람이다. 너의 어리석은 아이의 이빨을 찾아 가도 좋다.”

라고 하면서, 베로 된 자루 하나를 던져주는데, 그것은 바로 지금까지 한 개씩 얻은 남자들의 이빨이었다.

어떤 사람이 시를 지어 말하기를,

> 소년 풍류는 일찍이 보지 못하던 바인데
> 창가에 예를 책함이 끝내 어찌 가능하랴
> 이것더러 은혜로 사랑하는 마음이 엷다고 하지 마오
> 이 빠지고 머리 벗어진 것은 장수할 조짐이거니.
> 少年風流見未曾　娼家責礼竟何能
> 莫言這物恩情薄　齒豁頭童是壽徵

라고 했다.

(태평한화 제44화)

無名(무명) 75

　광해(光海) 말년에 평양 한 기녀가 있으니 연광이 이팔에 몸가짐을 정결히 하여 스스로 써 하되,

　"기생이 비록 천물(賤物)이나 마땅히 한 지아비를 지키어 써 종신하리라."

하니, 영본부(營本府) 비장과 책객(冊客)이 그 자색을 탐하여 매양 가까이 하고자 하되 죽기로써 거절하여 형장(刑杖)을 베풀고 그 부모를 가수(枷囚)하되 마침내 변치 아니하니 영읍(營邑) 상하가 다 괴물이라 일컫더라.

　그 부모가 작배(作配)할 자를 박문(博聞)하여 구하니 궐녀가 가로되,

　"지아비는 백년 손이라. 내 스스로 가리렸노라."

　이 말이 한 번 나매 원근이 문풍(聞風)하고 오는 자가 미남자 호풍신 아닌 이 없고 부가자제 호협객이 일석에 문에 가득하되 궐녀가 일병(一竝) 허치 아니하더라.

　일일은 궐녀가 대동문루 앉았더니 문 밖에 나무 지고 가는 노총

각을 보고 아비를 불러 가로되,

"저 총각을 내 집으로 맞으소서."

가부(家父)가 한심히 여겨 꾸짖어 가로되,

"너의 심성이 괴이하다. 네 자색을 기꺼 아는 이 없어 위로 가히 사또와 본관의 소실이 될 것이요, 가운데로 가히 호비장 책객의 수청이 될 것이요, 아래로 가히 모가랑(某家郞)을 잃지 않을 것이로되 일병 원치 아니하고 천하에 흉악한 걸인을 얻고자 하니 이 무슨 심장(心腸)인고"

그러나 여식의 성정을 아는지라. 비록 아비의 위엄이라도 또한 무가내하(無可奈何)라 이에 궐동(厥童)으로 작부(作夫)하니라.

일일은 궐녀가 지아비더러 일러 가로되

"우리 오래 여기 있지 못할 것이니 원컨대 그대로 더불어 서울로 올라가 산업(産業)을 하리라."

하고, 부처가 상경하여 술저자를 서소문 밖에 벌이니 색주가 이름이 제일이라. 성내 성외에 협유(俠遊) 탕자와 호족 귀객이 날로 복주(輻湊)하니 그때 주도(酒徒) 오륙인이 그 중 빼어나고 자주 왕래하여 술 먹거늘, 궐녀가 값지(之) 유무를 묻지 아니하고 오직 술을 진배(進排)할 만하니 주채가 과연(夥然)하되 한 번도 기색이 없는지라. 주도가 혹 무렴(無廉)함을 말한 즉 궐녀가 가로되,

"후일에 많이 갚으면 좋을 것이거늘 어찌 저렇듯 불안한 말씀을 하십니까."

그 주도는 곧 묵동(墨洞) 김정언(金正言)과 이좌랑(李佐郞)이러라. 궐녀가 종용히 김정언더러 일러 가로되,

214

"이 동네는 생소한 자가 많은지라. 장차 남촌으로 옮기려 하오니 바라건대 나리께오서 주인이 되소서."

김이 가로되,

"좋은 말이로다. 우리 멀리 와 술 먹기 괴로우니 주파(酒婆)가 만일 가까이 온 즉 우리 주인 노릇은 잘 하리라."

궐녀가 인하여 묵동으로 반이(搬移)하니라.

일일은 김정원을 보고 가로되,

"소녀의 지아비 일자무식이요, 또 언문도 못하와 주채(酒債) 치부도 할 길이 없사오니 바라건대 나리께오서 몽학(蒙學)으로 알고 가르쳐 주신 즉 마땅히 선생 대접을 착실히 하와 매 일일 호주(壺酒)를 진배하리이다."

김이 가로되,

"무방하니 명일로부터 책을 끼어 보내어라."

궐녀가 기부(其夫)로 하여금 통감 네댓 권을 사 그 중간을 접어 표하여 가로되,

"그대 이 책을 끼고 김정언 댁에 가 가르침을 청할 때에 선생이 반드시 첫 장부터 배우라 할 것이니 그대는 반드시 표한 장을 배우라."

기부가 그 말을 좇아 이튿날 아침에 책을 끼고 가 배우려 하니 김공이 가로되,

"천자냐 유합(類合)이냐."

대하여 가로되,

"통감 넷째 권이로소이다."

김정언이 가로되,

"이는 네게 당치 아니하니 모로미 천자를 가져오라."

대하여 가로되,

"이미 가지고 왔사오니 배워지이다."

김공이 가로되,

"이 또한 글이라. 무엇이 방해로우리오."

첫 장을 가르치려 한 즉 궐자가 접어 표한 장을 펴 가로되,

"이를 배워지이다."

김정언이 가로되,

"첫 장부터 배우는 법이니라."

궐자는 듣지 아니하고 고집하거늘 김이 책을 던져 때려 가로되,

"천하에 못생긴 놈이로다. 도무지 제 처의 말만 듣고는."

궐자가 크게 원망하고 돌아와 기처더러 일러 가로되,

"김정언에게 술을 주지 마라. 동냥도 아니 주고 쪽박조차 깨침이로다."

기처 웃어 가로되,

"그대 인물이 만일 잘났으면 어찌 이 욕을 보리오."

조금 사이 김정언이 와 궐녀의 손을 잡고 왈,

"네 사람이냐 귀신이냐."

궐녀가 가로되,

"나 같은 유(類)도 때를 얻어 양반 됨이 또한 가치 아니 하니이까."

김이 가로되,

"아직 기다리라."

인하여 술을 부으라 하다.

대저 접어 표한 장은 이에 한(漢)나라 곽광(霍光)이 창읍왕(昌邑王)
보내던 일이요, 이른바 김정언은 승평부원군(昇平府院君) 김류(金瑬)요,
이좌랑은 연양부원군(延陽府院君) 이귀(李貴)라. 궐녀가 반정할 의논이
장차 이루어질 줄 예탁하고 짐짓 통감 제사권 창읍왕사로 먼저 그
뜻을 시험하매 승평이 또한 궐녀가 자기 모사 헤아림을 신기히 여
기더라.

수일 후에 승평이 과연 반정공신이 되어 그 공을 논한 때 먼저
평양기 주채를 말한대 제공의 의논이 첨동(僉同)하여 궐녀의 지아비
이름을 물으니 아는 이 없는지라. 승평이 가로되,

"궐자는 기축 생이요, 성은 박(朴)이라 하니 육갑으로 이름 지음
이 너무 아담치 아니하니 일 기(起)자와 쌓을 축(築)자로 이름 지어
성명을 합하여 박기축이라 함이 어떠한가."

모두 가로되,

"낙(諾)다."

삼등 훈공에 참록(參錄)하여 즉일 한성좌윤을 제수하고 마침내 병
조참판이 되니라.

차호(嗟乎)라. 궐녀가 근본 천기로 천정 배필을 구하여 몸이 맞도
록 일부(一夫)를 섬기고 장래 일을 미리 알아 사사(事事) 기이함이 귀
신같아서 필경 몸이 극귀하고 지아비를 현달케 하니 궐녀는 고금에
드문 사람이로다.

(청구야담 권지삼 책훈명양처명감(策勳名良妻明鑑))

無名(무명) 76

영성군(靈城君) 박문수(朴文秀)가 소시에 내구(內舅) 진주 임소에 따라가 한 기생을 수청들이고 대혹(大惑)하여 사생으로써 맹세하느라.

일일은 박공의 서실에 있더니, 한 추악한 비자(婢子)가 물을 긷고 지나가거늘 제인이 가리키며 웃어 가로되,

"차녀가 나이 삼십이로되 추악한 연고로 오히려 음양지리를 알지 못한지라. 만일 가까이 하는 자이면 적선이 될 것이니 반드시 신명이 도움이 있으리라."

박공이 그 말을 듣고 측은히 여겨, 그 밤에 궐비 또 지나가거늘 인하여 불러 들여 동침하니 궐비 크게 즐겨 가더라.

환경(還京)하매 즉시 등제하여 십년간에 암행으로 진주에 이르러 전에 유정하던 기가(妓家)를 찾아 문 밖에 서고 밥을 빈 즉 안으로서 한 노구(老嫗)가 나와 보고 가로되,

"괴이괴이(怪異怪異)하도다."

박공이 가로되,

"노구가 어찌 이름이뇨."

노구가 가로되,

"그대 안면이 전전 등내(等內) 박서방주 모양과 흡사한 고로 괴히
여기노라."

박고이 가로되,

"내 과연 그러하도다."

노구가 놀라 가로되,

"이 어쩐 일이뇨. 서방주가 걸객될 줄 뜻하지 아니하였노라."

하고,

"방 안에 들어가 밥이나 자시고 가소서."

하거늘, 박공이 방에 들어가 좌정에 물으되,

"그대 딸이 어디 있느냐."

답왈,

"본부 수청기로 장번(長番)하여 나오지 않나이다."

하고 불을 살라 밥을 지으려 하더니, 홀연 신 끄는 소리 나며 기녀
가 부엌 아래 이르니 기모가 가로되,

"모처 박서방주가 왔도다."

기녀가 가로되,

"어느 때 여기 왔으며 무슨 연고로 인연하여 왔느냐."

기모 가로되,

"그 형상이 가련하니 폐의파립이 정녕 걸인니라. 그 위절(委折)을
물은 즉 그 전전 사또의 집에 쫓겨 전전 걸식하여 이곳에 온 뜻은
일찍 전에 오래 머물던 곳이라 관청 이배(吏輩)의 안면 있는 고로 전
냥(錢兩)을 얻고자 하여 옴이라 하더라."

기녀가 작색하여 가로되,

"이런 등사(等事)의 말을 어찌 나를 대하여 이르느냐."

기모가 가로되,

"너를 한 번 보고자 왔으니 일차 들어가 보라."

기녀가 가로되,

"보아 무엇하리오. 차등인은 보기를 원치 아니 하나니 병사도(兵使道) 생일이 명일이라. 수령이 많이 모여 촉석루에 대연을 배설할 새 영본읍(營本邑) 기배(妓輩) 의복 치장으로 신칙이 절엄하니 내 의상 중에 신건(新件) 의상이 있으니 모씨(母氏)는 나의 옷을 내어 오소서."

기모 가로되,

"내 어찌 알리오. 네 들어가 보라."

기녀가 마지못하여 문을 열고 들어갈 새 노색(怒色)이 발발하여 눈을 두르지 아니하고 방벽을 둘러 와 상자를 열어 의복을 내어 가지고 돌아보지 아니하고 나오거늘, 공이 기모를 불러 가로되,

"주인이 너무 냉락하니 이로조차 하직하노라."

기모가 만류 왈,

"연소한 여아가 일을 경력치 못하여 그러하니 어찌 족히 책망하리오. 석반이 거의 익었으니 조금 앉아 요기하고 가소서."

공이 듣지 아니하고 문을 나와 또 비자의 집을 찾은 즉 그 비자가 오히려 급수(汲水)하는지라. 급수하고 오다가 그 상모를 보고 양구히 숙시하여 가로되,

"괴이하고 괴이하도다."

공이 가로되,

"어찌 사람을 보고 괴이타 하느냐."

비자가 가로되,

"안면이 전등 책방 박서방주와 흡사한 고로 괴이타 함이로소이다."

공이 가로되,

"내 과연 그로라."

그 비자가 동이를 땅에 놓고 손을 잡고 통곡 왈,

"이 어쩐 일이며 이 어쩐 모양이뇨. 내 집이 멀지 아니하니 함께 가심이 어떠한지요."

공이 따라간 즉 수간두옥(數間斗屋)이라 손을 이끌고 방에 들어 좌정하매 그 개걸(丐乞) 사유를 울며 묻거늘, 공이 기모(妓母)에 대답하던 말과 같이 하니 비자가 놀라 가로되,

"내 서방주로써 대귀하리라 하였더니 어찌 이에 이를 줄 알리오 금일부터 내 집에 머물거라."

하고, 한 추한 상자에 일습 주의(紬衣)를 내어 권하며 입으라 하거늘, 공이 가로되,

"이 옷이 어디로조차 나느냐."

비자 가로되,

"이는 내 작년 물품 판 것이라. 돈을 모아 면주를 무역하여 값 주어 지어 상중(箱中)에 간수하와 차생에 만일 서방주를 만나거든 정을 표하고자 함이로소이다."

공이 사양하여 왈,

"내 폐의로 다니다가 이제 문득 이 옷을 입은 즉 사람이 이상히 여길 것이라. 종당 입을 것이니 아직 두라."

비자가 주하(廚下)에 들어가 석반을 갖추고 후면으로 들어가 중얼거리며 기명을 열파하는 소리 나거늘, 공이 괴이히 여겨 물은 즉, 대하여 가로되,

"남중(南中)이 귀신을 공경하는지라. 내 서방주를 보낸 후로 신위(神位)를 베풀고 기도하여 다만 서방주 입신양명하기를 원하옵더니 귀신이 만일 영험이 있으면 서방주가 어찌 차경(此境)에 이르리오. 이럼으로써 아까 열파하여 불에 넣었나이다."

공이 웃음을 참고 그 성의를 감동하더니, 이윽고 석반을 내오거늘 공이 돈복(頓服)하고 유숙하니 정의 더욱 지극하더라.

익일에 조반을 재촉하여 가로되,

"내 볼 일이 있다."

하고, 먼저 촉석루에 가 가만히 누하에 숨었더니, 날이 나매 관리 분분히 수소(修掃)하고 연석을 포설하니 조금 사이에 병사와 본관이 나오고 인읍 수령이 일제히 모인지라. 공이 홀연히 나와 자리에 올라 병사를 향하여 가로되,

"과객이 성연(盛宴)에 참예코자 왔노라."

병사가 가로되,

"말석에 앉아 관광함이 무방하니라."

이윽고 배반이 낭자하고 생가가 요량한데 그 기녀가 본관 등 뒤에 모셨으니 복색이 선명하고 교태 선연한지라. 병사가 돌아보고 웃어 가로되,

222

"본관이 근일에 궐녀에게 대혹하여 신색(神色)이 전만 같지 못하도다."

본관이 웃어 가로되,

"이럴 리 있으리오. 명색은 두었으나 실로는 없나이다."

병사가 웃어 왈,

"이 꾸미는 말이로다."

인하여 불러 하여금 행배(行杯)하니 기녀가 섬수로 옥배를 받들어 차차 권주가로 진전하거늘, 공이 가로되,

"과객도 또한 일배를 청하나이다."

병사가 가로되,

"네 가히 나아가 주배를 드리라."

기녀가 이에 술을 부어 지인(知印)을 주어 가로되,

"저 손에게 드리라."

공이 가로되,

"이 객도 또한 남자이라. 기녀의 수중배(手中杯)를 마시고자 하노라."

병사와 본관이 작색하여 가로되,

"마시면 좋을 것이니 어찌 기수(妓手)를 원하리오."

공이 인하여 받아 마시니라.

식상(食床)을 각인 앞에 드릴 세 다 대탁이로되 자가의 앞에는 두어 그릇 뿐이라 공이 가로되,

"동시에 양반이라. 음식에 어찌 층하하느뇨."

본관이 노하여 왈,

“장자(長者)의 모꼬지에 어찌 이리 지번(支煩)하오 음식을 얻어 먹
었으면 빨리 갈 것이거늘 어찌 여러 말 하느냐.”

공이 또한 노하여 가로되,

“나도 또한 장자이라. 내 이미 유처유자(有妻有子)하고 수발(鬚髮)이
창연한 즉 내 어찌 소년배냐.”

본관이 노하여 가로되,

“이 걸객이 극히 망패(妄悖)하니 쫓아 내치라.”

하고, 인하여 분부하여 잡아내리라 하니 관예(官隷) 누하에서 포갈(咆
喝)하여 가로되,

“빨리 내려오라.”

공이 가로되,

“내 어찌 내려가리오. 본관이 가히 내려갈 것이니라.”

본관이 더욱 노하여 왈,

“이 손이 참 광객이라. 하예(下隷) 어찌 끌어내리지 아니하느뇨.”

호령이 추상같으니 지인배(知印輩) 소매를 들고 등을 밀거늘, 공이
소리를 매이하여 가로되,

“너희 무리나 가히 나가라.”

말을 믿지 못하여 역졸이 삼문을 두드리고 크게 불러 가로되,

“암행어사 출도라.”

하니, 병사 이하 면색이 찬 재 같아서 창황히 흩어 나가니, 공이 웃
어 가로되,

“의호(宜乎) 이같이 나갈 것이로다.”

하고, 인하여 병사의 자리에 앉으니 병사 이하로 다 사모관복하고

일일이 예현(禮現)함을 파한 후, 그 기녀의 모녀를 잡아들여 분부하여 가로되,

"연전에 내 너로 더불어 정의 어떠하더냐. 산이 무너지고 바다가 마르도록 변치 말자 언약하였거늘, 이제 내 걸인의 모양으로 온 즉 네 구일(舊日) 정의를 베풀어 한 말로 위로함이 가하거늘 어찌 도리어 발노하느뇨. 이른바 동냥도 아니 주고 쪽박조차 깨침이로다. 소당(所當) 즉지 타살할 일이오되 네게 무엇을 책망하리오. 약간 태벌을 행하리라."

하고, 기모에게 일러 가로되,

"너는 조금 인사를 아는 고로 네 안면을 보아 아직 죽이지 아니하노라."

하고, 명하여 미육(米肉)을 주고, 또 가로되 내 유정한 여자 급수비를 불러 누헌(樓軒)에 앉히고 인하여 기안(妓案)의 행수를 삼은 후 모기는 강정(降定)하여 급수비에 충수(充數)하여 영영 탈역치 못하게 하고, 또 본부의 이방을 불러 돈 이백 냥을 사속히 가져오라 하여 써 비자를 주고 신(信)을 끊지 말라 하니라.

(청구야담 권지십삼 촉석루수의장종(矗石樓繡衣藏踪))

無名(무명) 77

옛 한 대신이 성품이 혹독하고 급하여 기백(箕伯)이 되었을 때에 순력할 새 도로에 만일 돌이 있은 즉 수향(首鄕) 수리(首吏)로 하여금 이를 빼게 하고 막대로써 그 발꿈치를 때리니 왕왕 피를 토하고 죽는 자가 있으며, 기외(其外) 거행과 다담 등속이라도 혹 여의치 못한 즉 혹 악형하며 중곤(重棍)하니 죽는 자가 열의 팔구이라. 열읍이 진동하더라.

행하여 일읍에 이르매 제리(諸吏) 황겁하여 할 바를 알지 못하거늘 홀연 연소 기아(妓兒)가 웃어 가로되,

"사또도 어찌 사람을 산 채로 삼키랴. 내 만일 수청한 즉 다만 각청(各廳)이 무사할 뿐 아니라 순상으로 하여금 적신(赤身)으로 방문을 나게 하리니 이방 이하로 다 장차 나를 후히 대접할소냐."

제리(諸吏) 가로되,

"만일 그런 즉 우리 청(請)으로 너를 중상(重賞)하리라."

기아가 가로되,

"다만 두루 나의 수단을 보라."

및 순사 행차 관부에 들매 기아가 수청하였더니 때 정히 팔월 중순이라. 낮은 더우나 밤은 서늘한지라. 순사가 차기(此妓)로 동침할 새 방호(房戶) 장자(障子)를 미쳐 내리지 못하였더니 차기(此妓) 짐짓 추워하는 태도를 짓거늘, 순사가 물어 가로되,

"네 추운 뜻이 있느냐."

대하여 가로되,

"방문을 닫지 아니 하와 냉기 쏘이나이다."

순사가 가로되,

"만일 그러면 하예로 하여금 장자를 내리랴."

기아가 가로되,

"밤이 깊은지라. 어찌 가히 부르리이꼬."

순사가 가로되,

"그러면 어찌할꼬."

기아가 라로되,

"소인은 키 사또께 믿지 못하오니 사또가 잠간 내려가심이 무방하나이다."

순사가 가로되,

"거조가 해이치 아니하랴."

기아가 가로되,

"깊은 밤에 누 알리이꼬."

순사가 마지못하여 일어나 장자를 들어 닫으니, 이때에 하속이 좌우에 규시하고 입을 가리고 웃지 않는 이 없으니, 차읍은 일인도 수죄(受罪)함이 없고 무사 경과하니 제리 그 기아를 후상(厚賞)하니라.

(청구야담 권지십사 신겸권술편재상(新傔權術騙宰相)의 앞부분)

無名(무명) 78

옛날에 이(李) 김(金) 양생(兩生)이 있으니 자소로 벗하여 정의 심밀하더니, 김생이 일찍 과거하여 공명이 현달하여 바야흐로 평안 감사에 있고, 이생은 낙척하여 자연 가계 빈궁한 중 과년한 딸을 정혼하였으나 혼수를 판비치 못하여 일야 근심하더니, 그 아내 가로되,

"길기(吉期) 점점 가까우되 백계 무책이라, 내 들으니 그대의 벗 김모가 서백(西伯)을 하였다 하니 찾아가 보고 혼수를 청득함이 좋을 듯하다."

하거늘, 이생이 그 말을 좇아 즉시 발행하여 감영에 이르러 서백을 보고 여혼에 부조하기를 간청하니 감사가 즉시 좌우를 명하여 정결한 하처를 정하여 머물게 하고, 또 사환할 동자를 주어 성찬을 준비하여 대접하고, 날마다 정담이 관곡(款曲)할 뿐이요 조금도 주급할 뜻이 없거늘 이생이 심중에 초조하나 하릴없이 여러 날 두류(逗留)하더니, 일일은 정히 무료하여 앞 창을 열고 왕래하는 사람을 구경하며 소견하더니, 문득 보니 건너편 집에 한 젊은 소복한 계집에

문 뒤에 은신하여 때때로 그 얼굴을 반만 드러내고 옥수를 들어 개 새끼를 어르니 아리따운 태도와 청아한 소리를 들으매 심혼이 표탕하는지라.

관동(官童)을 불러 물어 가로되,

"이 어떤 사람의 집이며 저 계집은 뉘이냐."

답왈,

"소인의 누이 집이로소이다."

이생 왈,

"네 누이 어느 때에 과거(寡居)하였느냐."

답왈,

"작년에 과거하였나이다."

이생 왈,

"내 한 번 네 누이를 보고자 하니 네 오늘밤에 가히 불러 오거라."

관동이 응낙하고 가더니, 그날 밤에 과연 불러 왔거늘 이생이 크게 기꺼하여 한가지로 자기를 청한데 궐녀가 백계로 모피(謀避)하거늘, 이생이 곧 강겁코자한데 궐녀가 왈,

"먼저 그대 옷을 벗으라."

한데, 이생이 즉시 바지를 벗으니 궐녀가 좌수로 어루만지고 우수로 작은 자물쇠를 가졌다가 음낭을 잠그고 몸을 빼쳐 달아나니 이는 감사가 계교로 기녀를 가르쳐 이생을 희롱함일러라.

이생이 하초가 긴통(緊痛)하나 졸연히 자물쇠를 뺄 수도 없고 여러 날 두류하나 혼수도 얻지 못하고 도리어 감사에게 속은 바가 된

지라. 분함을 이기지 못하여 앉아 밝기를 기다려 감사에게 작별도 아니 하고 바로 올라가니 음낭이 아프기로 간신히 포복하여 돌아와 곧 내당에 들어가니, 그 아내 희색이 만면하여 나와 맞으며 위로 왈,

"천리를 발섭하여 곤비함이 없느냐."

이생이 분노히 답왈

"내 옛날 정의를 믿고 망령되이 먼 길을 행하여 혼수도 얻지 못하고 도리어 이상한 병을 얻어 왔노라."

인하여 신음하는 소리를 끊지 아니하고 또 감사를 무수히 질욕하거늘, 기처가 왈

"그대 어찌 감사의 극력 부조함을 모르느냐. 일전에 서감영에서 수삼태(數三馱) 봉물이 왔는데 혼수 중 미세지물이 다 갖추지 않음이 없으니 감사의 은혜 태산 같은지라. 무슨 연고로 저렇듯 질욕하느냐."

인하여 발기를 내어 뵈니, 이생이 대희 과망하여 도로 웃어 가로되,

"혼수는 이미 구비하였으나 목전에 급한 일이 있으니 이를 장차 어찌할꼬."

기처가 그 연고를 물은대 이생이 그 아내로 더불어 협실에 들어가 가만히 그 사연을 이르고 인하여 뵈니 기처가 박장대소 왈,

"봉물 건기(件記) 중 열쇠 한 개 있기로 마음에 이상히 여겼더니 이제야 그 위절(委折)을 알리로다."

하고, 즉시 잠근 것을 여니라.

(청구야담 권지십오 쇄음낭서백농구우(鎖陰囊西伯弄舊友))

無名(무명) 79

　유생 예닐곱 사람이 과거시험이 다가옴으로 해서 동작 나루터로 나와 학업을 닦고 있을 때였다. 친구 중에 예조좌랑이 된 이가 있어 유생들이 그를 희롱할 작정이었다.

　"우리들이 정자에 나와 있어 경치는 좋다하나 홀아비로 사니 무슨 즐거움이 있겠는가? 우리를 위해서 예쁜 기생들 하고 자리 한번 마련해 주지 않겠는가?"

　"알겠네."

　다음날 유생들이 강가 정자에 앉아있는데, 곱게 단장한 서른 명쯤 되는 기생들이 모래사장에서 배를 보내달라고 소리치고 있었다. 바로 예랑이 보낸 기생들이었다. 유생들은 몰래 서로 의논을 했다.

　"전날 장난삼아 한 말인데도 기생들을 보냈구려. 걸어서 십여 리 왔으니 술 한 잔 없이 이런 일을 하겠는가? 무안을 당하기 전에 쌀밥이나 지어 대접하는 것이 낫겠네."

　하나밖에 없는 종이 밥을 하고 있는 참이라 잔 시중들 사람이 없었다. 그래서 나이가 제일 어린 사람이 그 일을 맡도록 했는데 노직(盧稙)이 걸렸다.

노직이 찬거리를 찾아보니 쏘가리 꼬랑지만 열 개쯤 남아 있었다. 살그머니 부엌 뒤로 나가 나무 되에 덮어놓고 비늘 치는 시늉을 했다. 어떤 기생이 그 모습을 보게 되어 다른 기생들에게 죄다 말해 버렸다. 기녀들이 손뼉을 치며 크게 웃으니, 그곳에 모인 사람들이 모두 알게 되었다. 노직은 부끄러워서 그냥 달아나 버렸다.

후에 노직이 장원급제를 하여, 청포를 입고 계수나무 꽃을 꽂고, 쌍개를 펼치고, 홍패를 벌려놓고 가는데, 여러 악공들이 악기를 연주하니 구경꾼들 때문에 길을 막힐 지경이었다. 마침 장악원 앞길을 지나가는데, 이 날은 악원에서 시악(試樂)을 하는 관계로 기녀들까지 모두 모여 구경을 하고 있었다. 한 기녀가 한참 그를 살펴보다가 깜짝 놀라며 말했다.

"이번 신래자가 접때 나루터에서 쏘가리 치던 사람이 아니오?"

뭇 기녀들도 서로 쳐다보며 맞장구를 쳤다.

노직은 부끄러워서 재빨리 채찍질하여 지나가 버렸다.

(고금소총 제6화 복승괄린(覆升刮鱗))

無名(무명) 80

글을 모르는 어떤 무인이 관서지방에서 원 노릇을 하고 있었다.

어느 날 평양 연광정에 올라 경치를 감상하다가 정자 현판에 쓰인 '송군남포동비가'(送君南浦動悲歌)라는 시구를 보고 마음속으로 생각했다. '동비가 석 자는 명기의 이름이겠지'

"여기 기생들 중에 동비가가 누구냐?"

그러자 한 기생이 웃음을 머금고 대답했다.

"그것은 소인의 할머니 이름인데요."

사람들이 배를 잡고 웃어댔다.

(고금소총 제32화 견시인명(見詩認名))

無名(무명) 81

근년에 어떤 문관이 경주(慶州) 제독관(提督官)이 되었다. 매번 본부에 와서 기생을 보면 반드시 말했다.

'사악한 것들!'

'요망한 것들!'

여러 기생들은 일제히 분통을 터뜨렸고, 부윤도 그를 싫어했다. 그래서 여러 기생들에게 명을 내렸다.

"누가 기묘하게 저 제독을 속이면 많은 상을 주겠노라."

어떤 나이 어린 예쁜 기생 하나가 자원하였다. 마침 제독은 향교 재실에 거처하며 배동아이와 둘이서 지내던 참이다.

시골 아낙의 차림새를 한 기생이 향교 앞을 왔다갔다 하다가, 대문간에서 얼굴을 살며시 내밀어 배동을 한 번 부르더니 가버렸다.

이렇게 두세 번 계속하니, 궁금하던 제독이 배동에게 물었다.

"저 여자는 어떤 여자길래 매번 와서 너를 부르느냐?"

"소인의 누이입니다. 제 매형이 행상을 하러 나간 지 일년이 지났으나 돌아오지 않고 있사옵니다. 집안에 달리 사람이 없어 매번 번갈아 가며 집을 지키고자 부르는 것입니다."

하루 저녁에는 배동이 상을 물리느라 없고 제독만 혼자 빈 재실에 남아 있었다. 기생이 또 대문간에서 배동을 불렀다. 제독이 드디어 그 여자를 불러 가까이 오라고 하였다. 올라와 앉게 하고는 슬그머니 말을 건네 보았다. 여자는 짐짓 놀라는 척하다가 강압에 못 이겨서 허락을 하는 듯했다.

제독은 기뻐서 말했다.

"여기서 함께 지내세."

"여자가 재실을 드나드는 것은 예에도 어긋나옵니다. 나리만 괜찮으시다면 밤에 제가 사는 집으로 오시면 좋을 듯하옵니다."

제독의 기쁨은 이만저만이 아니었다. 또 그 여자의 기발한 생각에 그저 탄복만 하고 있는데, 그 여자가 계속해서 말을 이었다.

"제가 내일 저녁에 남동생을 시켜서 전립 하나를 보낼 테니, 나리께서 쓰고 오시와요."

드디어 기생은 향교 부근에 빈 집을 얻어 살게 되었다. 제독은 약속대로 밤마다 찾아갔다. 여자는 등불을 켜놓고 맞아들여 서로 즐거운 밤을 보내고 있었다. 옷을 벗고 잠자리에 들 즈음에 문밖에서 갑자기 크게 부르는 소리가 들렸다.

여자가 귀를 대고 듣더니 깜짝 놀라서 말했다.

"이 소리는 제 전 남편인 관노 철호(鐵虎)의 목소리입니다. 이놈은 세상에서 제일 못된 놈으로 삼년 전에 간신히 헤어졌는데 오늘 무슨 연고로 찾아왔는지 모르겠군요. 오늘 만약에 잡히는 날이면 나리는 필시 큰 봉변을 당할 것이옵니다. 이 일을 어쩌면 좋지요?"

사내가 문을 밀치며 들어왔다. 여자는 몹시 당황한 듯 어쩔 줄을 몰라 하면서 거짓말로 둘러댔다.

"좁은 집에 숨을 만한 곳이 없사옵니다. 방안에 빈 궤가 한 있으니, 나으리께서는 잠시 그 속에 들어가 피하세요."

제독이 이에 벌거벗은 몸으로 궤 속에 들어가니, 기생은 즉시 자물쇠를 채웠다.

사내가 들어와, 기생과 한바탕 크게 싸웠다.

"딴 사내 만나 다시 시집갔다며?"

드디어 그가 준 옷이며 그릇들을 챙겼고, 기생도 사내가 주었던 옷을 죄다 돌려주었다.

그 사내는 궤를 가리키며 말했다.

"이것도 내 물건이다. 지금 당장 가져가야겠다."

"이게 어째 당신 물건이요? 내가 상목 두 필 주고 산 건데."

"상목 한 필은 내가 준거잖아? 그러니 이제 여기에 둘 수 없지."

두 사람은 계속해서 서로 다투었다.

"결판이 안 나겠으니, 관가에 가서 결판은 내자."

얼마 있다가 곧 날이 밝았다. 사내가 곧바로 궤를 지고 관안에 달려갔다. 기생도 뒤를 쫓아 관아로 따라 들어갔다.

부윤은 벌써 관아에 나와 있었다. 두 사람이 궤를 다투게 된 사정을 아뢰었다. 부윤이 판결을 내렸다.

"이번 송사는 반으로 쪼개어 나누어 갖는 것이 마땅하다. 즉시 큰 톱으로 반을 쪼개라!"

"예"

나졸들이 명을 받아 톱을 궤에다 올려놓고 썰려는데, 궤 속에서 크게 외치는 소리가 들렸다.

"사람 살려! 사람 살려!"

부윤이 놀라는 척하며 말했다.

"궤 속에서 어찌 사람 소리가 들리는고? 속히 열어 보아라!"

나졸들이 자물쇠를 따고 궤를 열어 보았다. 어떤 사람이 벌거벗은 채로 나오더니 관아 뜰에 섰다. 쳐다보는 사람마다 입을 막고 킥킥거리지 않는 사람이 없었다. 그러더니 일제히 외쳤다.

"바로 제독관일세"

부윤이 모시고 올라오게 하였다. 제독이 두 손으로 아랫도리를 가리고 자리에 올라앉았다. 고개를 떨구고 기가 죽어 있었다. 부윤이 크게 웃으며 즉시 옷을 주도록 했다. 기생들이 일부러 여자들이 입는 장옷을 주었다. 제독은 장옷을 입고 이마를 드러낸 채 맨발로 향교로 달아나더니, 그날로 어디론지 사라져 버렸다.

지금도 경주부에서는 궤제독이라며 웃음거리로 삼고 있다.

(고금소총 제50화 궤중제독(櫃中提督))

無名(무명) 82

어떤 서생 형제가 있었다. 각자 좋아하는 기생이 하나씩 있었으나, 그 아비가 늘상 꾸짖고 금하던 참이었다. 아들은 틈을 타서 몰래 가보고 싶었지만 말을 타기만 하면 풀무소리를 내며 울어버리므로 아비가 알까봐 두려워서 감히 나서지를 못했다.

하루는 말에다 안장을 올려놓으니 말이 다행히 아무 소리가 없었다. 그제서야 슬그머니 타고 나갔다. 아비가 마침 새벽이 되어 바깥채에 나가보니 아들이라고는 아무도 없었다.

아비는 누운 채 아들이 하는 양을 살펴볼 참이었다. 한참만에 두 아들이 비로소 돌아왔다. 아직 이른 때라 방안은 여전히 어두웠다.

아비가 이미 기침하신 줄을 모르고, 기뻐하며 서로 축하가지 했다.

"오늘 운수 대통이다. 비도 안 오지, 말도 안 울지, 아버지도 모르시지, 이 얼마나 다행이냐?"

아버지가 부드러운 목소리로 천천히 대답했다.

"너희들이 지금 외우는 글이 뭐냐? 다시 한 번 외워서 자세히 알

238

아듣도록 해 봐라.”

두 아들은 부끄럽기도 하고 두렵기도 하여 있는 힘을 다해 외우긴 외웠으나, 아비는 여전히 하루 종일 외우게 했다.

이야기를 들은 자들은 배를 잡고 웃어대지 않은 사람이 없었다.

야사씨가 말했다. 『서경』에 이르기를, “심하도다. 자기 부형을 속임이여!”라고 했으니, 바로 서생 형제를 두고 한 말이다. 밤을 타서 몰래 말을 타고 나가 자신들의 정욕을 풀고서도 자기 아비가 알지 못하였음을 다행히 여기며 서로 칭찬하기에 이르렀으니, 자기 아비 속임을 계책으로 삼았던 것이다. 만약에 서생에게 자식이 있다고 하면, 그 아들이 자기 아비의 행실과 같지 않으리라고 말하기는 어려울 것이다.

(명엽지해 제37화 자경마금(子慶馬噤))

無名(무명) 83

상공을 지낸 주은(酒隱) 김명원(金命元)이 일찍이 북관 지방의 안찰사가 된 적이 있었다. 어떤 고을을 순찰하다가 고을 기생에게 빠져 버렸다. 이튿날 아침에 나팔소리가 세 번 날 때까지도 기생을 끌어안은 채 일어나지 않았다.

군관이 해가 중천인데 여태껏 일어나지 않음을 민망스럽게 여겨, 살그머니 기어가서 창에다 대고 크게 소리쳤다.

"네 번째 나팔이요."

"어리석은 놈아! 비단 네 번을 불던 열 번을 불던, 내가 가고 싶어야 가지."

군관이 입을 막은 채 킥킥거리며 물러났다.

(명엽지해 제61화 청가사취(請加四吹))

無名(무명) 84

옛날에 두 재상이 우연히 같이 만난 적이 있었다. 두 사람은 모두 일찍이 영남지방의 사또를 지낸 적이 있었다. 그 중 한사람은 진주 기생을 좋아한 적이 있어 촉석루가 가장 좋은 경치라 했고, 또 한사람은 밀양 기생을 좋아한 적이 있어 영남루가 가장 좋은 경치라며 서로 자랑하는데, 우열을 가릴 수가 없을 정도였다.

한 낭관이 그 자리에 같이 있었다.

그도 반년쯤 전에 고을 사또를 지낸 적이 있는 사람이었다.

두 재상의 말을 듣고 말했다

"영남루와 촉석루가 경치로 보면 좋기는 하나, 제 생각에는 둘 다 상주 송원(松院)만은 못한 것 같습니다."

"송원은 볼품없는 거친 언덕마저 잘록한 산모롱이 아래에 있고, 밭두렁 사이에 도랑물이 흐르는 정도잖소 먼 산이며 큰 들 같은 볼거리나 대나무며 안개구름 같은 운치는 아예 없으니, 올라가서 조망도 못하고 흥을 돋우기도 어려울 텐데 당신이 그렇게 말하니 무슨 별다른 얘기라도 있는 게요?"

"생이 남쪽에서 노닐 때에 상주 기생에게 정을 둔 적이 있었지요. 마침 돌아오는 날이 되어, 갑자기 이별할 수도 없고 해서 함께 말을 몰아 서쪽 송원에 이르게 되었습니다. 날이 이미 어두워졌는지라, 허물어진 집 뻥 뚫린 창가에서 베개를 나란히 하고 누우니, 가을비는 쓸쓸히 내리지요. 가는 바람은 잎새에 부닐어 도무지 잠을 이룰 수 없었습니다. 그렇게 아름답던 밤도 지나고 새벽이 찾아오자, 이별할 수밖에 없는 우리들의 처지인지라 말머리를 돌리는데, 쇠잔한 산이며 잘록한 골짝에서 열 걸음에 아홉 번은 뒤돌아보았을 겝니다. 고개를 넘은 뒤로 여러 날을 지냈으되, 그곳 언덕이며 쓸쓸한 들판의 정경이 지금도 새록새록 눈앞에 어른거립니다. 촉석루와 영남루는 일찍이 꿈도 한 번 꿔본 적이 없으니, 송원 경치가 촉석루나 영남루보다 나아도 한참 낫지 않으리까?"

두 재상은 배꼽을 잡고 웃으며 말했다.

"그러면 송원은 낭관이 본 뛰어난 경치라 해야겠고, 촉석루나 영남루는 우리 두 사람이 본 뛰어난 경치라고 해야겠군."

(명엽지해 제 62화 낭관승지(郎官勝地))

無名(무명) 85

내 외숙이신 정상공이 관서지방 안찰사로 있을 때였다. 중국에 가는 사신이 지나다가 평양에 들린 적이 있다. 장인이 그들을 위해서 잔치를 베풀어 노고를 위로하는 자리라, 온 좌중에는 기생들로 가득하였다. 한 기생이 원래 얼굴에 간증(䵟䵴 : 우리말로 주근깨)이 많았다.

서장관 이 아무개가 장난삼아 말했다.

"네 얼굴에 있는 주근깨를 가지고 기름을 짜면 두세 되는 나오겠구나."

기생이 즉시 쏘아 붙였다.

"서장관 사또(=우리말로 아랫사람이 별성(別星)을 부르는 말)의 얼굴에 있는 벌집을 가지고 꿀을 짜도 두세 섬은 족히 되겠는데요."

서장관은 대답할 말이 없었다. 장인이 대답을 잘한 기생을 기특히 여기며 많은 상품을 주었다.

(명엽지해 제70화 면취유밀(面取油蜜))

無名(무명) 86

정랑(正郎) 남궁옥(南宮鈺)은 해학을 즐기며 옛날 이야기를 잘 했다. 일찍이 경차관이 되어 전주에 간 적이 있었다. 일이 생겨 오랫동안 머물게 되었다.

마침 참판 여(呂) 아무개가 방백으로 있었다. 기생을 보내 매일같이 옛 이야기를 하나 듣고 와서 말해달라고 졸라댔다. 이야기를 듣고 오지 않으면 볼기를 치겠다고 으름장까지 놓았다. 기생이 매일같이 졸라대니 옥은 자못 괴로웠다.

그래서 장난기 섞인 옛이야기를 하나 들려주었다.

"옛날에 어떤 과부가 살았지. 장성한 아들 여럿 있었지만 개가하고 싶은 마음을 슬쩍 내비쳤지. 아들들이야 모두 안 된다고 펄펄 뛰었지. '우리들도 이제 다 커서 집안을 꾸려나갈 수 있고 먹고사는 것도 별걱정이 없는데, 어째서 그런 생각을 하시오니까?' 하며 말이야. 그랬더니 어미가 대답하는 거야. '너희들은 윗 입만 중한 줄 아느냐? 아래 입도 중하지. 너흰 여씨집 '여(呂)'도 못 봤느냐? 아랫 입이 더 크잖더냐?'"

이튿날 아침에 기생이 내려와 배알을 했다. 여가 또 옛날 이야기를 해달라고 재촉을 했다. 기생은 옥이 해준 이야기를 들려주었다. 여는 아무 말도 하지 않은 채 더 이상 말을 하지 않았다.

(명엽지해 제72화 주담지곤(做談止困))

無名(무명) 87

　연천(淵泉) 홍상국(洪相國)이 청남어사(淸南御使)로 안주(安州)를 지나다 숙박을 하는데, 모든 기생들이 춘초정(春草亭)의 풍채를 말하였다. 춘초정은 부제학 김근순(金近淳)으로 풍류와 글 솜씨가 세상에서 다 칭송하는 사람이었다.

　그는 일찍이 위유사(慰諭使)로 이곳을 지났는데, 기생들이 그의 잘생긴 용모를 흠모하여 공이 한 번 돌아보아 주는 것도 영광이라고 했다.

　연천은 본디 성색(聲色)에 깨끗했는지라 드디어는 기생의 치마폭에 글 한 수를 써 주었는데 말하기를,

> 청포를 입은 젊은 선비의 멋진 풍류에 반해서
> 아름답게 단장한 여인은 낯을 돌려도 서러워하네.
> 야단스레 이야기하는 그대의 김시독은
> 수레에 향귤을 가득 싣고 양주를 지나가네.
> 靑袍學士少風流　　紅粉佳人背面愁
> 盛說當時金侍讀　　滿車香橘過楊州

라고 하였다.

연천은 약관에 과거에 급제하여 규장각의 벼슬아치로 숙직을 하고 있었는데, 순조(純祖)가 그의 재주를 시험하고자 하여 "한가한데 분주한 것 같고 분주한데 한가한 것 같고, 귀한데 천한 것 같고 천한데 귀한 것 같다."는 제목을 내주고 그로 하여금 즉시 글을 지어 올리라고 하니, 공은 지어 올리기를,

> 한가한데 분주한 것 같은 것은,
> 도연명이 하루 종일 나무 잎사귀를 뒤적거리는 것 같은 것이요,
> 분주한데 한가한 것 같은 것은,
> 우정승이 관직에서 물러나 남산을 바라보는 것 같은 것이요,
> 귀한데 천한 것 같은 것은,
> 신릉공자가 도살장 문을 기웃거리는 것 같은 것이요,
> 천한데 귀한 것 같은 것은,
> 한나라 때 도위가 양고기를 볶아 먹는 것 같은 것입니다.
> 閑似忙 淵明一日返柴葉
> 忙似閑 右丞朝退望南山
> 貴似賤 信陵公子屠門見
> 賤似貴 漢家都尉爛羊胃

라고 하였다.

(금계필담 제51화)

無名(무명) 88

한 재상이 있었는데, 어릴 때부터 매년 항상 꿈에 한 촌집에 이르러 제사를 받았는데 그대마다 한 부인이 음식을 차려 놓고 애통해 했다.

그는 소년 시절에 급제하여 벼슬이 감사에 이르렀는데, 그 부인은 세월 따라 점점 쇠약하여 이미 노파가 되었다.

그는 마음속으로 항상 의아하게 생각했는데, 나이 서른에 이르러 평안감사가 되었다. 관영에 도착한 뒤에 또 제사를 받는 밤이 되었는데, 관영 뒷문을 나가서 백 걸음도 못가 그 집에 이르러 제사를 받았다. 놀라 깨어나서 들어보니, 그 부인의 통곡소리가 아직도 그치지 않았다. 급히 곁에 있는 아전에게 묻기를,

"이게 무슨 통곡소리인가?"

하니 그는 대답하여 말하기를,

"저 소리는 늙은 기생이 그의 어린 아들의 제사를 지내며 우는 통곡소리입니다."

라고 하였다.

감사가 아전과 함께 그 집을 찾아가니 초가집이 깨끗이 청소되어 있고 꽃나무가 가지런히 심어져 있어 역력히 다 꿈속에서 보던 그대로였고, 막 제물을 차려 놓고 기생은 마침 애절히 통곡하고 있었는데, 그의 노쇠한 얼굴과 백발은 완연히 꿈속에서 보았던 노파였다. 이에 감사는 묻기를,

"그대가 제사 지내는 사람은 누구인가?"

하니, 기생은 그가 감사임을 알고 황망히 눈물을 거두며 대답하기를,

"이는 죽은 아이의 제사입니다."

라고 했다. 감사가 묻기를,

"그대의 아들은 몇 살에 죽었는가."

하니, 기생이 대답하기를,

"그 아이는 본래 날 때부터 영특하고 민첩하여, 나이 겨우 열다섯에 관영의 통인으로 일했는데 순사또가 도임하는 위엄을 보고 돌아와 첩에게 말하기를, 자라면 또한 평안감사가 될는지 하기에 첩은 말하기를, 망령된 말을 하는구나. 너는 본래 천하게 태어나서 공과 명예가 높아진다고 해도 이방이나 호방에 지나지 않을 것이다. 관청의 아전 따위가 어찌 감히 감사를 바라느냐 하니, 아이가 분개하며 말하기를, 사나이가 세상에 태어나 평안감사를 하지 못하면 또한 살아서 무엇 하리오. 하고, 그 때문에 시름시름 앓으므로 온갖 말로 타일렀으나 끝내 뜻을 바꾸지 못하고 몇 달 뒤에 죽었습니다. 이로부터 첩의 아픈 마음을 가슴 속에 품고 매년 그 죽은 날이 되면 문득 애통해 합니다."

라고 했다. 감사가 묻기를,

"아이가 죽은 지 지금 몇 년이 됐느냐."

하자, 기생이 말하기를,

"30년이 되었습니다."

라 했다. 감사가 가만히 헤아려 보니, 아이가 죽은 해가 곧 자기가 태어난 해인지라 스스로 자기가 기생의 죽은 아이의 후신이 된 것을 알고 몰래 눈물을 흘리며 기생에게 일러 말하기를,

"그대는 지금 노쇠하여 의지할 데가 없을 테니, 만약 나를 따라 한 집에서 같이 살면서 무릇 옷과 음식과 장차 장례지낼 절차는 내가 마땅히 정성을 다하여 받들 것이다."

하니, 기생은 매우 기뻐하며 감사를 따라가기를 원하므로 드디어 그와 함께 돌아왔다.

비록 이 일은 사람들에게 누설되지 않았으나 세상에선, 이를 아는 사람이 많았다. 그리고 감사는 기생을 섬기기를 친어머니와 같이 하고, 효성을 다함이 변치 않았다고 한다.

이것으로 미루어 말한다면, 불교의 소위 윤회설과 환생설을 믿을 수 있는 것이지, 거짓은 아니라고 하겠다.

(금계필담 제80화)

250

無名(무명) 89

　상원(祥原) 오중눌(吳仲訥)은 믿음과 성실성이 있는 사람이다. 그는 일찍이 나에게 이런 말을 하였다.

　병신년 봄, 같은 고을에서 진사 시험에 합격한 사람이 있었는데 밤에 같이 공부하던 유생 3,4인과 함께 기생집에 모여서 노래하고 웃고 즐기고 있었다.

　이때 갑자기 한 거지가 들어와서 자고 가기를 청하였다. 기생이 부엌에서 자고 가라고 허락하니, 그 거지가 갑자기 방안으로 뛰어 들어와서 말하기를,

　"오늘 밤 이같은 모임에 술이 없어서 되겠는가? 내게 돈이 있으니 빨리 술과 안주를 마련해 오너라."

하였다. 사람들이 모두 그의 망녕된 행동을 비웃으니, 그 거지는 자기의 주머니 속에서 손으로 끄집어내는 것은 무엇이든 돈이 아닌 것이 없었으며, 계속해서 끊이질 않더니 잠깐 사이에 십여 관에 이르니 좌중에 앉았던 사람들은 놀라지 않는 사람이 없었다.

　거지가 말하기를,

"자, 이만 하면 족할 것인데 어찌 술과 안주를 마련하지 않으리오?"

하니 기생은 곧 술과 고기를 사다가 올려서 모든 사람들이 배불리 먹었다. 이 기생이 희롱삼아 거지에게 이르기를,

"그대는 신통한 재주가 있으니 우리들로 하여금 악양루를 보게 하겠는지."

하니 거지는 말하기를,

"그것은 어렵지 않소 여러분들도 모두 그것을 보고자 하오."

하니 모두 그것을 보기를 원한다고 말하자, 거지는 말하기를,

"물 한 동이를 담아오라."

하니 기생이 즉시 좌석에 물 한 동이를 가지고 와서 자리에 놓으니 거지가 말하기를,

"시험 삼아 고개를 숙여서 물동이를 내려다보라."

고 하였다. 모든 사람이 그 말에 따라 물동이를 내려다보니 처음에 작은 것이 점차 커져 갑자기 커다란 바다가 되어 끝없이 아득하게 보였다. 모두 어찌할 겨를이 없이 바다 위 조그만 바위 위에 피해 앉으니, 갑자기 동자 두 사람이 조그만 거룻배를 노 저어 와서 바위에 정박했다. 이때 거지가 말하기를,

"모두 이 배에 오르시오."

하자 여러 사람이 그 배에 올랐다. 그러자 한 동자가 노를 저어 가고 또 한 동자는 뱃머리에 앉아 피리를 부는데 그 피리소리가 구름을 타고 하늘로 들어갔다. 그리고 배 안에는 좋은 안주와 맛있는 술이 가지런히 놓이어 있는 상이 있었다. 배는 번개처럼 순식간에

252

천 리를 달렸다.

배가 갑자기 푸른 벽 아래에 정박하였는데, 위로는 층층 누각이 높이 솟아 있고, 아래로는 배 돛대가 마치 숲처럼 열 지어 있었다. 거지가 말하기를,

"여기가 바로 악양루요."

하였다. 그래서 곧 서로 부축하며 올라갔다.

이날 밤엔 달빛이 낮과 같고 먼 곳 가까운 곳을 역력하게 헤아릴 수 있었다. 거지는 손을 들어 가리키며 말하기를,

"저 누각 밖에 거센 물결이 하늘에 치솟고 한번 바라보아 끝이 없는 것은 동정호요, 가운데 하나의 봉우리가 마치 푸른 벽을 받들고 허공을 찌르는 것 같은 것이 군산이요, 저 아름다운 대나무가 강기슭에 늘어서 있는 곳이 소상강이요, 위로 한 전각이 쓸쓸히 구름 속에 엉켜 있는 곳이 황릉 묘입니다."

했다.

모든 사람들이 거지가 가리키는 것을 따라 모든 명승지를 두루 구경하며 기뻐했다.

이때 갑자기 아름다운 여자 4,5명이 커다란 상을 받들고 왔는데 이런 진수성찬은 다 평생 보지 못한 것들이고, 그 가운데 있는 노란 귤은 맛이 달고 향기가 풍겼는데 가지는 말하기를,

"이것이 동정귤인데 그 아름다운 품질이 천하에 알려져 있지요."

하였다. 그래서 기생은 곧 두세 개를 집어 치마폭에 놓고 거지에게 묻기를,

"여기서 조선(朝鮮)까지 몇 리나 됩니까?"

하니 거지가 말하기를,

"만 리 정도가 넘지요."

하니, 기생은 놀라며 말하기를,

"그렇다면 우리들은 어떻게 돌아갈 수 있습니까?"

라는 말이 채 끝나기도 전에 옆에 있던 모든 여자들과 거지가 보이지 않았다.

여러 사람들은 마음이 황급하여 동쪽으로 고국을 바라보니 파도치는 바닷길이 아득했다. 서로 부둥켜안고 통곡할 때 이미 동쪽은 훤하게 밝아 오고 있었다.

이웃 사람들이 기생의 집에서 통곡소리 나는 것을 듣고 급히 달려와 보니, 기생이 유생들과 함께 큰 궤짝 위에 올라앉아서 서로 붙들고 통곡을 하고 있어 괴이하고 해괴하게 생각했다.

그래서 이들을 내려 자리에 눕히고 급히 약을 달여 먹이니 오랜 뒤에야 비로소 깨어났는데, 거지는 이미 행방이 묘연하였다.

그런데 기생의 치맛자락을 보니 이상한 향기가 진동하고 귤 역시 거기에 있었다.

이것이 비록 환술(幻術)에 가까우나, 어찌 그 거지가 남들과 다르지 않겠는가?

(금계필담 제84화)

無名(무명) 90

유방효(柳方孝)는 태재(泰齋)선생의 아우이다. 심준(沈濬), 윤복(尹福)과 함께 남대문 밖에 살았다. 모두가 아버지의 허물 때문에 벼슬길에 설 수 없었다. 집은 다 부유했으므로 집에 노래 잘하는 기녀를 두고, 매번 손들을 맞아다가 취하도록 술을 마시니 이웃 사람들이 삼노(三老)라고 불렀다. 비록 혁혁한 재명(才名)은 없었으나 술과 여색으로 스스로 즐기니 또한 한때의 호걸이었다.

방효는 조금 음률을 알았으며, 조정의 명사들을 초청하여 잔치를 열지 않는 이가 없다. 음식과 찬이 풍부하였으나 날마다 다른 것이었다. 그러나 집안의 재용(財用)이 궁색하지는 않았다. 만년에 벼슬이 사품(四品)에 이르렀다.

(용재총화 권2 제15화)

無名(무명) 91

  윤사문(尹斯文) 통(統)은 우스운 말을 잘하며, 항상 남 속이는 일을 잘하였다. 그의 집은 영남에 있었다. 각 고을을 돌아다니다가 한 고을에 이르러 기녀와 함께 방에 앉아 있는데 아전 한 사람이 왔다갔다 하면서 여러 번 기녀에게 눈짓하기를 그치지 않았다. 선생이 그에게 딴 뜻이 있음을 알았다. 밤중에 수잠을 자면서 코를 고니 기녀는 그가 깊이 잠든 줄 알고 몸을 빼쳐 나갔다. 선생도 또한 몰래 따라갔다. 아전이 마침 창문 밖에 와서 기녀의 손을 끌고 갔다. 기녀가 말하기를

  "달빛이 물같이 맑고 방안에는 아무도 없습니다. 우리 춤이나 한 번 춰요."

하였다. 그리하여 두 사람이 마주 서서 너울너울 춤을 추었다. 선생이 또 보니 한 사람의 아전이 처마 밑에서 자고 있었다. 드디어 그 사람이 벗어놓은 보릿짚 모자를 가져다 머리에 쓰고 가서 그 사람들의 곁에서 춤을 추었다. 아전이 말하기를

  "우리 두 사람이 즐기고 있는데 너는 어떤 사람이냐?"

고 하였다. 선생이 말하기를

"나는 동쪽 상방(上房)에 머무르고 있는 손입니다. 두 분의 춤추는 소맷자락을 보고 부러운 마음을 이기지 못하여 와서 두 분의 기쁨을 돕고자 할 뿐입니다."

고 하니 아전이 놀라고 두려워하여 사죄하였다. 선생이 말하기를

"너는 관가의 무슨 물품을 관리하느냐?"

하니, 아전이 말하기를

"공방으로서 피물(皮物)을 주관하고 있습니다."

고 하였다. 선생이 말하기를

"피물이 몇 장이나 있느냐?"

하니 아전이 말하기를

"사슴 가죽이 일곱 장과 호리의 가죽이 수십 장 있습니다."

고 하였다. 선생이 말하기를

"내가 사또를 보고 피물을 요구하겠으니 너는 그 수량을 숨기지 말고 다 내놓으라. 그렇게 하지 않으면 이 일을 죄다 자세하게 이야기할 것이다."

고 하였다. 아전이

"예, 그렇게 하겠습니다."

하고 물러갔다.

이튿날 선생이 주관(主官)과 함께 청에 앉아서 말하기를

"내가 신을 짓고자 하나 녹비가 없고 갖옷을 짓고자 하나 호리의 가죽이 없으니 원컨대 좀 찾아보아 주시오."

라고 하였다. 주관이 듣고

“자네 어디에서 그런 것이 있다는 말을 들었는가? 비록 있기는 하나 수량이 적어.”

하고는 아전에게 내오라고 명령하였다. 아전이 죄다 내다가 벌여 놓으니 선생이 다 가지고 돌아갔다.

일찍이 한 고을의 객관에 이르니 한 기녀가 흰 옷을 입고 오락가락하면서 서성거리고 있었다. 매우 얼굴이 예뻤다. 물어보니 자기 어머니의 상을 당하였다고 하였다. 선생이 종이 한 권을 찾아서 의롱(衣籠)에 비스듬히 끼워서 창문 밖에 두어두고, 드디어 창문을 닫고 앉았다. 기녀가 오는 것을 엿보아 혼잣말로 말하기를

“각 고을을 돌아다녀도 좋은 물건은 얻지 못하고 겨우 종이 한 상자를 얻었구나. 말은 피곤하고 짐은 무거우니 어떻게 가지고 간담.”

하였다.

하인이 그 뜻을 알고 가만히 같은 하인에게 말하기를

“우리 상전이 기녀를 좋아해서 무슨 물건을 얻기만 하면 반드시 기녀에게 주어 버린단 말이야. 이 종이는 또 누구에게 주려고 하는지.”

라고 하였다. 기녀가 바야흐로 초상 치를 준비를 하고 있었는데 그 말을 듣고 매우 그 물건을 갖고 싶었다. 밤을 타서 방에 뛰어 들어와서 머무르고 가지 않았다. 선생이 처음에는 속이는 말로 유인하였으나 실은 줄 물건이 없었다. 드디어 큰 소리로 외치기를

“상부(喪婦)가 내 방에 들어왔다.”

고 하니 기녀가 부끄러워하여 달아났다고 한다.

선생은 서울에 왕래할 때에 그의 숙부의 말은 검은빛에 이마가
희고, 선생의 말은 순흑색이었다. 숙부가 밤마다 선생의 말은 기둥
에 매어 놓고 자기의 말에게만 먹이를 주었다. 선생이 그것을 알고
드디어 흰 종이를 검은 말의 이마에 붙이고 검은 종이를 흰 이마의
말 이마에 붙여 놓았다. 어두운 밤이기에 진위를 분간할 수 없었다.
숙부는 도리어 자기의 말을 기둥에 동여매어 놓고 선생의 말에게
먹이를 주었다. 숙부의 말은 파리하게 되었다. 그 뒤에야 비로소 속
은 것을 알았다고 한다.

선생이 집 없음을 근심하여 연화(緣化)를 잘하는 중과 교우관계를
맺어 매우 친숙하게 서로 사귀었다. 드디어 말하기를

"내가 절을 하나 지어서 나의 악업(惡業)을 씻고자 한다."
고 하니 중이 흔연히 청종(聽從)하고 말하기를

"그대는 전세의 보살이로다. 그런 까닭에 이러한 서원(誓願)을 하
는 것이로다."
고 하였다. 선생이 말하기를

"계림에 옛 절의 터가 있는데 산을 의지하고 물을 베개한 정말
좋은 곳이어서 절을 창건할 만하다."
고 하고 드디어 권문(勸文)을 써서 주었다. 중이 성심을 다하여 물자
를 마련하고 선생을 조력(助力)하여 드디어 재목을 준비하게 되었다.
집터를 닦고 집을 세우는데 그 규모를 절집의 제도와는 조금 다르
게 하여 온돌방을 많이 만들었다. 또 문 앞의 황무지를 개간하여
채소밭을 만들었다. 집의 단청이 끝나고 불상이 이미 설비되었다.
중이 경찬법연(慶讚法筵)을 열어서 낙성식을 거행하려 하였다. 선생이

말하기를

"우리 집 아내가 와서 부처에게 예배하고자 한다."

고 하니 중이 허락하였다. 선생이 그 부인과 함께 가권(家眷)들과 하
인들을 거느리고 와서 절에 머무르면서 병이 들었다고 핑계하고는
두어 달을 머무르는 사이에 살림을 죄다 옮겨다 놓고 사니 중들이
들어갈 수가 없었다. 관에 소송을 제기하였으나 관에서도 또한 오
래 끌면서 처결하지 않았다. 마침내 선생의 집이 되었다. 집안에 아
무런 병고(病故)도 없고 나이 팔십세가 되어서 죽었다.

(용재총화 권5 제24화)

* 연화(緣化); 신주(施主)를 권하여 불사(佛事)를 경영하게 하는 것.

無名(무명) 92

양양(襄陽)의 남쪽 수리(數里)의 지점 길가에 돌이 서 있다.

세상에 전하는 말에 옛날 한 안렴사가 고을의 기녀를 몹시 사랑하였는데 전임되어 기생을 이별하고 시를 지어 돌에 써놓았다고 한다. 그 시는 이러하다.

너 돌아, 너는 어느 때 돌이냐?
나라는 사람은 지금 세상의 사람이다
너는 어렵게 이별하는 괴로움을 알지 못한 채
홀로 서서 몇 번이나 봄을 지냈는가?
汝石何時石　　吾人今世人
不知離別苦　　獨立幾經春

이라고 하였다. 어떤 이는 함부림(咸傅霖)의 작품이라고 한다.

(용재총화 권7 제2화)

無名(무명) 93

　내가 홍문제학이 되었을 때에 한 사람의 홍문관원이 남쪽에 봉
명사신으로 가더니 광주(光州)의 기녀를 사랑하여 실수하고 돌아왔
다. 동료들이 비방하며 조소하였다.
　내가 희롱하는 시를 짓기를

중이란 성색에는 본래 뜻이 없는 것인데
창기의 재 때엔 오히려 정욕을 일으켰다네
만약 당신들이 호남의 봉명사신이 되었다면
옥당학사들 모두가 기녀의 다정한 사람이 되었을 것을
僧於聲色本無情　　娼妓齋中尙發情
若作湖南乘馹客　　玉堂學士摠多情

라고 하였다. 옛날이 한 사람의 창기가 어버이 상을 당하여 절에
가서 재를 올리니 여러 기녀들이 다 갔다. 한 중이 채소를 썰다가
갑자기 칼을 들고 벽에 의지해 섰다. 암주(庵主)인 중이 그 까닭을

물으니, 중이 말하기를

　"곱게 단장한 여인들이 많이 모인 것을 보니 정욕이 발동하여
억제시킬 수 없습니다."
고 하였다. 암주가 말하기를

　"너는 여러 말 하지 말아라. 오늘 창기의 재에 누군들 정욕이 발
동하지 않겠느냐?"
라고 하였다고 한다. 나의 시구는 이것을 인용하여 비유한 것이다.

(용재총화 권7 제12화)

無名(무명) 94

    내가 동년(同年)인 원수옹(元壽翁)과 함께 북경에 간 일이 있다. 수옹의 코가 아가위처럼 붉었다. 평양에 도착하였을 때에 수옹에게 시방(侍房)하게 된 기녀도 또한 코가 아가위처럼 붉었다. 내가 시를 지어 희롱하기를

> 평양 안에 북풍이 차가운데
> 봄빛이 어찌하여 코 끝에 올랐는고
> 취한 뒤에는 한 쌍 황금빛 유자가 무르익었고
> 단지 앞에선 두 잎, 늦은 신나무 잎이 붉었네
> 장막 안에서 광채와 그림자가 치우치게 서로 비치니
> 나그네 길 풍정은 쓸쓸하여 즐겁지 않았네.
> 나는 직언하는 오가립이니
> 내 그대 위하여 성예가 장안이 가득하게 전하리라
> 箕都城內朔風寒　　春色如何上鼻端
> 醉後一雙金橘爛　　樽前兩葉晚楓丹
> 帳中光影偏相照　　客裏風情慘不懽

我是直言吳可立　　爲傳聲譽滿長安

라고 하였다. 증산(甑山)의 늙은 관원 중에 오가립이라는 이가 있었
다. 지나가는 손이 기녀를 가까이 하는 것을 보면 언제나 남에게
그것을 이야기 하였다. 그러므로 시어(詩語)에 그렇게 말한 것이다.

(용재총화 권7 제13화)

無名(무명) 95

　나합(羅閤)은 죽은 재상 김좌근(金左根)의 첩이다. 나주 기생으로서 지략과 술수가 많았으며 인사성이 빨라서 좌근은 그 독(毒)에 빠져 들게 되었고 오랜 뒤에 그에 제압되는 바 되어 함께 국정을 논하게 되었으니 방백 수령들이 그 손에서 많이 나왔다. 엄연히 빈객들과 간통했으며 한때 그의 세력의 불꽃은 왕성해서 부끄러움을 모르는 자는 아첨을 부리면서 "나합"이라 불렀다. 참관 조연창(趙然昌)이 일찍이 나합의 초대를 받고 둘이 대좌하고 있는데 김좌근이 갑자기 들어와서 그를 보고 꾸짖기를

　"영감은 무슨 일로 이곳에 와 있소?"

하니 나합이 간드러지게 웃으며

　"어찌 대감은 관상을 벌써 보셨습니까? 저 또한 관상을 보려고 합니다."

하니 김좌근이

　"옳소, 옳소"

하며 나갔다. 대개 조연창은 평소부터 관상을 잘 봤다고 한다. 후에 이름을 병창(秉昌)으로 고쳤다.

(매천야록 권1 제72화)

無名(무명) 96

　계유년에 이징옥(李澄玉)이 반란을 일으켜 대금황제(大金皇帝)라 칭했다.

　이날 밤에 잠자리를 같이 했던 기생이 밖으로 나가려 하자, 징옥의 아들이 아뢰어 말하기를,

　"황후의 거동은 살펴서 하지 않으면 안 됩니다."

라고 하니, 듣는 사람들이 입을 크게 벌리고 웃었다.

(태평한화 제248화)

無名(무명) 97

총랑(摠郞) 홍간(洪侃)은 정승선(鄭承宣 : 이름은 습명(襲明)이며 의종(毅宗) 때 사람이다)의 다음 시를 가장 좋아했다.

온갖 꽃떨기 속에 아름다운 그 모습이
갑자기 광풍으로 붉은 기운 줄었구나
수달의 골수약도 옥 같은 뺨 못 고치니
오릉의 공자들이 끝없이 한탄한다.
百花叢裡淡未容　　忽被狂風減却紅
獺髓未能醫玉頰　　五陵公子恨無窮

이 시가 여러 사람들에게 오랫동안 오르내렸다고 하여 어찌 더욱 음미할 가치가 있단 말인가?

근세에 풍주(豊州)에 이름난 기생이 있었는데, 서경존문사(西京存問使)가 불러다가 관부(官府) 기적에 올려놓고 늦게 만난 것을 한탄하였다. 학사(學士) 이의(李顗)가 시를 짓고 기생으로 하여금 이에 따라 노래를 부르도록 하였다.

그 옛날 열다섯 좋은 시절 생각하니
금비녀 쪽찐 머리 푸른 댕기 드리웠네.
스스로 가엾구나, 파리한 내 모습에
이제사 막부에 와서 기생노릇 하게 되니.
憶昔正年三五時　　金釵雨鬢綠雲垂
自憐憔悴容華減　　來作紅蓮幕裏兒

이 시를 정승선의 시에 비하면, 그렇게 떨어질 것이 없다.

(역옹패설　後集二　제6화)

無名(무명) 98

수원(水原)의 기녀가 손을 거부하였다고 하여 매를 맞았다. 여러 사람들에게 말하기를

"어우동(於宇同)은 음탕한 짓을 즐겨하였다고 하여 죄를 받았고, 나는 음탕하지 않다고 하여 죄를 받았으니 조정의 법이 어찌 이 같지 않은가?"

라고 하였다.

그 말을 듣는 사람들이 모두 그의 말이 정론(正論)이라고 하였다.

(용재총화 제6권 제13화)

無名(무명) 99

어떤 금중(禁中)의 위병(衛兵)이 조정 선비의 애기(愛妓)와 사통(私通)했다. 어느 날 사랑을 시작하여 재미가 막 한창일 때 그 선비가 갑자기 왔다. 사람을 비키게 하는 소리를 듣자 그는 관대를 하고 문밖에서 허리를 굽히고 섰다. 그 선비가

"너는 뭣 하는 놈이냐?"

고 묻자

"의관(醫官)올시다. 정원(政院)의 관원이 색시가 편찮다는 소식을 듣고 가보라고 하기에 왔습니다."

하고 대답했다. 그 선비는 대단히 기뻐하고 기생의 맥을 보게 했다. 그리고서는 같이 주거니 받거니 하여 잔뜩 취하도록 마시고 갔다. 기생이 병이 나면 조정의 선비는 정원에다 의원을 보내달라고 한다. 그래서 몰래 간부(姦夫)에게 의관이라 사칭하라고 시킨 것이다. 이것은 그 방술로 속인 것이다.

(송계만록 제151화)

無名(무명) 100

사포(沙浦) 이지천(李志賤)은 젊을 적에 방일했는데 보던 창녀가 있어 어느 날 찾아갔으나 그 창녀는 없고 그의 거문고만이 있었다. 돌아가려 했으나 통행금지의 종이 이미 울렸다. 혼자 쓸쓸히 앉아 있다가 마침내 절구 한 수를 벽에다 써 놓고 돌아가버렸다.

그 후 십년이 지나 이가 호남에 갔다가 여관에서 한 여인을 만났는데 고운 티는 다 없어졌으나 그래도 약간의 매력이 남아 있었다. 그 여인은 이에게

"공은 성은 무엇이고 이름이 무엇이 아니시오?"

하고 물었다.

"그렇소"

하니 그 여인이

"공은 어느 해에 보시던 아무개 창녀를 기억할 수 있으십니까? 저는 그 창녀와 같이 있던 아무개입니다. 공께서 벽에 쓰신 시를 생각할 때마다 그때 생각이 잊히어지지 않습니다. 내 동무는 지금은 죽어버렸고 저도 늙어서 무당 노릇을 하며 남쪽 땅에 굴러 내려

와 버렸습니다. 전에 놀던 일을 추억하니 정말 한바탕의 꿈입니다.”
하고 눈물을 흘린다. 이가
　“내 시를 외울 수 있는가?”
하고 물으니 그 여인이 낭송했는데 이러했다.

　　　　푸른 창에 이즈러진 달 새벽에도 남아 있고
　　　　굽은 물가 가벼운 난초엔 벌써 가을 기운 돋누나.
　　　　옥장식 거문고 비스듬히 안고 타지 못함은
　　　　지금 이별의 괴로움 마음속에 있어서라
　　　　碧窓殘月曉仍留　　曲諸輕蘭已覺秋
　　　　斜抱玉琴彈不得　　祗今離恨在心頭

　그 여인은 이어
　“본래 공의 시가 유명하다는 것을 알고 있사오니 한 편을 얻었
으면 합니다.”
하고 곧 적삼을 벗어서 내놓았다. 이는 거기에다 다음과 같은 절구
한 수를 써 주었다.

　　　　월나라 비단 적삼 소매 움직여 향기 풍기고
　　　　날씬한 가는 허리는 한 움큼 남짓
　　　　만년에 무산에 들어가 신녀 되어
　　　　때대로 지나가는 비 따라 고당에 내려온다.
　　　　越羅衫袂動生香　　嬝娜纖腰一搦強
　　　　晚入巫山作神女　　時隨行雨下高唐

(水村漫錄 제302화)

無名(무명) 101

고제봉(高霽峰)은 젊었을 때 풍신이 좋았고 재주가 대단했다. 해서 기생과 친했는데 바로 방백이 가까이 하던 기생이었다. 헤어질 때 그 기생 치마 안 폭에다 이러한 율시 한 수를 써 주었다.

강가에 말 세우고 헤어지긴 정 어려워
부질없이 버들 맨 윗가지에만 성화
가인은 인염 박하다 하여 새로운 교태 짓고
탕자는 정 깊이 들어 다시 만날 날 묻는구나
도리화 떨어지는 한식철이오
자고새 날아가는 석양 때라
풀 자란 남쪽 갯가 봄 물결 넓은데서
마름꽃 따고파짐은 그리는 이 있어서라

立馬江頭別故遲　　生憎楊柳最高枝
佳人緣薄含新態　　蕩子情深問後期
桃李落來寒食節　　鷓鴣飛去夕陽時
草長南浦春波濶　　欲採蘋花有所思

그 기생이 제봉을 보낸 후에 방백 앞에서 술심부름을 하였는데 문득 바람이 치마폭을 날려 먹 흔적이 약간 보였다. 방백이 물끄러미 그것을 보고서는 웬일이냐 물었다. 그 기생은 감히 감출 수 없어서 사실대로 말했다. 방백이 감탄하면서

"정말 기재로군."
했다.

그 후에 제봉의 부친을 만나 그에게 되게 충고하여 말하기를

"아드님 두신 게 재주와 용모는 훌륭하나 행실인즉 대단찮소."
했더니 그의 부친은 웃으며

"내 자식 놈은 얼굴은 어미 닮았는데 행실은 제 아비 같다."
고 했다. 방백은 웃었다.

(玄湖瑣談 제306화)

無名(무명) 102

　재상을 지낸 풍릉(豊陵) 조문명(趙文命)은 아름다운 자태와 뛰어난 용모, 부드러운 위엄을 갖추었는데 동지부사로 임명받아 연경(燕京)으로 가다가 안주(安州)에서 하룻밤을 자게 되었다.

　이 때 여러 고을의 수령들과 함께 백상루(百祥樓)에서 주연을 베풀었는데 한 어린 기생이, 그 나이 겨우 12세였으나 용모가 여럿 가운데서 가장 뛰어나게 아름다웠다.

　공은 그녀를 귀애하며 희롱삼아 그 손을 잡고 다락 난간에 이르러 손톱으로 기둥에 그림을 그리며 말하기를,

　"네 몸이 만약 이렇게만 생겼다면 내가 어찌 오늘 밤을 헛되이 지내겠는가."

하며 부채를 선물로 쥐어 주고 떠났다.

　훗날 상사(上使)로 다시 안주를 지나다가 백상루에 묵게 되었는데, 밤 깊은 시간에 한 아전이 조문명을 찾아와서 꿇어 앉아 부채를 바치며 말하기를,

　"소인의 누이동생이 이 부채를 사또께 드리기를 청합니다."

하였다. 공이 부채를 받으니 그 부채에 시 한 수를 지어 놓았는데
거기에 말하기를,

> 안주를 한 번 떠나신 뒤엔 오랜 소식이 끊어졌으나
> 그 때 백상루 기둥에 그림 그리며 베푼 은혜를 차마 못 잊겠
> 네.
> 옷 넣는 상자 속엔 그 부채가 아직도 그대로 있으니
> 절반은 가을바람이고 절반은 내 눈물 흔적이요.
> 安陵一別黯消魂　忍忘當時畫柱恩
> 摩挲篋裏扇猶在　半是秋風半淚痕

라고 하였다.

공은 이것을 보고 감탄해 마지않으며 아전에게 묻기를,

"너의 누이동생은 이미 머리를 얹었느냐?"

하니 그는 대답하여 말하기를,

"소인의 누이동생은 이 부채를 받은 후부터는 영원히 수절할 것
을 맹세하고, 시를 짓고 책 읽는 것을 벗 삼아서 관장의 위세로도
그 뜻을 빼앗지 못하고 지금까지 처녀인 그대로 있나이다."

하였다. 공이 급히 그녀를 불러오게 하였더니, 그녀는 더벅머리와
때 묻은 얼굴로 나루한 옷차림을 하고 있는지라, 공이 묻기를,

"너는 혼인할 때가 지나도록 아직 딴 머리를 그대로 하고 있으
니 무슨 까닭인가?"

하니 그는 울면서 말하기를,

"첩은 비록 천한 몸이오나 뜻만은 사람을 가려 섬기고자 하여,

지난 날 사또께서 백상루 기둥에 그림을 그리며 부채를 주신 은혜
를 입고는 스스로 마음에 지니고 오직 날마다 사또께서 다시 이곳
을 지나가기만을 기다리고 있었나이다.”
하였다. 공이 그 뜻을 가상히 여기고 기쁜 마음으로 드디어 그녀와
정을 나누고, 사신으로 연경을 다녀오는 길에 그녀를 데리고 함께
돌아왔다.

(금계필담 제107화)

無名(무명) 103

독곡(獨谷) 성문경공(成文景公=石璘)이 관서의 안찰사로 나갔을 때, 정주(定州)의 기생을 사랑하게 되었다. 그가 정주에 들어간 지 며칠이 지나 다른 곳으로 나가야 할 상황이었는데, 마침 비가 올 듯하였다. 마음속으로 그곳에 머물려고 하면서 정주부사에게 묻기를,

"오늘은 비가 오면 어쩌지?"

라고 하였으나 정주부사는 그 뜻을 알지 못하고,

"오늘은 비가 오지 않을 것입니다."

라고 대답하였다. 그는 마지못해 가산(嘉山)을 향해 길을 떠났는데 도중에 비가 왔다. 시를 지어 이르기를.

한하노라. 우사의 솜씨 노련하지 못해서
가평관 밖에서 나그네 옷을 적시네.
却恨雨師無老手　　嘉平館外濕征衣

라 했다.

無名(무명) 104

　　상공(相公) 조익(趙翼)은 연양공(延陽公) 이시백(李時白)과 친하게 지냈다.

　　연평공(延平公=李貴)가 숙천부사(肅川府使)가 되었을 때, 연양은 부모를 뵈러 자주 숙천을 왕래하고 있었다. 그러다가 읍내에 좋아하는 기생이 생기게 되었다.

　　서울로 돌아오는 길에 조공을 만났다. 마침 조익은 왕명을 받고 숙천으로 가는 참이었다. 함께 되돌아가길 바라면서 말했다.

　　"한 번 더 뵙고 가는 게 어떻겠는가?"

　　연양은 속으로 기뻐하며 말고삐를 돌렸다. 좋아하는 사람을 다시 볼 수 있기 때문이었다.

　　조공은 영양의 절친한 친구였다. 연양은 조공이 눈치챌까봐 은근히 걱정되긴 했지만, 마음속으로 생각했다.

　　'내가 기생을 좋아하는 사실은 모르겠지.'

　　한참 길을 가다가 조공이 시를 지어 연양을 놀렸다.

애련토다, 숙천의 옥같은 여인이여
낭군님의 발걸음을 어찌 되돌리는고
可憐肅邑人如玉　　能使郎君去復回

연양은 놀라 말고삐를 잡은 채 물었다.

"자네가 돌아가라면, 지금이라도 당장 돌아가겠네."

조공이 웃으며 말했다.

"그냥 장난 친거야."

이렇게 하여 숙천에 함께 다다랐다. 이 일 때문에 사람들의 웃음 거리가 되었다.

(고금소총 제35화)

無名(무명) 105

판서 조운규(趙雲逵)가 완백(完伯)이었을 때의 어느 날 밤. 수청 드는 기생은 마침 연고가 있어 밖에 나가고 혼자 선화당에 누워 있었다. 밤이 깊은 뒤인데 곁방에서 쨍그랑 하는 소리가 들려 마음속으로 몹시 의아하게 생각하고 있었는데, 홀연 어떤 사람이 물었다.

"상방(上房)에 누구 있사옵니까?"

순사가 놀라며 말했다.

"너는 누구냐?"

"쇤네는 살옥 죄인이옵니다."

순사가 더욱 놀라며 말했다.

"너는 살옥을 저지른 중죄인인데 무엇 하러 여기에 왔느냐?"

"내일 아침 죽 진지를 잡수지 마시옵고 급창(及唱) 아무개더러 먹게 하옵소서. 소인이 사또를 살려드렸사오니, 사또께서도 소인을 살려주옵소서."

그러더니 곧장 나가는 것이었다.

몹시 놀라고 의아하여 한숨도 자지 못하고 날이 밝기를 기다리며 조용히 앉아 있노라니 얼마 되지 않아서 마침 죽을 보찬고(補饌庫)에서 차려 올렸다. 그러자 기운이 편치 않다고 핑계대어 물리치고 급창 아무개를 불렀다. 죽그릇을 주며 먹게 하자 그놈이 그릇을 들고 벌벌 떠는 것이었다. 순사가 이에 몹시 꾸짖으며 먹으라고 재촉하자 마침내 한 모금 먹더니 땅에 고꾸라졌다. 이에 시신을 끌어가게 하였다.

그 뒤 심리할 때에 이 죄수는 살려주도록 조치하고 그 곡절을 임금께 아뢰었다.

옥의 담장 뒤는 바로 시고의 집인데, 하루는 우연히 담당 아래에서 오줌을 누고 있는데 사람의 말소리가 들렸다. 그래서 담장 틈새로 훔쳐보니 급창 아무개가 식모를 담장 아래로 불러내 돈 스무 냥을 주고 또 약 한 덩어리를 주면서 말하는 것이었다.

"이것을 아침 죽에 타서 드려라. 일이 만약 이루어지면 다시 계산해서 상을 주마."

식모 노릇하는 계집종이 무엇 때문에 이렇게 하느냐고 묻자 말하였다.

"아무개 기생을 내가 못 잊는 것은 너도 당연히 알겠지. 그런데 사또를 한 번 모신 뒤로는 얼굴도 보지 못하였다. 그리운 마음에 하루가 여삼추라, 부득이 이런 꾀를 낸 것이다."

"알겠소."
이러하였기로 밤에 몰래 나가서 아뢴 것이라고 운운하였다.

(계서야담 제6화)

284

無名(무명) 106

숙도(叔度), 방옹(放翁), 번중(藩仲), 백승(伯勝)은 다 문명(文名)이 있었다. 젊었을 때에 방탕하여 구속됨이 없으니 그 때 사람들이 사리(四李)하고 말하였다.

일찍이 여흥(驪興)의 신륵사(神勒寺)에서 글을 읽었는데 학업을 게을리하지 않았다. 장차 서울로 돌아오려고 하니, 부사가 연회를 열어 위로하였다. 사리가 청하여

"원컨대 기녀들을 싣고 배를 중류에 띄워 실컷 즐기게 해주십시오"

라고 하니, 부사가 허락하였다. 사리가 다투어 기생들을 배 안으로 데리고 들어갔다. 풍악 소리는 하늘로 치솟아 오르고 술이 취하여 주정들을 하며 농지거리들을 하니, 사공들이 다 술에 몹시 취하여 정신을 차리지 못하였다. 사리가 스스로 사공이 되어 바람을 따라 순류로 내려오니 일주야 만에 한강에 도달하였다. 이튿날은 비가 와서 물이 크게 불으니 뱃사공과 여러 기생들이 굶주리고 피곤하여 갈 수가 없었다. 배를 끌고 한치 한치씩 거슬러 올라가느라고 오일

만에야 비로소 부(府)에 도착할 수 있었다. 부사가 매우 성내어 기생들과 사공을 벌주고 심문하니 뱃사공이 여러 기생들을 다 범하였다고 한다.

방옹의 장인인 박(朴)이라고 하는 사람은 성질이 매우 인색하였다. 고령(高靈)에 만 석의 곡식을 쌓아 둔 창고가 있었으나 쓸 줄을 몰랐다. 방옹이 그의 벗과 함께 가서 고령 창고의 곡식을 꺼내어 날마다 소와 말을 잡고 즐기니 박노인이 듣고 즉시 가서 쫓아 버렸다. 방옹이 드디어 말하기를

"명년이 만약 갑과로 과거에 급제하지 못하면 맹세코 집에 돌아가지 않겠다."

고 하였다. 그리고는 옮겨가 진주의 단속사(斷俗寺)에 붙어 있으면서 글을 읽었다. 방옹은 기묘년의 진사로서 진주에도 도한 동방진사인 사람들이 10여명 있었다. 그들이 성대한 잔치를 열고 촉석루 위에서 크게 풍악을 벌이면서

"장차 손님이 오신다."

고 하니 여러 기생들이 다 서서 기다렸다. 석양에 방옹이 가마를 타고 친구 두어 사람과 함께 바로 누 안에 이르러 걸터앉으니 베옷은 추하고 검게 때가 묻었으며 머리에 쓴 갓은 반이나 찌그러졌다. 키는 작고 얼굴을 파리하여 도무지 풍채가 없었다.

여러 기생들이 놀라

"이것이 큰 손인가."

하면서 서로 보고 눈으로 조소함을 마지 아니 하였다. 방옹이 방약무인한 태도로 큰 소리를 쳤다.

"명년이면 장원급제할 것이고 그 뒤 두어 해가 지나면 와서 경
상감사가 될 것이다."
고 하였다. 수일 동안 머무르면서 더 알 수 없이 즐기고 헤어졌다.

　다음 해 갑신년에 과연 장원급제로 뽑혔으며 그 뒤 두어해 만에
당상관에 올라서 진주에 왔다. 몸에는 비단옷을 입었는데 의복이
깨끗하고 청초하니 여러 기생들이 다 탄복하였으며 어떤 자는 눈물
을 흘리기까지 하였다. 지금 경기관찰사를 하고 있다.

　번중은 을유년에 장원급제로 뽑혀 형조판서가 되어서 졸하였고,
숙도는 임오년에 급제하여 지중추에 이르렀으며, 백승은 임술년에
급제하여 지금 첨지중추가 되었다. 이들 또한 한때의 호걸들이다.

(용재총화 제9권 제3화)

無名(무명) 107

김씨 성을 가진 어떤 조정 관리가 풍산군(豊山郡)에서 안동 기생을 이별하면서 통곡하고는, 한참을 지나 너댓 마장을 가서는 길가의 오래된 무덤을 보고는 말에서 내려 절을 하고 곡을 했다. 늙은 종이 말하기를

"서방님께서는 어찌해서 곡을 하며 슬퍼하십니까?"

라고 했다. 서방님이 말하기를

"이것은 돌아가신 할아버지의 무덤이다. 이십여 년 만에 지금 지나다가 뵙게 되었기에 이 때문에 그에 곡하는 것이다."

라고 했다. 종이 말하기를,

"서방님이 아가씨와 서로 이별하며 통곡하신 뒤에 눈물이 글썽글썽하더니, 그 남은 슬픔이 다하지 못했습니다. 이 늙은 종의 망녕된 생각에는, 이제 서방님이 그에 고하는 것은 할아버지의 무덤이라서가 아니라, 아가씨를 생각해서일 뿐입니다."

라고 했다. 서방님이 말하기를,

"늙은 종이 감히 나를 놀리는가? 더 잔말 말아라."

하고는 눈물을 닦고 떠났다.

(태평한화 제256화)

둘째 마당 **별장別章**

기생들 가운데 시를 잘 지어 시기詩妓라는 이름으로 불리는 이가 있는가
하면, 노래를 잘 하여 가기歌妓란 칭호를 받는 사람도 많다. 장章을 달리하
여 기생들 가운데 시조나 한시를 가지고 있는 기생들을 따로 다루고자 한
다. 이들의 작품은 졸저 『기생 시조時調와 한시漢詩』(푸른사상, 2004)를 참
고하기 바란다. 다만 여기에서는 그들의 소개에만 그치기로 한다. 순서는
본문과 마찬가지로 '가나다' 순으로 한다.

康江月(강강월)

자(字)는 천심(天心). 조선시대 맹산(孟山)의 기생.『악학습령』과 서울대본『악부』에만 3수의 작품이 수록되어 있어 두 가집 간에 관계를 말해주고 있다. 작가 목록에 '자천심 맹산기'(字天心 孟山妓)라고 기록한 것밖에 참고할 것이 없다. 수록 문헌으로 미루어 조선 후기의 기생이라 믿어진다.

桂丹(계단)

가람본『청구영언』(靑丘永言)에만 등장하는 기생으로 황진이를 비롯해 소백주와 매화 다음에 계단의 작품이라 하여 소춘풍의 작품으로 널리 알려진 "齊도 大國이요 楚도 亦大國이라"와 몇몇 가집에서 작자 미상을 알려진 "청조야 오도괴야 반갑도다 님의 소식"과 가람본『청구영언』(靑丘永言)에만 수록되어 있는 3수를 계단의 작품으로 다루고 있다. 계단이 어떤 기생인지를 가집에서 밝히지 않아 알 수가 없으나, 이 가집에서만 계단의 작품이라고 작품의 처장에서 "綠楊紅蓼邊에 桂舟를 느껴매고"라고 했는데 기생들의 시조를 보면 자신의 이름을 작품 속에 넣어 짓는 경우가 있는 것으로 미루어 이름이 '계단'(桂丹)이 아닌 '계주'(桂舟)의 잘못일 가능성도 있다고 하겠다.

桂娘(계랑 : 1513~1550)

성(姓)은 이(李). 본명은 향금(香今). 자는 천향(天香). 호는 매창(梅窓), 혹은 계생(桂生). 부안(扶安) 기생. 한시에도 능해서 『매창집』(梅窓集)이란 시집이 전하고 있다. 가창과 거문고에도 뛰어났다. 그에 대한 기록은 허균(許筠)의 『성소복부고』(惺所覆瓿藁)를 비롯하여 이수광(李睟光)의 『지봉유설』(芝峰類說)과 홍만종(洪萬宗)의 『소화시평』(小華詩評) 등에 실려 있다.

시조는 1수가 전하는데 이 작품은 그가 촌은(村隱) 유희경(柳希慶)의 사랑을 받다가 유희경이 서울에 올라가 소식이 없자 이 노래를 지어 수절했다는 노래이다. 『대동시선』(大東詩選)에는 "계생 성 이 자 천향 호 매창 부안기"(桂生 姓李 字天香 號梅窓 扶安妓)라고 소개하고 한시를 수록하고 있다. '증취객'(贈醉客)이란 시를 보면

술 취한 사람이 나삼을 잡아당겨
나삼이 손을 따라 찢어지네.
나삼이 찢어지는 것은 아깝지 않으나
은정이 끊어질까 걱정이네.
歡者挽羅衫　羅衫隨手裂

294

不惜羅衫裂　　但恐恩情絶

　기구(起句)는 『매창집』에 수록되어 있는 "취객집나삼"(醉客執羅衫)과
는 차이가 있다.
　한시는 『매창집』 발문(跋文)에서 숭정(崇禎) 후 무신년(戊申年 : 1668)
10월에 아전들이 그때까지 전하는 58편의 시를 얻어 개암사에서 간
행한다고 하였으나 현전하는 작품은 이보다 적다.

桂蟾(계섬)

　송화(松禾)의 기생. 『악학습령』의 작가목록의 제일 마지막에 수
록되어 있는 것으로 미루어 조선 후기의 기생인 듯하다. 이한진본
『청구영언』에 '송화 계섬'(松禾桂蟾)이라 한 것으로 미루어 송화의 기
생임이 틀림이 없다고 하겠다. 시조 작품 1수가 전한다.

桂月(계월)

　조선 영조(英祖) 때 평양 출신의 기생. 대제학을 지낸 호를 관양
(冠陽) 혹은 존재(存齋)라고 하는 이광덕(李匡德 : 1690~1748)과 가까이

지냈다. 그와 헤어지고 나서 지은 '증별순상이상서광덕'(贈別巡相李尙書匡德), 또는 '봉별이공'(奉別李公)이란 제목으로 되어 있는 칠언절구 1수가 전한다.

桂香(계향) 가

조선 순조시대 이전의 기생으로 추측된다. 『풍요속선』 권7에 진주기(晋州妓)라 하여 '기원'(寄遠)이란 칠언율시 1수가 수록되어 있다. 『조선해어화사』에는 계향, 또는 난향(蘭香)의 작품이라 하여 '기원인'(寄遠人), '수사'(愁思), '윤공비'(尹公碑)의 3수가 수록되었으나 '수사'와 '윤공비'는 계랑(桂娘)의 작품이다.

桂香(계향) 나

생존 연대를 모르는 조선시대의 기생. 순조 이전의 기생이었던 계향과는 다른 인물로 생각된다. 김지용의 『역대여류한시문선』에서는 '기원'(寄遠)을 비롯한 3수 외에 '조구배인'(嘲龜背人)도 같은 사람의 작품으로 다루고 있으나 『조선해어화사』에서는 진주 출신의 계향과는 달리 취급하고 있는 것으로 미루어 별개의 인물로 보아야

할 것이다. 한시 1수가 전한다.

桂花(계화)

조선 순조(純祖)시대 이전의 기생으로 추측된다.『풍요속선』권 7
에는 남원기(南原妓) 계화로 되어 있고,『조선해어화사』에는 작자가
계월(桂月)로 되어 있는 칠언절구인 '광한루'(廣寒樓)라는 시가 수록되
어 있다. 그런데 기, 승, 구가 "직파빙환독상루 수정렴외계화추"(織罷
氷紈獨上樓 水晶簾外桂花秋)가 "사척금사나상루 주렴고괘계화추"(乍擲金
梭賴上樓 珠簾高掛桂花秋)처럼 차이가 있다. 한편 고종 때 사람인 안민
영(安玟英) 가집『금옥총부』(金玉叢部)에 이 시를 가지고

    織罷氷紈 獨上樓하니 水晶簾外 桂花秋ㅣ라
    牛郎이 한 번 가고 도라오지 아니하니
    밤마다 烏鵲橋邊의 근심 계워 하노라.(金玉 140)

처럼 시조를 짓고 작품 뒤에 붙인 글에서

남원 광한루의 대들보에 있는 이름 없는 옛날 기생의 시에 이르
기를 "부드러운 비단 짜기를 멈추고 홀로 다락에 오르니 수정렴 밖
에는 가을달이 밝았다. 우랑은 한 번 가고 소식이 없으니 오작교

옆에 서 밤마다 근심이네.” 이대의 사람들은 이를 춘향이 지은 시라 일컬었다.(南原 廣寒樓最樑 無名古妓 詩曰 織罷氷紈獨上樓 水晶簾外桂花秋 牛郎一去無消息 烏鵲橋邊夜夜愁 時人以此 謂之春香詩)

라고 하여 무명 고기의 작품으로 사람들이 춘향의 시로 알고 있다고 하였다.

九簫(구소)

한말의 언양(彦陽) 출신의 기생이다. 본명은 이봉선(李鳳仙). 처음에는 오무근(吳武根)의 첩이었다가 뒤에 추전(秋田) 김홍조(金弘祚)에게 시집가서 반구정(伴鷗亭)에 살았다. 뒤에 추전이 죽고서는 고향 언양으로 돌아가 모와(某窩) 정태균(鄭泰均)의 부실이 되었다. 오언절구인 '병화'(瓶花)가 『신해음시집』(辛亥吟社集) 을묘집(乙卯集)에 수록되어 있고, 후에 언양에 있는 작천정(酌川亭)에서 지었다는 오언율시 1수가 『조선해어화사』에 수록되어 있다.

求之(구지)

출신을 알 수 없으나 시조의 내용으로 보아 평양의 기생인 듯하

다. 주씨본 『해동가요』나 『악학습령』에 "유일지애부야"(柳─枝愛夫也)
라고 하였다. '유일지'는 '구지구지'와 마찬가지로 중의적(重義的)인
표현으로 상대방을 유일지로, 자신이 상대방에게 가지는 감정을 자
신의 이름을 넣어서 시조를 지은 재주가 놀랍다고 하겠다. 시조 1
수가 전한다.

國色(국색)

조선시대 미상의 평양기생. 『증보해동시선』에 오언절구인 '증평
양객'(贈平壤客)과 칠언절구인 '우음'(偶吟)의 2수가 수록되어 있다. 『
조선해어화사』에는 평양기 국색의 시라고 하여 제목 없이 칠언율시
1수가 수록되어 있는데 이는 '우음' 앞에 다른 칠언절구가 합쳐진
것으로 이는 칠언율시가 아니라 칠언절구 2수가 합쳐진 것으로 보
아야 할 것이다. 김지용의 『역대여류한시문선』에서는 '증평양객'의
제목이 '증평양기'(贈平壤妓)로 되어 있다.

金蘭(금란)

조선 성종(成宗) 때로 짐작되는 충주(忠州) 기생. 목사 전목(全穆)과

가까이 지내다 전목이 체임하게 되자 전목을 위해 월악산(月嶽山)을
두고 맹세코 절개를 지키겠다고 약속을 했으나, 전목이 떠나자 바
로 단월(斷月)의 역승(驛丞)을 가까이 한다는 말을 듣고

> 들건대 너는 단월 역승에 반하여
> 깊은 밤마다 역으로 달려간다고 하니
> 내 언젠가 세모 방망이를 들고 가서
> 월악산 무너진 맹세를 따져보리라.
> 聞汝偏憐斷月丞　　夜深常向驛奔騰
> 何時手執三稜杖　　歸問心期月嶽崩

란 시를 지어 보내자 조롱하는 의미의 화답시로 지은 시 1수가 전
한다.

錦史(금사)

　한말 이후에 어린 시절에 이미 기적에 올랐으나 일제 시대 보통
학교에 입학이 허용되지 않자 이름을 고쳐 한성여학교에 입학하고
시에 대한 공부를 하였으나 종적이 탄로될 것을 두려워하여 감히
시를 짓지 못했다. 오언절구인 '장충단유감'(獎忠壇有感) 1수가 『조선
해어화사』에 수록되어 전한다.

錦鸎(금앵)

『증보해동시선』의 목록에 소향(小香) 다음에 수록되어 있는 것으로 미루어 그와 같은 시대이거나 다소간의 차이가 나는 것이 아닌가 한다. '춘일'(春日)이란 제목의 칠언절구 1수가 수록되어 있고, 출신 지역도 미상이다.

今春(금춘)

조선 중기의 기생. 박계숙(朴繼叔 : 1569~1640)이 임진왜란 뒤에 울산병사(蔚山兵使) 김응서(金應瑞)와 판관 조성립(趙誠立)이 함경도 회령(會寧) 변방에 부임할 때 선전관으로 수행하고 쓴 일기에 후에 그의 아들 취문(就文 : 1617~1690)이 쓴 일기를 합책한 『부북일기』(赴北日記)에서 박계숙과 기생 금춘과의 주고받은 작품이 2수이다. 작품의 어사(語辭)나 대체적인 수법이 소춘풍(笑春風)의 아류작(亞流作)이라 할 만큼 유사하나 박계숙의 노래에 화답한 것이 다르다고 하겠다. 박계숙의 작품 2수는 다음과 같다.

비록 丈夫乙지라도 肝腸鐵石이랴

堂前紅粉를 古戒를 사맛더니

冶城의 皓齒丹脣을 몯니즐가 ᄒ노라. (赴北日記)

나도 이러ᄒ나 洛陽城東 胡蝶이로다

狂風에 지불려 여긔져긔 ᄃ니더니

塞外에 名花一枝에 안자보려 ᄒ노라. (赴北日記)

錦紅(금홍) 가

조선시대 평양의 기생. 일석본 『가곡원류』 권4에 시조 작품 1수가 수록되어 있으며, "평양금홍"(平壤錦紅)이라 하였다. 진주 기생 매화(梅花)처럼 다른 가집에는 수록되지 않은 것으로 미루어 가집 편찬 당시에 새롭게 수집된 것으로 짐작된다. 『조선해어화사』에 출신지명을 모르는 금홍을 시가와 서화에 능한 기생으로 다루고, '기기옥화옥엽시'(寄妓玉花玉葉詩)을 싣고 있으나 같은 인물이라 보기가 어려운 것이 아닌가 한다.

錦紅(금홍) 나

조선시대 미상의 기생이다. 『조선해어화사』에 '기기옥화옥엽시'(寄

302

妓玉花玉葉詩)란 제목의 칠언절구 1수가 수록되어 있다. 같은 기녀들에게 보낸 시로 미루어 상당한 시재(詩才)가 있는 것으로 짐작된다.

金蟾(김섬)

조선 선조(宣祖) 때 기생으로 임진왜란 때 동래부사(東萊府使)였던 천곡(天谷) 송상현(宋象賢)의 첩실로 송상현이 순절하자 포로가 되어 일본에 가 있다가 후에 송환되어 돌아왔다. 천곡이 죽은 사실을 몰랐다가 후에 알고 자진(自盡)하려 하자 같이 송환되던 수은(睡隱) 강항(姜沆)의 만류로 목숨을 부지하고 이 시를 지었다 한다. 달리 『명신록』(名臣錄)에는 임진왜란에 왜군에 잡혀 죽었다고 되어 있다. 한시 1수가 전한다.

落梅(낙매)

조선시대 미상의 성천(成川) 기생이다. 의당(毅堂) 홍영선(洪永善)의 『한시작법』(漢詩作法 : 1977)에 자신의 기명(妓名)과 같은 칠언절구인 '낙매'(落梅) 1수가 수록되어 있다.

蘭西(난서)

조선시대 미상의 기생이나 고종 때로 추측된다. 『증보해동시선』
의 목록에 부용 다음으로 수록되어 있다. '상원가절'(上元佳節)이란
오언절구 1수가 전한다.

蘭香(난향)

생존연대를 모르는 조선시대의 평양 기생. 『증보해동시선』에 '송
별'(送別)이란 칠언절구 1수가 전한다.

蘆花(노화)

일명 노아(蘆兒). 성은 김씨. 조선 성종 때 전남 장성(長城) 태생의
기생. 『역대동양여류시선』(東洋歷代女流詩選)에서는 평양 기생 황화(黃
花)의 시로도 알려져 있다고 하였다. 『조선해어화사』에서는 "전해
오는 말에 노화의 자태가 요염해서 사람들이 많이 혹했다. 어사(御

使가 이를 죽이려 했다. 노화가 이것을 알고 술 파는 여자로 꾸며서 어사를 유혹해서 팔에 그 이름을 새겨서 서약케 하였다."라고 되어 있다. 한시 1수가 전한다.

凌雲(능운)

조선시대 미상의 기생이다. 『증보해동시선』에 오언절구인 '대낭군'(待郞君)이란 시 1수가 수록되어 있다. 『역대여류한시문선』에서는 신분이 기녀가 아닌 것으로 다루고 있다.

多福(다복)

조선시대 후기의 기생. 박씨본 『해동가요』에는 "명기팔인"(名妓八人)이라 하여 황진이(黃眞伊), 홍장(紅粧), 소춘풍(笑春風), 소백주(小栢舟), 한우(寒雨), 구지(求之), 송이(松伊), 매화(梅花)를 들었다가 일석본과 주씨본에서는 "명기구인"(名妓九人)이라 하여 다복을 추가했다. 이로 미루어 본다면 다복은 김수장이 재차로 가집을 편찬할 당시에 이름이 알려지기 시작한 기생이라 믿는다면 다복이 어느 시대의 기생인지를 알 수 있는 근거가 된다고 하겠다. 『악학습령』의 작가

목록과 서울대본 『악부』에서는 작가 아래의 세주(細註)에 "십주 노가재"(十洲老歌齋)라 되어 있다 이는 '십주'나 '노가재'나 다 김수장의 호(號)로 가집을 편찬한 사람이 무엇인가 착각을 한 것이라 생각된다. 이유는 김수장의 작품 가운데

> 北斗星 기울어지고 更五點 주자갈져
> 귀 닉은 曳履聲이 이 分明흔 님이로다
> 出門看 含笑相喜는 금 못칠까 흐노라(海周 518)

과 다복의 시조인

> 北斗星 기울어지고 更五點 주자간다
> 十洲佳期는 虛浪타 흐리로다
> 두어라 煩友흔 님이니 새와 무슴 흐리오(海一 144)

처럼 초장이 같고 중장에 '十洲佳期는 虛浪타 흐리로다'에서 김수장의 초호(初號) '십주'(十洲)라고 했기 때문에 이런 착오를 가져온 것이 아닌가 한다. 시조 1수가 전한다.

潭桃(담도)

한말 이후 평안도 진남포(鎭南浦)의 기생이다. 그녀의 시 오언절구

인 '세모탄'(歲暮嘆) 1수가 『신해음사집』(辛亥吟社集)에 수록되어 있다
고 『조선해어화사』에 기록되어 있다.

桃花(도화)

조선 숙종(肅宗) 때의 경주(慶州) 기생. 『증보해동시선』에는 칠언절
구인 '읍별북헌'(泣別北軒) 1수가 수록되어 있는데, 제목이 『조선해어
화사』에는 '삼군시'(三君詩)로 되어 있다. 북헌은 김춘택(金春澤 :
1670~1717)의 호이다. 한때 김춘택을 사랑하다 헤어지면서 지은 것으
로 짐작된다. 한시 1수가 전한다.

動人紅(동인홍)

고려시대 팽원(彭原)의 창기(倡妓)로 생몰연대를 알 수 없다. 다못
문구(文句)를 알아 응구첩대(應口輒對)로 남의 글에 대구(對句)를 짓는
재주가 뛰어난 듯하다. 한시 1수와 대구 3수가 전한다.

梅花(매화) 가

　　평양 기생. 『악학습령』과 서울대본 『악부』(樂府)의 작자 소개에서 매화가 지은 시조의 창작동기를 "유춘색 재위서백시 친압춘설 고작차가"(柳春色 再位西伯時 親押春雪 故作此歌)라고 했고, 『가곡원류』계 가집에는 "춘설역기"(春雪亦妓)라고 했다. 가집의 기록대로라면 유춘색이란 사람이 평양감사로 다시 부임하여 예전에 사랑했던 자기를 버리고 춘설이란 기생을 가까이하자 매화는 자기의 장래가 예전과 같지 않음을 예상하고 불안해하며 이미 유춘색의 사랑이 춘설에게 돌아섰음에도 불구하고 그래도 기대와 회의(懷疑)의 감정을 반반씩 가지면서 어떤 변화를 바라는 매화의 심정을 짐작케 한다.

　　『대동풍아』에 매화의 작품이라 하여 3수가 수록되어 있다. 이 가운데 1수는 평양의 기생 매화의 작품으로 널리 알려진 것이고, 1수는 육당본 『청구영언』에 기녀 명옥(明玉)의 작품으로 되어 있는 것이며, 나머지 1수는 이 시조가 제일 먼저 수록된 가집인 일석본 『해동가요』를 비롯하여 작품이 수록된 모든 가집에 다 무명씨의 작품으로 되어 있는 것을 『대동풍아』에서만 매화의 작품으로 다루고 있어, 작가에 대한 신빙성이 문제가 된다고 하겠다. 『조선해어화사』에서는 『대동풍아』와 마찬가지로 매화의 작품으로 다루고 있어 혹 『대동풍아』를 참고로 한 것이 아닌가 한다.

梅花(매화) 나

조선 후기 진주의 기생. 일석본『가곡원류』권4에 4수의 작품을 수록하고 '진주기 매화'(晉州妓梅花)라고 강조하고 있는 것은 이미 알려진 평양 출생의 매화와 구분하기 위한 조치라 생각된다. 일석본『가곡원류』권4는 가사와 한시, 시조 107수와 언간(諺簡) 등을 수록한 것으로 본래 가집『가곡원류』와는 직접적인 관련이 없이『가곡원류』가집 편찬 이루에 작품들을 습유한 것이다.

明玉(명옥)

조선시대 송화(松禾)의 기생.『악학습령』의 작가목록에 제일 마지막에 수록되어 있는 것으로 미루어 조선 후기의 기생인 듯하다. 이한진본『청구영언』에 '송화 계섬'(松禾 桂蟾)이라 한 것으로 미루어 송화의 기생이라 하겠다. 시조 작품 1수가 전하고 있다.

文香(문향)

선조 때 성천(成川)의 기생. 선조 37년 5월에 송포(松浦) 정곡(鄭穀)

이 중국에 사신으로 갔다가 오는 길에 친하게 되어 그에게 시를 지어 주었다고 한다.

시조 1수가 사본으로 전한다.

白雪樓(백설루)

한말 이후에 생존했던 달성(達城) 기생이다. 『조선해어화사』에 '여인장'(麗人墻)이란 칠언절구 1수와 '금백설'(今白雪)이란 2구가 수록되어 있다. 그 해설을 보면 성은 백씨(白氏)이고 진주출생으로 달성으로 시집을 갔으나 남편의 무능으로 가정생활이 원만하지 못하여 남편은 중이 되고 그녀도 중이 되려고 했으나 친정 부모의 반대로 기생이 되었다고 한다. 그러나 정식으로 기적에 오른 기생도 아니지만 주변에서 기생 취급을 하는 것을 항의하는 뜻에서 이 시를 지었음을 알 수 있다. '금백설'은 그 뒤 정식으로 기생이 된 다음에 지은 것이다.

福介(복개)

조선시대 미상의 부안(扶安) 기생이다. 일명 복랑(福娘)이라고도 한

다. 『조선해어화사』에 칠언절구인 '송학사이득일지경'(送學士李得一之
京)과 '희우'(喜雨)의 2수가 전한다.

夫同(부동)

입리월(入里月)과 함께 가람본 『청구영언』(靑丘詠言)에만 4수가 수
록되어 있고, 작자를 다만 '기'(妓)라고만 하여 입리월의 '명기'(名妓)
와 어떤 차별성을 부각시키기 위한 것인지, 아니면 '명'(名)자가 누
락된 것인지는 분명치 않다. 작품 4수 가운데 세 번째 작품은 춘향
(春香)과 이도령이 등장하여 소재를 고소설 『춘향전』에서 가져 왔음
을 쉽게 알 수 있다. 그러므로 그녀의 생존연대를 짐작할 수 있으
며, 나머지 작품들도 『춘향전』과 전연 무관하지는 않은 느낌을 준
다고 하겠다. 첫 번째 작품에서 효기(孝己)나 미생(尾生)을 인용한 것
으로 미루어 상당한 소양을 갖춘 기생이 아니었나 생각된다.

芙蓉(부용)

조선 정조 때 출생하여 고종 때까지 생존한 것으로 추측되는 성
천(成川) 출신의 기생이다. 이름을 부용 이외에 추수(秋水)라고도 하며

호를 운초(雲楚)라고 했다. 일찍부터 시재(詩才)를 떨쳐 당시 정계의 원로였던 연천(淵泉) 김이양(金履陽 : 1755~1845)과 가까이 지내다 그의 소실이 되었다. 뒤에 연천을 따라 서울에 와서는 연천의 후의로 많은 시회(詩會)에 참석하여 유명 인사들과 사귀었고, 연천이 죽은 다음에는 삼호정(三湖亭)에서 경산(瓊山)을 비롯한 죽서(竹西), 금원(錦園) 등 다른 사람의 소실이나 서녀들과 어울려 시를 주고받았다. 무덤은 충남 천안의 광덕산(廣德山)에 있으며, 『운초집』(雲楚集)이란 시집이 전하고 있다.

史鳳姬(사봉희)

조선 순조 대 이후에 생존했던 선성(宣城)의 기생. 『증보해동시선』에 계월(桂月) 다음에 수록되어 있는 것으로 미루어 생존연대를 짐작할 수 있다고 하겠다. 칠언절구 1수가 전하는데 제목이 『증보해동시선』에는 '신계침'(神鷄枕)으로 되어 있으나 『조선해어화사』에는 '영신계침'(詠神鷄枕)으로 되어 있다.

雪梅(설매)

조선 태조(太祖) 때 기생으로 용모가 뛰어났으며, 특히 음행(淫行)

을 좋아했다. 개국공신인 배극렴(裵克廉)이 "너는 아침에 동쪽 집에
서 먹고 밤에는 서쪽 집에서 잔다고 들었다. 그러니 노부(老夫)를 위
하여 천침(薦枕)하라."고 하자, "동쪽 집에서 먹고 서쪽 집에서 자는
천한 기생의 몸을 가지고, 왕씨(王氏)를 섬겼다 이씨(李氏)를 섬기는
정승을 시침(侍寢)하는 것이 또한 마땅하지 않겠습니까?"라고 대답하
여 듣는 사람들의 마음을 시큰하게 하였다. 이 시는 조준(趙浚)이 정
승이 되어 연회하는 도중 왕에게 호출을 당하자 참석했던 원로대신
들의 청에 의해 부른 것이다.

小蘭香(소난향)

『증보해동시선』의 목록에 금향(錦香) 다음에 수록되어 있고, 출신
지역도 미상이다. '칠석'(七夕)이날 제목의 칠언절구 1수가 수록되어
있다.

小栢舟(소백주)

광해군 때 평양의 기생. 박엽(朴燁 : 1570~1627)이 평양감사로 있었
을 때 친구와 더불어 장기를 두다가 소백주에게 명하여 짓게 하였

다는 시조 1수가 전한다. 박엽이 평양감사로 있던 기간이 6년이다. 인조반정이 나던 해 죽었으므로 이 시조의 제작연대를 1621년 이후 1627년 사이임을 알겠다.

주씨본(周氏本) 『해동가요』에 이 작품의 제작동기를 "박엽위서백야 여객박혁명작차가 상궁사졸 병마차포"(朴燁爲西伯也　與客博奕命作此歌 象宮士卒　兵馬車包)라고 했고, 『악학습령』(樂學拾零)에서는 "박엽서백시 사지인박혁차가"(朴燁西伯時　使之因博奕此歌)라고 하여 같은 내용을 기록하고 있다. 그의 시조는

> 相公을 뵈온 後에 事事를 밋ᄌ노매
> 拙直훈 ᄆ음에 病들가 念慮ㅣ러니
> 이리마 져리챠 ᄒ시니 百年同抱 ᄒ리이다.(珍靑 289)

에서 '相公'은 '상'(象)과 '궁'(宮)을, '事'는 '사'(士)를, '拙'은 '졸'(卒)을, '病'은 '병'(兵)을, '마'와 '챠'는 각각 '마'(馬)와 '차'(車)를, 그리고 '抱'는 '포'(包)를 가리키는 것으로 박엽의 명에 의하여 즉석에서 이런 작품을 지을 만큼 재치가 뛰어나다고 하겠다. 이능화(李能和)의 『조선해어화사』에 수록되어 있는 일화가 있다.

박엽이 평안감사가 되었더니 못생긴 기생이 있어 자진하여 모시기를 원했다. 박엽이 화를 내며 묻기를
"네가 무슨 재주가 있느냐?"
기생이

"시를 제법 지을 줄 알아 가히 미모와 대적할 수 있습니다."고
하자 박엽이 운자(韻字)를 부르니 기생이 응구첩대하여 읊기를

　　　　첩은 본래 천상의 월랑이었는데
　　　　인간에 귀양 와 제일 창녀 되었네
　　　　만약 고소대 위에 서게 했다면
　　　　서자에게 오왕에 취케 가르치지 않았으리.
　　　　妾曾天上月中娘　　謫下人間第一娼
　　　　若使姑蘇臺上立　　不敎西子醉吳王

이라 하였다.

　위의 글에 그 기생의 이름을 소백주라고 밝히지는 않았으나, 즉
석에서 시를 지었다는 것으로 보아 위의 못생긴 기생을 소백주로
보아도 좋으리라 생각된다.

小琰(소염)

　조선 순조시대 이전의 기생으로 집작된다.『풍요속선』에 양덕기
(陽德妓)며 성(姓)이 채(蔡)라고 하였다. '마상호운'(馬上呼韻)과 '재녕도
중'(載寧途中)의 오언절구 2수가 수록되어 있다. 그런데『조선해어화
사』에는 양덕의 기생 소염의 작품이라 하여 '재령급강동도중작'(載寧

及江東途中作)이란 오언율시 1수가 수록되어 있으나 이는 ‘마상호운’과 ‘재령도중’의 절구 2수를 율시로 만든 것이고 구절의 순서도 바뀌었다. 또 같은 책에는 채소염(蔡小琰)이라 하여 양덕이 아닌 성천기(成川妓)로 되어 있으며, 본명이 소염(小簾)인데 사기(史記)를 읽기에 앞서 채문희(蔡文姬)를 사모했으므로 이름을 소염으로 고쳤다고 하면서, ‘마상호운’을 ‘마상음’(馬上吟)이라 고쳤다. ‘마상호운’과 대조해 보면 차이가 있다. 그러면서 『풍요속선』에 수록되어 있는 것은 잘못된 것이라 하였다. 다시 말해 2수의 절구를 1수의 율시로 만들면서 구의 순서도 바꾸었고, 소염과 채소염을 각각 성천과 양덕의 기생으로 다루었다. 달리 『역대여류한시문선』에는 ‘만인’(輓人)이라 하여 칠언절구 1수가 수록되어 4수의 한시가 전한다.

小玉花(소옥화)

조선 정조 때의 기생으로 추측된다. 『풍요속선』(風謠續選) 권7에 ‘거제구천장남촌여자부지기성’(巨濟舊川場南村女不知其姓)이라 하여 기생이라고 지칭하지는 않았으나 『조선해어화사』에 거제기(巨濟妓) 소옥(小玉)이라 하여 ‘화’(花)자가 빠졌으나 같은 사람이며 기생의 신분이 확실하다고 하겠다. 칠언절구 1수가 수록되어 있는데 제목이 각각 ‘별인’(別人)과 ‘송별’(送別)로 되어 있다.

316

笑春風(소춘풍)

조선 성종 때의 함경도 영흥(永興)의 기생. 기록에 의하면 성종이 어느 잔치에서 소춘풍에게 예전이 부르던 노래가 아닌 새로운 형태의 노래를 짓게 하였다. 먼저 문사(文士)들을 칭찬하는 노래를 지어 부르자 무관(武官)들이 다 노여워했다. 이에 성종이 다시 노래로 무관들의 노여움을 풀도록 명하자 다시 노래를 지어 무관들의 노여움을 풀게 하였다. 이번에는 문사들이 다시 불쾌하게 여기자 성종이 다시 노래로 양편의 노여움을 풀도록 하자 즉시 세 번째 노래를 지어 부르니 문무가 다 즐거워하였다. 이러한 사실들은 차천로(車天輅 : 1566~1615)의 『오산설림초고』(五山說林草藁)에도 자세히 기록되어 있다.

그의 시조 작품 3수가 『해동가요』를 비롯한 여러 가집에 수록되어 있다. 박을수(朴乙洙)는 『청구집설』(靑丘集說)에 수록되어 있는 작품이라 하여 1수를 그의 『한국시조대사전』(韓國時調大事典)에 수록하고 있다.

小春風(소춘풍)

한말 출신지역 미상의 기생이다. 『신해음사집』(辛亥吟社集) 제1집에 오언절구인 '고의'(古意) 1수가 수록되어 전한다.

小香(소향)

『증보해동시선』의 목록에 보면 계생(桂生) 다음에 수록된 것으로 미루어 생존연대를 짐작할 수 있다고 하겠다. 출신지를 알 수 없으며 '강남곡'(江南曲)이란 제목의 오언절구 1수가 수록되어 있다.

小紅(소홍)

조선시대 미상의 기생이다. 김지용의 『역대여류한시문선』에 칠언절구인 '절구'(絶句)와 칠언율시인 '영회'(詠懷)의 2수가 수록되어 전한다. 상당한 시재가 있는 것으로 짐작된다.

솔이(松伊)

조선시대 미상의 기생. 이름을 '솔이'라 하고 시조에서도 다른 솔과 차이가 있음을 부각시킨 점으로 미루어 절개가 굳은 기생으로 짐작된다. 『해동가요』에 작품이 1수가 수록되어 있으나, 가람본『청구영언』(靑丘永言)에 이것을 포함하여 모두 14수(가번 302 ~315)를 가 솔이의 작품으로 다루었다. 이 가운데는 자구(字句)나 장(章)의 차이를 포함하여 다른 가집에서 다른 사람의 기명(記名)으로 된 것도 포함시켰다. 이 가운데 장을 달리하는 것으로 김수장(金壽長)과 이정보(李鼎輔)의 작품이 가 1수가 있고, 다른 가집에서 타인의 작품으로 기명된 것이 백제의 성충(成忠)의 작품으로 된 것을 비롯해『해동가요』에서 박영(朴英)의 것으로 되어 있는 작품과,『악학습령』에서 이명한(李明漢)의 작품으로, 가람본 『청구영언』(靑丘詠言)에서 이정보의 작품으로 되어 있는 것 등 4수가 있다. 여기에서 작자에 대한 신빙성이 높은 박영의 작품만을 제외하고, 비록 성충의 작품으로 되어 있는 것은 여러 가집에 그의 작품으로 되어 있다 하더라도 오히려 솔이의 작품으로 보는 것이 타당할 것으로 짐작되기에 일단 송이의 작품으로 다루고자 한다. 다만 이제까지 다른 가집에서 무명씨의 작품으로 다루던 것을 가람본『청구영언』(靑丘永言)에서 많은 작품을 솔이의 작품으로 다룬 의도가 무엇인지를 확인하기 어렵다고 하겠다.

松臺春(송대춘)

조선시대 맹산(孟山)의 기생.『악학습령』과 서울대본『악부』에만 3수의 작품이 수록되어 있어 두 가집간의 관계를 말해주고 있다.

『악학습령』의 작가 목록에 '자천심 맹산기'(字天心 孟山妓)라고 기록한 것밖에 참고할 것이 없다. 작품이 수록된 문헌으로 미루어 조선 후기의 기생이라 믿어진다.

羞花(수화)

『증보해동시선』의 목록에 옥단(玉丹) 다음으로 수록되어 있고 출신지역도 미상이다. '기장문환'(寄章文煥)이란 제목의 칠언절구 1수가 수록되어 있는데, 제목으로 미루어 문환이란 사람에게 부치는 것으로 문환이 누구인지는 알 수가 없다.

勝二喬(승이교)

조선 현종(顯宗) 때 진주(晋州) 기생. 아명(兒名)은 억춘(憶春)으로 재색이 겸비하였기에 사람들이 승이교라 불렀는데 이는 중국 삼국시대 오나라의 손책(孫策)과 주유(周瑜)의 아내가 된 이교(二喬)보다 더 아름답기 때문에 붙인 이름이라고 한다. 그러나 마관(馬官)에 지나지 않는 찰방(察訪) 김인갑(金仁甲)을 사랑하여 다른 사람들의 빈축을 샀으나 개의치 않았으니 이는 그가 매우 성실한 것을 높이 평가했기 때문이다. 한 때 고산(孤山) 윤선도(尹善道)와 사귀어 그에게 시를 배우기도 하였다. 『증보해동시선』에는 오언절구인 '추회'(秋懷)와 칠언절구인 '추사'(秋思)가 수로되어 있는데, 『조선해어화사』에는 '추회'와 다른 절구가 합쳐진 오언 율시의 형태로 수록되어 있으니 이는 별개의 시로 생각되며 '추사'는 『역대여류한시문선』(歷代女流漢詩文選)에는 '추야유감'(秋夜有感)으로 되어 있다. 한시 2수가 전한다.

鸚鵡(앵무) 가

조선 후기의 달성(達城)의 기생이다. 이천보(李天普)가 경상감사로 있을 때 가까이 하였다. 후에 그가 체임할 때 그는 이별의 노래 가운데 제일로 여겨 관수미(官需米) 100석을 주었다. 『조선해어화사』에 '앵무롱'(鸚鵡籠)이란 칠언절구 1수가 수록되어 전한다.

鸚鵡(앵무) 나

한말의 달성(達城)의 기생이다. 당시 경상감영에 있던 유진사(兪進士)라는 사람과 가까이 지냈는데 하루는 앵무 대신에 금춘(錦春)이란 기생을 가까이 하려다 금춘이 경상감사의 부름으로 진사는 쓸쓸하게 돌아간 것을 풍자하여 그 당시에 유행하는 '의공장'(倚空墻)이란 칠언절구 1수를 지었다. 남녀간에 상대방의 사랑을 잃은 경우를 '의

공장'이라 불렀다고 한다. 또 자신을 괴롭히는 석(石) 아무개라고 하는 청지기를 골려주는 칠언절구 1수를 지은 것이 전한다.

於于同(어우동)

조선시대 미상의 호서(湖西) 기생이다. 김지용의 『역대여류한시문선』에 칠언절구인 '부여회고'(扶餘懷古)란 시 1수가 수록되어 있다. 참고할 사항이 전혀 없다.

姸丹(연단)

조선시대 미상의 성천(成川) 기생이다. 김지용의 『역대여류한시문선』에 오언절구인 '별랑'(別郞)이란 시 1수가 수록되어 있다. 참고할 사항 전혀 없다.

英姬(영희)

조선 말 고종 때 무릉(武陵)의 기생이다. 금계 서유영과 가까이한 기생으로, 시를 잘 짓고 큰 글씨를 잘 썼다고 한다. 서유영이 엮은

『금계필담』에 영희가 14살 때 금계를 만나 그에게 준 시와 금계와
의 일화가 수록되어 있다.

玉丹(옥단)

『증보해동시선』의 목록에 소난향(小蘭香) 다음으로 수록되어 있고
출신지역도 미상이다. '춘회'(春懷)라는 제목의 칠언절구 1수가 수록
되어 있다.

玉蘭(옥란)

『증보해동시선』 목록에 수화(羞花) 다음에 수록되어 있고 출신지역
도 미상이다. '회부'(懷夫)라는 제목의 칠언절구 1수가 수록되어 있다.

玉仙(옥선)

조선시대 진양(晉陽)의 기생. 『삼가악부』(三家樂府) 가운데 춘정(春汀)
원세순(元世洵)이 엮은 '속악부인'(續樂府引)에 진양기 옥선의 시조 작
품 1수가 수록되어 있고, '송정원'(送情怨)이란 제목으로 다음과 같이

한역되어 있다.

誰謂人間有情好
萬種情消一別時
縱緣初見難重見
情去病來自不知

玉蟾(옥섬)

조선시대 마상의 나주(羅州) 기생이다. 『조선해어화사』에 칠언절구
1수가 수록되어 있는데, 이는 이면항(李勉恒)이란 사람이 금오랑(金吾
郞)의 명을 받고 죄인을 압송하고 나주를 지나다 옥섬이 시를 지어
주었는데 면항이 전염병에 걸려죽자 사람들이 시의 동티라고 하였
다고 한다.

玉伊(옥이), 鐵伊(철이)

『악학습령』에서 옥이와 철이의 작품이라고 한 것을 『근화악부』
(槿花樂府)에서는 『악학습령』에 수록되어 있는 것과는 약간 다른

玉이 玉이라커늘 燔玉만 너겨쩌니

이제야 보아ᄒ니 眞玉일시 적실ᄒ다
내게 술송곳 잇던니 쑤러볼가 ᄒ로라.(槿樂 391)

이라 하여 작자를 정철(鄭澈)로, 제작동기를 '정송강여기진옥상수답'
(鄭松江與妓眞玉相酬答)이라 했고, 철이의 작품이란 것도

鐵이 鐵이라커늘 섭鐵만 너겨써니
이제야 보아ᄒ니 正鐵일시 분명ᄒ다
네게 골풀무 잇던니 뇌겨볼가 ᄒ노라.(槿樂 392)

이라 하여 진옥(眞玉)의 작품으로 되어 있다. 『악학습령』의 작가목록
에는 옥이와 철이에 대해 아무런 설명도 없고, 『근화악부』에서는
송강이 기생 진옥에게 먼저 희롱조(戱弄調)로 옥이 진짜 옥인지 가짜
인지를 자기가 직접 실험해 보겠다고 하니까 이에 질세라 옥이가
똑같은 수법으로 정송강에게 화답한 것으로 이는 실제 있었던 일이
기 보다는 혹 야담(野談)으로나 전해 오던 것을 어느 호사가(好事家)
가 꾸민 것이 아닌가 한다. 이한진본(李漢鎭本) 『청구영언』(靑丘永言)에
작자를 '송강첩'(松江妾)이라고 한 것이 1수 있으나 작가에 대한 신
빙성이 적고, 『조선해어화사』에 송강이 일찍이 외방의 관기를 집에
거느렸다가 우계(牛溪) 성혼(成渾)의 꾸지람을 듣고 관기를 내보냈다
는 『지촌집』(芝村集)의 기사를 인용한 것으로 보아 그 관기가 옥이라
단정하기는 어려우나 정철과 어느 기생과의 이런 관계가 있었을 개
연성은 충분하다고 하겠다.

溫亭(온정)

조선시대 미상의 평양 기생이다. 『조선해어화사』에는 '실제'(失題)라 하여 20구(句)의 시가 수록되어 있다. 이는 칠언절구의 시들을 모아놓은 것이 아닌가 한다. 『역대여류한시문선』에서는 이 가운데 '낭심'(郎心)이라 하여 1~4구를, '자연'(紫燕)이라 하여 9~12구를, '낭함'(郎函)이라 하여 17~20구로 나누어 수록하고 있으나, 5~8구와, 13~16구를 생략하여 버렸다. 운자(韻字)로 보아 이는 칠언절구 5수를 한군데로 모아놓고 '실제'란 제목을 붙인 것이 아닌가 한다.

于咄(우돌)

고려 고종(高宗) 때 용성(龍城)의 관기(官妓)로 생몰연대를 알 수 없다. 매양 손님의 사랑을 받아 잔치에 참여하여 노래를 잘해 모두를 즐겁게 하였다. 당시 서북방 융막(戎幕)의 보좌관으로 있던 송국첨(宋國瞻)을 가까이 하고자 하였으나 아무런 반응이 없자 원망하는 시를 지었다. 한시 1수가 전한다.

柳綠(유록)

조선시대 미상의 평양 기생이다. 1920년에 곽찬이란 사람이 편집한 『역대동양여사시선』(歷代東洋女史詩選)에 '별정지랑'(別鄭執郎)이란 칠언절구 1수가 수록되어 있다. 참고할 사항이 없다.

有魚堂(유어당)

한말 이후에 생존했던 통영(統營)의 기생이다. 『조선해어화』에 '가어소'(嘉魚少)라는 시 2구가 수록되어 있다. 유어당은 기생임에도 불구하고 몸단장을 게을리 하고 독서에 열중하여 시인 묵객들과 놀기를 좋아하고 부유한 사람들과는 멀리했다. 이 시는 누가 "어인대우상연거 조우명산진일제"(魚因大雨辭淵去　鳥遇名山盡日啼)라고 한 것에 대한 답으로 지은 것이다.

柳纖纖(유섬섬)

한말에서 일제시대를 살았던 전주기생이다. 『조선해어화사』에 보면 1893년에 임진왜란 당시 진주가 함락된 기념일에 기생들이 의기(義妓) 논개(論介)의 넋을 위로하기 위한 잔치에서 지은 노래로 한시의 형태가 아니다.

一枝紅(일지홍)

조선 태종(太宗) 때 성명 미상의 성천(成川) 기생. 성품이 활달하여
세속을 초월하고 특히 시가에 능했다고 하며, 자신의 기명인 일지
홍을 넣어 절구를 지은 바가 있다고 한다. 일지홍이란 기생은 하나
가 아니다. 석북(石北) 신광수(申光洙)의 문집인 『석북집』에도 '증성도
기일지홍'(贈城都妓一枝紅)의 일지홍은 성천의 일지홍과는 다른 인물
이다. 한시 3수가 전한다.

入里月(입리월)

가람본 『청구영언』(靑丘詠言)에만 입리월의 작품이라 하여 2수를
수록하고 작자를 다만 '명기입리월'(名妓入里月)이라고 하였다. 다만
두 번째 작품의 중장에 "水城謫所에 다만 흔 쏨부니로다"라고 한
것을 미루어 사랑하는 사람이 수성에 귀양 가 있어 서로간에 소식
을 알 수 없는 안타까운 심정임을 짐작할 뿐이다.

趙非燕(조비연)

한말 이후의 경성(京城) 기생이다. 『조선해어화사』에는 그녀가 시재가 있고 노래를 잘 불렀으나 몸이 살쪄서 춤을 추지 못했으므로 옛날 중국에서 몸이 가벼워 손바닥 위에서도 춤을 추었다는 조비연(趙飛燕)이 아니라는 뜻으로 기명을 비연(非燕)이라 했다고 한다. 이석전(李石田)이 "장중학무종난득 기유인간철장인"(掌中學舞終難得 豈有人間鐵掌人)이라고 하여 춤을 추지 못하는 것을 비웃는 시를 짓자 이에 대구하는 2구의 시를 지은 것이 전한다.

朝雲(조운)

조선 연산군에서 중종 때의 전주 기생. 지정(止亭) 남곤(南袞 : 1471~1527)의 정인(情人)이었다. 조운이란 명칭은 중국 송나라 문인 소식(蘇軾)의 첩 조운에서 유래된 듯하다. 남곤에게 주는 한시 1수가 전한다.

朱彩姬(주채희)

한말 이후 생존연대 미상의 마산 기생이다. 기생으로 부산에서 신식 학교를 졸업하고 이정설(李鼎卨)의 부실(副室)이 되었다. 『조선해어화사』에 칠언율시인 '송인'(送人) 1수가 수록되어 있다.

竹西(죽서) (1819~1845?)

조선 순조(純祖) 때 출생하여 헌종(憲宗) 때까지 생존했던 기생으로 추측된다. 성은 박씨(朴氏)이고 본관은 반남으로 박종언(朴宗彦)의 서녀로 호를 반아당(半啞堂)이라 했다. 언제부터 기생이 되었는지는 확실치 않으나 후에 서기보(徐箕輔 : 1785~1870)의 소실이 되었으며 운초(雲楚)나 금원(錦園) 등 당시의 신분이 비슷한 소실들이나 서녀들과 삼호정(三湖亭)에서 시를 주고받았고, 당시 문사(文士)인 해사(海士) 홍한주(洪翰周)나 금계(錦溪) 서유영(徐有英) 등과도 교유하였다. 사후에 유고들은 모아 『죽서시집』(竹西詩集)을 발간하였다.

竹香(죽향)

조선 후기의 평양 기생. 호는 낭간(琅玕). 『풍요삼선』(風謠三選)에 부용(芙蓉) 다음에 '화란'(畫蘭)이란 작품을 비롯하여 '모춘정여형구정도인'(暮春呈女兄鷗亭道人)과 '강촌풍경'(江村風景)이란 칠언절구가 수록되어 있는 것으로 미루어 정조(正祖) 이후 철종(哲宗) 초기의 사이에

생존했던 기녀라 추측된다. 『조선해어화사』에는 '화란'이 빠진 2수
가 수록되어 있는데, '강촌풍경'은 '강촌모경'(江村暮景)이란 제목으로
되어 있다.

眞玉(진옥)

『증보해동시선』의 목록에 옥란(玉蘭) 다음으로 수록외어 있고, 출
신지역도 미상이다. '오'(烏)라는 제목의 칠언율시 1수가 수록되어
있는 것으로 미루어 상당한 시재가 있는 것으로 짐작된다.

千錦(천금)

육당본 『청구영언』 이후의 가집에만 수록되어 있어 그가 어느
시대의 기생인 줄을 짐작하게 한다. 더구나 그녀의 작품은 기녀들
의 작품을 수록한 곳이 아닌 계면조 이삭대엽의 무명씨 작품들 가
운데 들어 있어 습유(拾遺)의 형태로 삽입되어 있어, 앞의 명옥(明玉)
보다도 혹 얼마 후에 이름이 알려진 기녀가 아닌가 한다. 시조 작
품 1수가 전한다.

楚玉(초옥)

조선시대 미상의 의성(義城)기생이다. 『조선해어화사』에 제목 없이 지은 동기만 기록되어 있는 칠언절구 1수가 수록되어 있다. 지은 동기를 '유향생도지 시이거지'(有鄕生挑之 詩以拒之)라고 한 것처럼 하찮은 시골 선비가 집적거리자 시로써 항거하여 지은 것으로, 절개를 굳게 지킴을 다짐하는 내용이다.

崔桂玉(최계옥 : 1788~1822)

호는 홍도(紅桃). 자는 초산월(楚山月). 조선 영조와 정조 떄 동도(東都), 지금의 경주(慶州) 출신의 기생이다. 아버지는 가선대부를 지낸 명동(鳴東)이다. 10세 때에 시서(詩書)에 통달하고 음률을 깨우쳤으며 20세에 상의원(尚衣院)에 들어가 노래와 춤으로 장안에 명성을 떨쳤으며 후에 금석(錦石) 박준원(朴準源 : 1739~1807)의 외부(外婦)가 되었다. 박준원이 죽자 고향에 내려와 교방에서 일하다가가 후사(後嗣)가 없으니 집안의 살림을 친척에게 나누어 주라고 하고는 죽었다 한다. 이 시는 박준원의 놀림에 자기의 신세를 새장에 갇힌 새에 비유하여 지은 것이라 한다.

秋香(추향)

조선시대의 기생이나 정확한 시대를 알 수 없으나 홍만종(洪萬宗)의 『소화시평』(小華詩評)에 '창암정'(蒼岩亭)이란 오언절구 1수가 수록되어 있는 것으로 짐작하여 숙종대 이후의 기생이라 생각된다. 『조선해어화사』에는 호서(湖西)의 기생으로 되어 있고 제목은 없다.

翠蓮(취련) 가

조선 영조(英祖) 때의 정평(定平) 기생으로 자를 일타홍(一朶紅)이라 하였다. 시와 가무에 능하여 판서 서명빈(徐命彬 : 1692~1763)이 북평사(北評使)로 있을 때 사랑을 받았다. 서명빈과 더불어 수창(酬唱)하였고 뒤에 서명빈이 도성으로 돌아가서 보기를 청했으나 거절당하고 지었다는 오언절구인 '봉정서공명빈'(奉呈徐公命彬) 1수가 『증보해동시선』에 수록되어 있고, 『조선해어화사』에는 이 시 외에 칠언절구인 '함흥체우작'(咸興滯雨作)이 수록되어 있다. 김지용(金智勇)은 『역대여류한시문선』에서 이 시는 서명빈이 아닌 회와(晦窩) 윤양래(尹陽來)가 1762년에 함경감사로 갔을 때 사랑했었는데, 취련이 회와의 초대에 마지못해 갔다가 장마로 돌아오지 못한 우울한 심회를 노래한 것이라 하였다. 같은 책에는 '상월'(賞月)은 『조선해어화사』에서 일타홍의 작품으로 되어 있는데 이는 취련이 자를 일타홍이라 했기 때문에 일타홍과 취련을 별개의 인물로 생각한 것이 아닌가 한다. 한시 3수가 전한다.

翠蓮(취련) 나

조선조 말인 고종 초의 장성(長城) 기생이다. 『역대여류한시문선』에 '경정시'(敬呈詩)라 하여 칠언절구 1수가 수록되어 있다. 그러나 서유영의 『금계필담』(錦溪筆談) 제106화(話)에

취련이는 장성의 기생이었다. 그는 일찍이 나에게 부쳐온 시에 이르기를,

금실 같은 오죽과 오과 같은 매화나무를
잘 보이는 창가의 곳곳에 심어놓고는
낭군을 취하게 할 좋은 술을 빚어 놓고
말 타고 오실 내일 밤을 기다리오
金絲烏竹玉英梅　　移向窓前處處栽
郎應賖醉三升酒　　騎馬來時近夜來

라고 하였다. 이때 사람들은 이 시를 전하면서 즐겨 읊었다.

翠仙(취선)

호는 설죽(雪竹). 조선 숙종 이후의 기생으로 추측된다. 홍만종의
『소화시평』에 추향(秋香)과 함께 '백마강회고'(白馬江懷古)라는 오언절
구 1수가 수록되어 있고, 『조선해어화사』에는 경성(京城) 출신이 기
생이라고 하면서 '실제'(失題)라는 칠언율시가 1수 수록되어 있는 것
으로 미루어 상당한 시재(詩才)가 있는 것으로 짐작된다. 그러나 정
비석(鄭飛石)의 『기생열전』(妓生列傳)에서는 『조선해어화사』에 수록되
어 있는 작품 후반만을 수록하여 율시가 아닌 절구 2수가 되는 셈
이다. 한시 3수가 전한다.

太一(태일)

충청도 괴산(槐山) 기생으로 『풍요삼선』(風謠三選)에 죽향의 다음으
로 '사절정우제학사석상구음'(四絶亭遇諸學士席上口吟)이란 칠언절구 1
수가 수록되어 있다. 죽향과 동시대인 정조 이후의 기생이라 짐작
된다.

寒雨(한우)

조선 중기의 기생. 백호(白湖) 임제(林悌 : 1549~1587)와 관련이 있는

기생이나 다른 것은 알려진 것이 없다. 한우는 짐작컨대 이름에서 느낄 수 있는 것처럼 지나칠 정도로 이지적(理智的)인 기생이었을 것이며, 임제는 비록 짧은 생애를 마쳤으나 이름난 호걸로 시문과 거문고와 노래로 많은 기녀들과의 염문(艶聞)으로 세상에 명성이 자자했을 것이다. 이러한 임제이니 한우라는 기생 하나쯤은 능히 품에 품을 수 있었을 것이다. 재미있는 것은 그가 시조를 지어 상대방의 마음을 사로잡을 수 있었다는 것이다. 한우의 시조는 임제의

> 북천이 묽다커늘 雨裝 업씨 길을 난이
> 山에는 눈이 오고 들에는 춘비로다
> 오늘은 춘비 맛잣시니 얼어 잘까 ᄒ노라.(海一 94)

에 대한 화답가(和答歌)로 시조 1수가 전한다. 일석본(一石本) 『해동가요』에서 임제를

자는 자순이며 호는 백호 금성사람이다. 선조조에 등제하여 벼슬이 예조정랑에 이르렀다. 시문과 거문고와 노래에 두루 뛰어난 호방한 선비였다. 명기 한우를 보고 이 노래를 지어 한우와 동침했다. (字子順 號白湖 錦城人 宣祖朝登第 官至禮曹正郎 詩文琴俱奇 常以豪士 見名妓 寒雨作此歌 與同枕)

고 했다. 『가곡원류』계 가집에도 같은 내용의 기록이 있다

香娘(향랑)

『증보해동시선』의 목록에 일타홍(一朶紅) 다음에 수록되어 있고
출신지역도 모른다. '규원'(閨怨)이란 제목의 칠언절구 1수가 수록되
어 있다.

香史(향사)

조선 중기의 기생으로 추측된다. 『증보해동시선』(增補海東詩選)의
목록에서 '명원'(名媛)이라 하여 사대부의 부녀자들과 함께 그들의
여식(女息), 사대부들의 첩실(妾室) 기녀와, 사대부 집안의 비녀(婢女)로
한시를 지은 사람들을 수록하였는데, 향사는 정확히 기생이란 표기
가 없어도 수록된 순서로 보아 기생이라 생각되며 황진이보다 앞선
것에서 적어도 중종(中宗) 이후 선조(宣祖) 이전에 살았던 기생이라
짐작된다. 한시 1수가 전한다.

玄桂玉(현계옥)

한말에서 일제시대를 살았던 달성(達城) 기생이다. 자는 섬가(蟾柯).

호는 예상(霓裳). 밀양 태생으로 악공(樂工)의 딸이었는데 이것 때문에 바로 기적(妓籍)에 오를 수 없다가 후에 노래를 잘해 기녀가 될 수가 있었다. 진주 논개의 사당과 평양 계월향의 사당이 퇴락하였음을 듣고 비녀와 가락지를 팔아 중수(重修) 비용을 댔다가 경찰에 알려져 고문을 당하기도 하였다. 후에 상해 임시정부를 찾아가 연극으로 번 돈을 군자금으로 대었다고 한다. '목란화병'(木蘭火兵)이란 제목의 칠언절구 1수가, 『조선해어화사』에 수록되어 전한다.

紅桃(홍도)

조선 정조(正祖)와 순조(純祖) 때 한성(漢城)의 기생. 순조 19년에 제주도에 큰 가뭄이 들어 많은 사람들이 고통을 받을 때 만덕(萬德)이란 기생이 기생의 신분으로 이들을 구제하자 나라에서 특별히 서울에 불러와 소원을 묻자 금강산을 구경하고 싶다고 하여, 특별히 금강산을 구경시키고 다시 제주도로 되돌아가게 한 사실이 있다. 홍도는 이 사실을 시로 지은 것 1수가 전한다.

紅娘(홍랑)

조선 중기의 홍원(洪原) 기생. 조선시대 삼당시인(三唐詩人)의 하나로 일컬어지는 고죽(孤竹) 최경창(崔慶昌 : 1539~1583)이 북해평사(北海評事)로 경성(鏡城)에 있을 때 친했는데 최경창이 이듬해 서울로 돌아오게 되자 영흥(永興)까지 배웅하고 함관령(咸關嶺)에 이르러서는 날이 저물고 비가 내리는 가운데 이 시조를 지어 주었고, 후에 최경창이 이를 다음과 같이 한역하였다.

折楊柳寄與千里人
爲我試向庭前種
一夜新生葉
憔悴愁眉是妾身

최경창은 이를 가전(家傳)케 하였다. 이 시조는 오늘날 사본으로 전하며 한시도 2수가 전한다.

紅粧(홍장)

고려말에서 조선초까지 살았던 강릉 기생. 조선 개국공신이었던 박신(朴信 : 1362~1444)과 친하게 지냈던 기생으로 박신의 친구 조운흘(趙云仡 : 1332~1404)이 강릉부사(江陵府使)로 가 있을 때 강원도 안렴사(安廉使)가 되어 강릉으로 가서 홍장과 사귀었다. 박신이 홍장을 좋아하는 것을 아는 조운흘이 어느 날 거짓으로 홍장이 죽었다고 하고서는 박신을 놀린 유명한 이야기로, 서거정(徐居正)의 『동

인시화』(東人詩話)에도 기록되어 있다. 후에 송강(松江)은 '관동별곡'(關
東別曲)에서

> 동용흔다 이 긔상 활원흔다 뎌 경계
> 이도곤 굿춘듸 쏘 어듸 잇단말고
> 홍장고ᄉ를 헌ᄉ타 ᄒ리로다.

라고 읊었으며, 조선 후기의 신후담(愼後聃 : 1702~1761)은 이들의 정
사(情事)를 내용으로 한 '홍장전'(紅粧傳)을 지었다.
　그의 시조 1수가 『해동가요』를 비롯한 여러 가집에 수록되어 있
으나, 후대 사람들에 의한 위작(僞作)일 가능성이 크다고 하겠다.

黃眞伊(황진이＝黃眞)

　본명은 진(眞), 일명 진랑(眞娘). 조선 중종에서 명종 때의 개성 기
생이다. 출생도 기이한 사연으로 태어났고 이웃 총각이 짝사랑하다
죽어 상여가 그의 집 앞에서 앞으로 나가지 못하고 멈추었다는 말
을 듣고 입었던 옷을 벗어 주자 그제야 상여가 떠났다는 이유 때문
에 기생이 되었다는 설화가 있다. 뛰어난 미모와 가창(歌唱)으로 뭇
사람들의 관심의 대상이 되었다. 종시(宗室) 벽계수(碧溪守)나 선전관
이사종(李士宗), 양곡(陽谷) 소세양(蘇世讓) 등과 관계되는 설화가 각종
의 기록으로 남아 있다. 자존심도 강해서 당시의 유명한 유학자 화

340

담(花潭) 서경덕(徐敬德)과, 30년간을 면벽수도(面壁修道)하여 생불(生佛)이란 칭호를 얻은 지족선서(知足禪師)와 자신을 '송도삼절'(松都三絶)이라 불렀다가 지족선사를 파계시키고는 대신에 박연폭포(朴淵瀑布)를 추가하여 송도삼절이라 일컫은 이야기는 너무도 유명하다.

화담 서경덕은 비록 황진이의 꼬임에는 빠지지 않았으나 황진이를 그리워하여 지었다는 시는

<blockquote>

모음이 어닐 後ㅣ니 흐는 일이 다 어리다

萬重雲山에 어닉 님 오리마는

지는 닙 부는 브람에 힝혀 건가 흐노라. (珍靑 23)

</blockquote>

의 화답(和答)으로 황진이는

<blockquote>

내 언제 無信흐여 님을 언제 소겻관듸

月沈三更에 온 뜻이 젼혀 업닉

秋風에 지는 닙소릭야 낸들 어이 흐리오. (珍靑 288)

</blockquote>

을 지었다고 한다. 황진이가 죽고 백호(白湖) 임제(林悌 : 1549~1587)가 개성을 지나다 황진이의 무덤 앞에서 그의 죽음을 슬퍼해서 지었다는

<blockquote>

靑草 우거진 골에 자는다 누엇는다

紅顔을 어듸 두고 白骨만 무쳣는이

盞자바 권흐리 업스니 그를 슬허 흐노라.(珍靑 107)

</blockquote>

를 보면 그의 명성(名聲)이 어느 정도인지를 짐작할 수 있다고 하겠다.

그는 시조뿐만 아니라 한시(漢詩)에도 뛰어난 재능을 발휘한 시기(詩妓)였으니, '반월'(半月)이란 다음 시는 유명하다

누가 곤륜산의 옥을 잘라다가
직녀의 빗을 만들었나.
견우와 헤어진 뒤에
시름겨워 벽공에 던져버렸네.
誰斷崑山玉　　裁成織女梳
牽牛一去後　　愁擲碧空虛

그녀의 시조 작품은 6수가 전하고 있는데 진본 『청구영언』에 3수는 그녀의 이름으로 되어 있고, 1수는 가집 첫머리 부분의 초중대엽(初中大葉)에서 초삭대엽(初數大葉)에 이르기까지 6수의 대본으로 인용되었기 때문에 작자의 이름을 밝히지 않았다. 그 외에 1수는 『해동가요』에, 1수는 『근화악부』(槿花樂府)에는 무명씨의 작품으로 되어 있고, 『대동풍아』(大東風雅)에 황진이의 작으로 되어 있어 작가에 대한 신빙성이 문제가 된다고 하겠다.

한시는 8편이 현전하는 것으로 되어 있으나 '반월'(半月)은 당(唐)나라 시인의 작품이고, '송도'(松都)는 권겹(權韐)의 작품이 황진이의 작품으로 잘못 전하고 있는 것이다.

셋째 마당 실명관기失名官妓

無名妓(무명기) 가

　조선시대 미상의 기생이다. 『조선해어화사』에 칠언절구인 ‘채련곡’(採蓮曲) 1수가 수록되어 있고, 이 시에 대한 글에 “이 시는 사람들이 교방 재녀(才女)의 손에서 나왔다고도 하고, 혹은 허난설헌의 작품이라고도 한다. 작가가 탕녀에 가깝다 해서 『난집』(蘭集)에 수록되지 못하였다고 한다. 그러나 죽지(竹枝), 채련(採蓮) 등이 시에 있어 애정을 말한 것이 작자에게 무슨 상관이 있단 말인가.” 하여 혹 작자에 대한 이견이 있음을 말하였다.

無名妓(무명기) 나

　조선 정조(正祖) 때의 경상도 삼가(三嘉)의 기생이다. 호를 경금자(絅錦子)를 비롯하여 문무자(文無子) 등을 가진 이옥(李鈺 : 1760~ 1812)의 『봉성문여』(鳳城文餘)에 수록되어 있는 ‘능시기’(能詩妓)라는 글 가운데 칠언절구 1수가 수록되어 있다. 『봉성문여』는 작자가 1789년 10월에서 이듬해 2월까지 삼가에 유배를 가 있던 동안의 기록이다.

失名官妓(실명관기)

서거정(徐居正)의 『태평한화골계전』(太平閑話滑稽傳) 제121화(話)에 연인(燕人) 소씨(邵氏)가 우리나라에 왔다가 관기를 사랑하여 떠날 때에도 사랑하는 마음에 떠날 수가 없어 망설이자 관기가 그의 옷에 시를 지어주자 눈물을 흘리고 떠났다는 내용이 수록되어 있다.

失名妓(실명기) 가

『풍요속선』에 조선 시대 불명의 실명기의 오언절구인 '대정랑'(待情郎)과 오언절구인 '별정인'(別情人)의 2수가 수록되어 있다. 그러나 '대정랑'은 소염(小琰)의 작품이다.

失名妓(실명기) 나

조선시대 미상의 기생이다. 『조선해어화사』에 칠언율시인 '송별'(送別) 1수가 수록되어 전해지고 있다.

慶州妓(경주기)

　　조선시대 미상의 경주 기생이다. 『증보해동시선』에 칠언절구인
‘월성연음’(月城宴吟) 1수가 수록되어 있다.

廣州妓(광주기)

　　조선시대 미상의 광주 기생이다. 『조선해어화사』에 칠언율시인
‘남한산성’(南漢山城) 1수가 수록되어 있다. 혹 병자호란과 관련 있는
남한산성이 광주에 있어 지은이를 광주 출신의 기생이라 한 것이
아닌가 한다.

安州妓(안주기)

　　조선 영조 때 안주(安州)의 기생이다. 영조(英祖)조에 호를 학암(鶴
巖)이라 하고 좌의정을 역임한 조문명(趙文命 : 1680~1732)이 동지부사
로 연경에 가다 안주에서 인연을 맺은 기생으로 문명이 준 부채에
지은 시가 『금계필담』에 수록되어 있다.

襄陽妓(양양기)

조선시대 미상의 양양(襄陽) 기생이다. 『증보해동시선』에 칠언절구인 '송무보궐'(送武補闕)이란 작품 1수가 수록되어 있는데, 『조선해어화사』에는 제목이 '송별'(送別)로 되어 있다.

義州妓(의주기)

조선시대 미상의 의주 기생이다. 『증보해동시선』에 오언절구인 '별권판서상신'(別權判書尙愼)이란 제목의 시가 수록되어 있는데 권상신은 혹 서어(西漁) 또는 일홍당(日紅堂)이란 호를 가진 권상신(權常愼 : 1759~1824)의 잘못이 아닌가 한다.

全州妓(전주기)

조선시대 미상의 전주 기생이다. 『증보해동시선』에 '원사'(怨詞)라는 칠언절구 1수가 수록되어 있다. 그러나 이는 『조선해어화사』에 보면 박엽(朴燁 : 1570~1627)이 평안감사가 되었는데 한 추한 기생이 자진하여 모시기를 원했다. 박엽이 화를 내며 "네가 무슨 재주가 있느냐?" 하자, "시를 잘 지을 줄 알아서 미모를 대신할 수 있습니다."라고 대답하였다. 박엽이 운(韻)을 내니 즉석에서 지었다는 시와 대동소이하다. 누구의 말이 맞는지는 단언하기 어렵다고 하겠다.

平安妓(평안기)

노계(蘆溪) 박인로(朴仁老)의 시조 작품 가운데 입암(立巖)을 노래한 '입암곡'(立巖曲) 가운데 문집에 누락된 작품 7수를 합하여 모두 35수의 시조를 수록하고 있는 가칭 『손씨수견록』(孫氏隨見錄)에 평양의 기생 작품이라 하여 1수를 수록하고 있다. 그 제작 동기를

평안도 변방 묘향산에 대사가 있었는데 평생 희로의 빛을 나타내지 않았다. 방백이 한 기녀를 불러 네가 능히 이 대사를 웃긴다면 내가 너에게 상을 내리리라. 기생이 즉각 노래를 지어 부르니 대사가 듣고 빙그레 웃더라. 대사의 이름은 여상이오 서백은 평안감사였다.(平安道極邊妙香山 有大師 平生喜怒 不見於色 方伯 招一妓曰 汝能笑此大師 則吾賜汝賞乎 妓 卽刻作歌 唱之 大師聞 微笑之)

라고 하였는데 시조의 내용으로 보나 제작 동기로 보아 희화적인 것으로 어떤 호사가에 의해 의도적으로 만든 것이 아닌가 하는 의문을 갖게 한다.

平壤妓(평양기)

조선시대 미상의 평양 기생이다. 김지용의 『역대여류한시문선』에
칠언절구인 '제석'(除夕)이란 시가 수록되어 전한다.

平壤童妓(평양동기)

『조선해어화사』에 평양의 동기가 열한 살 때 지었다는 오언절구
1수가 제목 없이 수록되어 전한다.

* 위의 시조나 한시를 지은 기생들 외에 김달진(金達鎭)이 편역한 〈한시〉
  (漢詩)에 기생이라 밝히지는 않았으나 기생이라 생각되는 송원(宋媛)을 비
  롯하여 은송(隱松), 음송(陰松), 담도(潭桃), 초운(楚雲), 이원(李媛), 연희
  (蓮喜), 억춘(憶春)이 있다.

우리 역사 속 숨은 이야기 기생 일화집

초판 제1쇄 인쇄 2008년 7월 1일 초판 제1쇄 발행 2008년 7월 10일

엮은이 • 황충기
펴낸이 • 한봉숙 **펴낸곳** • 푸른사상 **등록** 제2-2876호
주소 서울시 중구 을지로3가 296-10 장양B/D 701호
전화 02) 2268-8706-7 **전송** 02) 2268-8708
전자우편 prun21c@hanmail.net prun21c@yahoo.co.kr
홈페이지 www.prun21c.com

ⓒ 2008, 황충기

값 20,000원

ISBN 978-89-5640-636-7-93810

☞ 21세기 출판문화를 창조하는 푸른사상에서 좋은 책 만들기에 노력하고 있습니다.